Ralph Dutli
Die Liebenden von Mantua

Ralph Dutli

Die Liebenden von Mantua

Roman

WALLSTEIN VERLAG

Der Autor dankt dem Deutschen Literaturfonds e.V.
für die Förderung seiner Arbeit an diesem Roman.

Bibliografische Information der Deutschen Nationalbibliothek
Die Deutsche Nationalbibliothek verzeichnet diese
Publikation in der Deutschen Nationalbibliografie;
detaillierte bibliografische Daten sind im Internet
über http://dnb.d-nb.de abrufbar.

© Wallstein Verlag, Göttingen 2015
www.wallstein-verlag.de
Vom Verlag gesetzt aus der Stempel Garamond
Umschlaggestaltung: Susanne Gerhards, Düsseldorf
unter Verwendung einer Abbildungsvorlage von
© Walter Wehner/VISUM creative
Druck und Verarbeitung: Pustet, Regensburg
ISBN 978-3-8353-1683-6

Hom ki ben aime tart ublie.
Wer wirklich liebt, vergisst erst spät.

Tristan der Narr,
Folie d'Oxford, 1205

Und ist nie das Meer
Ihnen so nah gekommen,
dass Sie tanzten?

Emily Dickinson

MANTUA EINS

VERFLUCHTER FRÜHLING

Siehst du den Riss in dem riesigen Turm da oben? Vom Dach her schlängelt er sich durch das dicke Gemäuer herunter bis zu den Dächern der niedrigeren Stadthäuser an der Piazza Mantegna. Eine schwarze Zickzacklinie hat sich in das schmutzige Rot der Ziegelsteine eingerissen. Sehr dekorativ, nicht wahr? Es ist die Handschrift eines Gottes, ein kleines Muster seiner herrischen, launisch verschnörkelten Handschrift. Bevor du fragst, wie der Gott heißt, verrate ich es dir: Er heißt *Terremoto*.

Manu muss sich jetzt über das Tischchen nach vorn beugen, um noch irgendetwas zu hören, weil der kleine Platz vor dem Café Miró summt wie ein Bienenstock vom vorabendlichen italienischen Palaver. Der Kellner hält artistisch das Tablett in die Höhe voller Tässchen und bauchiger Gläser, mal gelb, mal rot, mal abendsonnenorange. Er hat alles im Blick.

In der Erinnerung wird Manu Kaffeeduft für hundert Plätze und Räume einatmen, links, rechts, halluzinatorische Kaffeeduftschwaden, vom Palaver noch gesteigert, und er wird ein Gesumm wie von einem riesigen Bienenschwarm hören, der sich auf die Piazza verirrt hat. Es müsste bis in die stille Basilika Sant'Andrea da drüben dringen, wo hinter einer schmucklosen Grabplatte in der ersten Kapelle linker Hand die Gebeine des Malers Andrea Mantegna ruhen, heimgekehrt, sanft gewiegt von seinem Namenspatron. Ob er das Gesumm hören kann? Ob er ihr Palaver verstehen kann? Manu kann sein Kopfschütteln sehen.

Und weißt du was? Der Turm da wird irgendwann einstürzen, alle Häuser unter sich begraben und Schutt und Steine durch die umliegenden Straßen und Gassen jagen. Eine riesige Staubwolke wird aufsteigen, das Schreien und Stöhnen der verschütteten Menschen aber wird keiner hören, das gewaltige Gerumpel der roten Steine wird alles übertönen. Und was tun wir? Wir sitzen hier im Café und schlürfen unseren Espresso oder Amaretto und schauen hinauf zum schwarzen Riss, der schon jetzt vor unseren Augen breiter werden könnte, bis … es keine Piazza Mantegna mehr geben wird. Aus und vorbei.

Manu muss lächeln.

Jetzt erkenne ich dich wieder, Raffa, alles in Ordnung, du bist es.

Raffa schaut ihn fragend an.

Du warst schon damals ein … wie soll ich sagen, ein Katastrophiker, Katastrophologe, Katastrophopathetiker, weißt du noch? Aber wir haben dich durchschaut, mein Lieber: Wer permanent mit dem Schlimmsten rechnet, wird oft maßlos beglückt, nicht wahr? Als wollte ihn das Leben auch noch damit verhöhnen, dass es nie seinen Vorstellungen entspricht.

Raffa verzerrt das Gesicht zu einer Grimasse.

Ja, maßlos beglückt, darf ich lachen?

Manu ist es, der lacht, er wird sich später immer wieder über diesen unglaublichen Zufall wundern. Sie hatten in Paris nicht weit voneinander gewohnt, Boulevard Arago und Rue de la Tombe-Issoire, und sich jede Woche zwei- bis dreimal gesehen. Dann hatten sie sich aus den Augen verloren, der Gott des Erdbebens mag ahnen, warum, und ohne voneinander zu wissen drei Jahre gleichzeitig in Barcelona gelebt, fünfhundert Meter Luftlinie entfernt, ohne einander je über den Weg zu laufen, in keinem Supermarkt, in keinem Café der Ramblas oder Barcelonetas, wie ist das möglich? Wer steuert unsere Füße blind am andern vorbei? Und dann findet man plötzlich und unangekündigt wieder am unglaublichsten Ort zusammen?

Merkwürdig, dass wir uns hier in Mantua treffen. Eine Stadt, in der ich vorher nie war, du schaust zufällig zur Seite und in eines der Gesichter auf dem Platz vor dem Café Miró, das Gedächtnis zögert nur eine Sekunde lang, rüttelt ein bisschen und spuckt dir schon den Namen aus. Das ist doch ... kaum zu glauben ... doch ... er ist es ... aber sicher. Wir werden älter, aber unsere Gesichter erinnern sich noch vage an uns. Wie schön, hier in Mantua, genau ein Jahr nach dem Erdbeben, einem erprobten Katastrophenkenner zu-zuflüstern, dass alle Freunde ihn für einen Glückspilz hielten.

Und du hattest dauernd die Zeilen von diesem Kanadier auf den Lippen, wie gingen sie schon wieder? *There is a crack, a crack in everything – that's how the light gets in.*

Ja, es ist ein Riss, ein Riss in allem Schein! – so schwappt das Licht herein. Ich hatte für mein Leben noch eine andere Variante. Es ist ein Riss, ein Riss in allem jetzt – so kommt das Licht herein zuletzt ... Wie du willst. Womit wir wieder bei deinem Riss da oben wären. Was machst du eigentlich in Mantua?

Durch diesen Riss wird kein Licht hereinschwappen. Ich schreibe eine Reportage über die Erdbebenschäden, für das letzte Magazin, das mir noch Brot zuwirft. Die gestressten Engel dort warten schon darauf. Sie drohen mir mit der Faust. Mantua, genau ein Jahr danach. Aber ich war schon dreimal hier. Und ich beobachte die Menschen, wie sie nach den heftigen Stößen und Zerstörungen wieder zum Alltag übergehen, als sei nichts wirklich Großes vorgefallen. Als ob der Alltag stärker wäre als die Apokalypse. Die *maledetta primavera*, so nannten sie ihn, den verfluchten Frühling vom Mai 2012, und doch sollte er sich rasch verflüchtigen. Wir haben immer schon den nächsten flüchtigen vor Augen.

Vielleicht ist nur so das Leben möglich? In der störrischen Sorglosigkeit? Im seligen Vergessen dessen, was uns sonst noch immerzu blühen könnte?

Natürlich vergessen sie es nicht, sie verdrängen es vielleicht. Und ein Unheil verdrängt das andere. Hier herrscht noch eine andere Göttin, verstehst du, die sich dem Gott *Terremoto* gerne anschmiegt: *La Crisi*. Die Fabrikschließungen draußen in den Vorstädten, in der Po-Ebene, die Zwangsräumungen, der lähmende Geldmangel, der verhindert, dass die Erdbebenschäden rasch behoben werden. Und ich, weißt du, beobachte hier den Auftritt dieses fabelhaften Götterpaares vor einer prachtvollen Renaissancefassade, in einer der vor kurzem noch reichsten und schönsten Städte Italiens. Gott und Göttin hatten es eilig, hier Residenz zu nehmen.

Die ganze Menschheit thront doch auf einer albernen, flatterhaften Vergesslichkeit. Hätte man dauernd das ganze Paket an möglichem Unglück vor Augen, man würde kopflos den raschen Ausgang wählen. Lass uns darauf trinken …

Es ist 4 Uhr 04, in der Emilia Romagna beginnt die Erde zu beben, das Epizentrum liegt nicht weit von hier, zwischen Modena und Mantua. Es ist der 20. Mai 2012. Ein Sonntagmorgen. Der Gott Terremoto ist erwacht. Er grollt, er lässt die Häuser wanken, lässt Mauern und Türme einstürzen, Balkone macht er wackeln, Tausende Kirchen und Paläste packt er mit der Faust, schreibt Risse in Decken und Gemäuer. Im Innern der Erde rumort es, Tiefe: sechs Kilometer unter der Erdoberfläche. Die Halbinsel wird noch immer vom afrikanischen Erdteil gegen Norden geschoben. Der Gott will den Stiefel stauchen, lässt die Platten aufeinanderkrachen.

Die Zeiger auf der nach oben offenen Richterskala besagen Sechskommanull – glaub mir, sagt Raffa, das ist ein gewaltiger Stoß. Am schlimmsten war es in einem Ort mit dem Namen *Finale Emilia*. Merk dir den Namen: FINALE.

Manu reckt triumphierend den Zeigefinger Richtung Basilika und versucht, ernsthaft auszusehen. Der Ausdruck auf seinem Gesicht stoppt Raffa für einen Augenblick. Manu raunt:

Oho, nun bricht der Apokalyptiker wieder durch, der alten Rolle treu. Unser *Joint venture* Jeremia-Jesaja von der Rue de la Tombe-Issoire. Unser katalanischer Johannes auf Patmos im vierzehnten Stadtbezirk. Lass uns noch einen Kaffee …

Dem mittelalterlichen Uhrturm mitten im Städtchen Finale ist zunächst die eine Hälfte weggeborsten, das Zifferblatt mittendurch gebrochen. Die eine Hälfte hängt noch oben, die andere liegt unterm Schutt auf dem Boden. Der Turm der Zeit ist zerfetzt, die Zeit ist entzwei. Warte, ich zeige dir das Bild … Aber was du hier siehst, gibt es nicht mehr. Bei einem Nachbeben ist auch noch die andere Hälfte des Turms eingestürzt, nur ein Schutthaufen blieb übrig, hat beide Teile des Zifferblattes unter sich begraben.

Manus Lächeln ist verflogen, er muss jetzt etwas einwenden:

Die Zeit ist vielleicht eingestürzt, doch wird sie wieder aufstehen, glaub mir, und sich an andere Türme heften, aber ich muss an die Toten, Verletzten, Obdachlosen denken. An die einzig zählende Lebenszeit. Die Zeit an sich ist gegen sich selbst immun, sie ist ohnehin obdachlos, eine phänomenale unbehauste Landstreicherin.

Große Schäden in den Provinzen Modena und Ferrara, vereinzelte Todesopfer, Tausende werden obdachlos. Der herrische Gott Terremoto will seine Opfergaben. Das schwerste Beben seit fünfhundert Jahren. Neun Tage später, am 29. Mai 2012, folgt noch eines, Terremoto ist noch nicht satt, Magnitude 5,8 im Buch der Richter, Epizentrum bei Medolla, und es gab hundert Nachbeben in Norditalien. Die Halbinsel ist tektonisch wackelig. Mal kracht es dreißig Kilometer unter der menschlichen Zuckerschicht, mal nur neunhundert Meterchen. Das ist ganz nah bei unseren Herzen und Köpfen. *Cara Italia!*

Manu ist verblüfft und flüstert:

Du weißt aber Bescheid, das Erdbeben hat dich gepackt.

Ja, aber ich muss mich verbessern. Ich glaubte, die Menschen lebten hier auf einem Vulkan. Eben nicht. Mantua ist keine akute Erdbebenzone. Dass es hier zuschlug, kam unerwartet. Keine gewohnheitsmäßige Gefährdung, die drei Seen oder Seeabschnitte, die die Stadt umschließen wie ein pralles wassergefülltes Polster, sollen, das hat mir hier einer erklärt, die Stadt stabilisieren. Und dennoch ist es eingetroffen. Trotz des Polsters. Terremoto kümmert sich einen Dreck um das Polster.

Alles ist jederzeit unvorhergesehen. Und die Erdbebenzonen des Lebens, was meinst du, was die mit mir und mit dir angestellt haben?

Es war fast so stark wie vor vier Jahren, am 6. April 2009 in den Abruzzen, bei dem frühmorgendlichen Beben der Stärke Fünfkommanull bis Sechskommadrei, mit den dreihundert Toten, eintausendsechshundert Verletzten, den fünfzigtausend Obdachlosen.

Ich habe Bilder gesehen. Die Altstadt von *L'Aquila.* Die Folgen der Verwüstung sind noch längst nicht behoben. Die meisten Menschen leben noch heute im ewigen Provisorium am Stadtrand.

Manchmal glaube ich, die Erde will uns abschütteln von ihrem Buckel, wir machen hier zu viel Mist. Wir schwimmen auf einer unruhigen Erdplatte wie auf einem Floß. Ein Wunder, dass wir hier sind und plaudern wie in alten Zeiten.

Lass uns auf diesem Floß noch einen trinken. *Cameriere!*

Verona und andere Städte der Po-Ebene wurden vor neunhundert Jahren in Schutt und Asche gelegt, das nächste Mal, vierhundert Jahre später, traf es Ferrara am schlimmsten. Die Menschen glauben jedes Mal: Es wird jetzt wohl wieder vier- bis fünfhundert Jahre dauern, was kümmert's mich, ich tute dann schon anderswo, mehr als hundert werd ich nicht …

Wir können das auch nicht von uns behaupten. Was suchst du hier wirklich? Mantua war doch keines der seismischen Großereignisse. Mantua ist nicht Haiti mit seinem *Goudougoudou,* Mantua ist nicht Kobe oder Fukushima. Hier ist doch ein prachtvoller Nebenschauplatz der Welt, eines der stilleren, abgelegenen Latifundien des Gottes Terremoto, vielleicht hat er hier nur gespielt, wer weiß.

Es ist ein Auftrag, Brotarbeit, aber es lehrt vielleicht einiges über die Gemütsverfassung der Menschheit. Und die Nebenschauplätze interessieren mich ohnehin. Die rotweißen Bänder wurden sehr rasch abgerupft und die Absperrgitter um den großen roten Turm bald schamvoll beiseitegeschoben. Sie standen noch eine gewisse Zeit an den Hauswänden herum, dann waren sie plötzlich verschwunden. Der Palazzo del Podestà muss wegen der Schäden komplett restauriert werden, dort klaffen gewaltige Risse. Du fragst dich, wie der überhaupt noch aufrecht stehen kann. Der Durchgang zur Hinterseite, wo auf dem Wochenmarkt die bizarrsten High Heels, hirnrissige Tischtücher und kunterbunte T-Shirts verkauft wurden, ist noch gesperrt, aber wart's nur ab, bald werden die Klamotten sich an keine Katastrophe mehr erinnern wollen. Der starrköpfige Alltag triumphiert, alle wollen wieder Geschäfte machen, der Klamottenmann, die Kaffeekrämer, die Geldwechsler, die Lieferanten der Schweinehälften, klar. Und weißt du was? Auch wir gehören zu den ewig Hoffnungsfrohen.

Du doch nicht, mach keine Witze.

Und was machst du in Mantua? Wie geht es Laure? Lebt ihr noch zusammen?

Manu überhört die Frage, versucht, einen Kellner herbeizurufen.

Eine Illusion zu glauben, es habe sich alles beruhigt. Alles längst kaputt, aber es wird schon nichts passieren. Die Menschheit ist sorglos bis zum Wahnsinn. Aber *Terremoto* ist ein unheimlicher Gott, der wieder zuschlagen wird. Schon das Wort jagt dir Angst ein, das deutsche *Erdbeben* scheint harmlos dagegen. Es schmeichelt eher deinem Mund, die Lippen tupfen nur leicht aufeinander. Das italienische Wort bricht mit monströs rollendem Doppel-R aus der Gurgel hervor. Es entspricht viel eher dem Katastrophen-Cocktail der Welt. Und auch wenn die Wörter ahnungslos sind, den TERROR hörst du mit.

Was sollten die Menschen denn tun? Die ganze Po-Ebene evakuieren? Oder eben reparieren, so gut es geht, und sich in den Trümmern einrichten? Die Menschheit hat genau das schon immer geübt. Flickwerk passt zu uns, genau darauf verstehen wir uns bestens. Der Mensch gewöhnt sich an alles, und wenn er einen Orden verdient, dann für seine Zählebigkeit. Gewöhnung wiegt sein Seelenheil. Stahlseile, Schuttberge, Trümmerhaufen, Rote Zone, Absperrbänder, stützende Eisenstangen, und wir schlängeln uns hindurch durchs Leben. Flickwerk und Slalom, darauf trinken wir noch einen. Das ganze Leben ist eine Erdbebenzone, wir wissen nie, wann es wieder losgeht. Wir täuschen uns selbst, übertölpeln uns beständig. Wir müssen irgendwie weiterstolpern.

Und Raffa wiederholt die überhörte Frage:

Und was machst du in Mantua? Wie geht es Laure?

DIE LIEBE NACH
SECHSTAUSEND JAHREN

Lass mich von was anderem … Erinnerst du dich an die Liebenden von Valdaro?

Nie gehört, irgendein Film könnte so heißen. Oder ein Schundroman? Keine Ahnung.

Sagt dir der Name Elena Menotti etwas?

Klingt nach Modedesign.

Nein, eine Archäologin, die am 5. Februar 2007 in Valdaro, einem Vorort von Mantua, ein jungsteinzeitliches Grab ausgegraben hat, das bei Aushubarbeiten für ein Fabrikgebäude entdeckt wurde.

Und du interessierst dich jetzt für diese Elena Menotti?

Aber nein, für das Grab beziehungsweise für den Inhalt. Zwei Skelette, die in inniger Umarmung gefunden wurden, vermutlich ein Mann und eine Frau, was erst durch die DNA-Analyse bewiesen werden musste. Eine sehr seltene Grablege, Kollektivbestattungen waren häufig, Einzelgräber gab es viele, aber nicht diese phänomenale Zweisamkeit. Die Gesichter einander zugekehrt, man glaubt ihr Lächeln zu sehen, zärtlich schützende Arme um den anderen gelegt, die Schenkel gekreuzt, ineinandergeschoben.

Mein Gott, zwei Skelette, die sich umarmen?

Hast du es damals nicht in den Zeitungen gelesen? Steinzeitpaar umarmt sich seit 6000 Jahren und Ähnliches. Da niemand wusste, wo auf der Welt Valdaro liegt, taufte man sie schlicht die »Liebenden von Mantua«. Gib mal die Wörter *The Lovers of Mantova* in dein frommes Streichelbrettchen ein. Dein Fingerkuppenmagnet soll sie hervorlocken. Sogar auf dem kleinen Leuchtschirmchen sind sie sofort erkennbar, unverkennbar: SIE. Ihr Bild gibt es in Dutzenden von Varianten und Schattierungen, aber sie sind immer klar dieselben, unmissverständlich ihre Haltung, einmalig, ein Wahrzeichen, ein unerschütterlicher Begriff aus der Jungsteinzeit. Als hätte alle zarte Liebe der Welt sich in diesem Paar verkörpern und Symbol werden wollen für alle vergangenen, gegenwärtigen und künftigen Liebenden.

Raffa zieht die Augenbrauen hoch, sagt nichts, wartet ab, wie es weitergehen soll.

Manu schaut sich jetzt auf dem Platz vor dem Café um und sieht viele junge kataloggerechte Gesichter und ein paar handgemalte Greise, alle haben sie den Blick auf ihr Streichel- und Zupfplättchen gesenkt, selbst wenn sie sich gegenübersitzen und vielleicht zu einer lange verabredeten Redseligkeit hergekommen sind. Das Zwiegespräch dauert nicht lange an, rasch taucht jeder den Blick in seine eigene Blickfalle, die Gesichtsausdrücke sind leicht mürrisch oder nichtssagend, als müssten sie gleichgültig verhüllen, was die Fingerspitzen hervorkitzeln sollen. Das schweigende Gegenüber tut ohnehin dasselbe. Inbrünstige Schweigsamkeit, wo vor kurzem noch Palaver war. Mantegna schüttelt da drinnen wieder den Kopf.

Und Manu stellt sich vor, wie jetzt auf allen Bildschirmen gleichzeitig, genau wie bei Raffa, der ihm gegenübersitzt, automatisch und elastisch federnd das jungsteinzeitliche Liebespaar aus dem Dunkel auftaucht. Die jüngere Steinzeit ist im Café Miró eingetroffen. Und auf allen Gesichtern kann Manu deutlich die Verblüffung über dieses Bild sehen, das leichte Zurückweichen der Köpfe, das Hochziehen der Augenbrauen, das sich andeutende Lächeln, die ganze Mimik, die schieres Staunen meint.

Raffa versucht, durch eine kleine Grobheit den Zauber zu zerpulvern, und wirft Manu eine Vermutung zu:

Vielleicht zwei müde Rentner aus der Steinzeit, die mit der Zeit nicht mehr zu trennen waren, die Erdschichten sind nicht träge, sie schieben ineinander, was nie zusammengehörte, die Erde arbeitet, der Regen schmiert die Räder, vielleicht zwei uralte Zeitgenossen, die unweit voneinander bestattet wurden. Warum gibt es dieses Jahr so viele Mücken in der Po-Ebene?

Und er klatscht sich auf den Unterarm.

Sag mir, wie es Laure geht.

Nein, noch sehr jung waren sie, weil sie ein noch intaktes Gebiss hatten, wenig Spuren von Abnutzung, vermutlich kaum zwanzig Jahre alt. Seit Jahrtausenden lagen sie dort in der Nekropole von Valdaro, und dann führten sie 2007 als letztes Kunststück der verblüfften Welt die Zeitlosigkeit ihrer Liebe vor, ihre ureigene Liebesutopie. Sie waren sich sechstausend Jahre lang treu, verstehst du?

Ja, sicher, mit der Treue der Toten.

Und ein Ende ist nicht abzusehen. Sie wurden durch die Entdeckung als Paar gleichsam noch einmal geboren, sie sind aus dem Schoß der Erde hervorgegangen, zwei neugeborene Vieltausendjährige, uralt und *forever young*. Und sie haben ihren Ort gut gewählt, meinst du nicht? Mantua, eine Stadt, die sich für die Renaissance entschied, für die Wiedergeburt der Antike, die Stadt der Gonzaga-Dynastie, die Wirkungsstätte Mantegnas und anderer dreiäugiger Heroen. Und gerade hier also tauchen die beiden Steinzeiter aus der Erde. Ist das vielleicht ein Zufall?

Manu unterbricht seine Erklärungen, bemüht sich, eine nüchterne Miene aufzusetzen, sich nicht forttragen zu lassen. Er blickt Raffa geradewegs in die Augen, lässt ihn ein wenig ungeduldig werden, er soll zappeln am jungsteinzeitlichen Faden, dann fährt Manu fort:

Ich will herausfinden, was hinter ihrer Geschichte steckt, verstehst du. Wurden sie von ihren Clans geopfert, zur Versöhnung der Lebenden oder der Götter, oder waren sie Opfer einer Racheaktion, waren sie Selbstmörder, haben sie irgendwelche Pflanzensäfte getrunken, um gemeinsam *dort hinüber* zu gelangen? Konnten die Menschen ihnen nicht verzeihen, dass sie glücklich waren? Starb er zuerst, wurde sie getötet und in seine Arme gelegt? Ein ritueller Witwentod, bei dem nach dem Ableben des Gatten die Frau getötet und mit ihm ins Jenseits geschickt wurde? Totenfolge nennen das die Archäologen, uns schaudert bei dem Gedanken.

Also doch ein gewaltsamer Tod?

Es gibt bei den Liebenden von Mantua keine Spuren von Gewalt, keine eingeschlagenen Schädel, keine verzerrten Kiefer, keine Spuren eines heftigen Todeskampfes, nur dieses lächelnde Einander-Zugewandtsein der beiden kahlen Köpfe, diese verblüffende zärtliche Umarmung. Ein heiteres Bild geteilter Liebe. Aus der ewig andauernden Jungsteinzeit der Liebe.

Raffa, dem die Erdbebenzonen nahestehen, erkennt Manus alte Neigung zur irren Übertreibung, über die er sich schon damals lustig gemacht hatte:

Und jetzt wirst du mir hier schnurstracks *Romeo und Julia aus der Jungsteinzeit* vorspielen. Verona liegt ja gleich um die Ecke. Und was ist mit Laure?

Romeo war tatsächlich in Mantua im Exil, da hast du recht.

Aber diesen Quatsch wird dir doch keiner glauben. Vielleicht waren es schlicht Erdbebenopfer von damals. Die Erdbebenzone hat ein gutes Gedächtnis und ihre süßen kleinen Gewohnheiten. Sie flüstert: Passt nur auf, ich komme wieder!

Ach was, nicht Romeo und Julia. Aber eine trotzige Liebesutopie vielleicht. Die halbe Welt war 2007 gerührt, als würde sich endlich dank dieser Lektion aus dem Neolithikum das Geheimnis ewiger Liebe enthüllen.

Skelette, die sich ewig lieben?

Raffa schüttelt den Kopf und macht eine skeptische Grimasse. Manu holt zu einem blitzhaften Manifest aus:

Ein Liebespaar aus der Jungsteinzeit, zwei Individuen mit einer deutlichen Botschaft, die noch aus ihren Knochen, aus ihrem intakten Skelett spricht. Als eine Art Nachricht von der Menschheit.

Raffa gibt den Zweifler, den professionellen Skeptiker, um Manus Höhenflüge endlich zu stoppen. Er war Journalist, Reporter, Spezialist für Katastrophengebiete, kein Märchenerzähler. Hier ist das Café Miró, hier ist die Piazza Mantegna, hier ist nicht Marrakesch.

Nachricht von der Menschheit? Und du hast dir in den Kopf gesetzt, sie in einem steinzeitlichen Paar zu finden? Jetzt und heute, im Mai des Jahres 2013? Moderne Technologien haben längst neue Menschen geschaffen, wir sind schon längst nicht mehr die Alten, schau dich um – lauter Klone oder solche, die es werden wollen. Vielleicht sind wir auch schon welche, ohne es zu wissen. Lauter optimierte Organismen, die an ihren smarten Plättchen hängen. Hast du schon einmal vom Posthumanen Subjekt gehört? Das Individuum ist nicht mehr das Maß aller Dinge, mein Steinzeitprophet! Es hat einem gläsernen, nomadischen, nicht-individuellen Subjekt Platz gemacht. Es ist nicht mit sich selbst identisch, es ist kollektiv und kosmopolitisch, vielfältig mit anderen Subjekten vernetzt. Guck dich um …

Aber genau deshalb bin ich dem Steinzeitpaar auf der Spur, sagt Manu. Dem Menschenpaar, wenn du willst. Anonym wie der unbekannte Soldat. Aber dennoch unzweifelhafte Individuen. Mahnung und Quell des Lächelns, Liebesheilige, Liebeskünstler, zwei jungsteinzeitliche Künder der ewigen Sehnsucht nach der geteilten Zuneigung. Wenn aus dem Weltall, von irgendeinem Lichtjahre entfernten Stern, einer das Teleskop auf uns gerichtet hat, wird er sich wundern.

Er wird leider viel mehr eingeschlagene Schädel sehen. Lass mich damit in Ruhe, du Astronaut, ich mag keine utopischen Liebenden, die sich sechstausend Jahre lang lieben. Ich habe was besseres zu tun, als irgendwelchen Steinzeitskeletten nachzuträumen.

Raffa steht kurz auf, tritt in das Café Miró, um auf die Fliege zu zielen. Manu wendet den Kopf, blickt Raffa nach. Er sieht, dass der noch immer das Bein leicht nachzieht, seit seinem Vespa-Unfall damals in Paris, als die blinde Müllabfuhr ihm die Vorfahrt nahm und er auf die Straße geschleudert wurde. Er lag monatelang mit gelähmten Beinen in einer Klinik und musste dann das Gehen neu lernen. Sie feierten ihn als einen Auferstandenen.

Raffa kommt zurück, bleibt aber auf der Schwelle kurz stehen und sieht einen schlanken, schwarz gekleideten Mann, der in behutsamem Abstand um das Tischchen schleicht, an dem er vor wenigen Minuten mit Manu gesessen hat. Der Mann tut so, als ob er sich für die Kirche oder das gotische Haus interessiert, macht ein paar Schritte nach vorn und kommt dann zurück, dabei sieht Raffa klar, dass er Manu mehrmals fotografiert, ohne dass sein alter Kumpel es merkt. Der ist über ein Notizbuch gebeugt und macht mit einem Bleistift irgendwelche Kritzel. Der Mann bückt sich einmal, wie um seine Schnürsenkel zu binden, dabei dreht er den Oberkörper leicht ab und fotografiert Manu von unten, in einer flinken Bewegung.

Nanu, denkt sich Raffa. Er beobachtet eine Weile lang den Beobachter vom Eingang des Cafés aus, dann tritt er mit raschen Schritten auf den Platz hinaus und hin zu ihrem Tischchen, verscheucht damit die schwarze Erscheinung.

Wer war das denn, hast du irgendwelche Verehrer in Mantua, die dich posten wollen?

Wen meinst du, ich hab keinen gesehen, antwortet Manu, indem er sich umblickt. Niemand, nichts Auffälliges.

Ich habe dir was verschwiegen: Es sah zunächst tatsächlich so aus, als wären die jungen Menschen durch Pfeile umgekommen, eines gewaltsamen Todes gestorben. Eine Pfeilspitze fand man in der Wirbelsäule des Mannes, eine andere in der Seite des weiblichen Skeletts.

Also doch Romeo und Julia? Nein, die haben sich ja selbst …

Wart's ab, vielleicht waren es keine Selbstmörder, vielleicht haben andere die Verschickung ins Jenseits für sie übernommen. Ich weiß es noch nicht, aber ich bin ihnen auf der Spur.

Du als Kommissar in einem Steinzeit-Tatort? Ich bitte dich! Du erzählst mir etwas von Liebesutopie und weißt schon, dass da auch noch Pfeilspitzen im Grab waren, die dem Idyll wohl ein Ende gesetzt haben? Und was ist mit ihnen nach der Entdeckung geschehen?

Erst wurden sie ausgegraben, aber nicht, wie es sonst geschieht. Normalerweise wird jeder Knochen sorgfältig entnommen, beschriftet und einzeln untersucht. Im Falle der Liebenden von Mantua wäre damit die ganze Bedeutung des Grabfundes zerstört gewesen. Die jahrtausendealte Umarmung, dieses sanfte Ineinandergeschobensein, der Bund wäre aufgelöst, alle Ewigkeit der Liebenden wäre im Nu zerstäubt. Menotti entschied also, die beiden nicht zu trennen, sondern das gesamte Erdreich, die ganze Grabhülle mit herauszuheben und so zu bewahren. Das Verfahren heißt *Blockbergung,* hab ich mir sagen lassen.

Und wie haben sie das geschafft, ohne die beiden *Amanti* doch noch versehentlich zu trennen? Ein Auseinanderfallen wäre doch ein Missgeschick gewesen für Romantiker wie dich.

Sei nicht zynisch. Der ganze Lehm- oder Erdblock, in dem sie ruhten, wurde herausgesägt, mit breiten Gurten herausgehoben und mit einem Kran ganz sanft in eine gelbe Holzkiste heruntergelassen. Dann wurde das Paket in ein archäologisches Laboratorium der *Musei Civici* nach Como verfrachtet. Dort wurden die üblichen Untersuchungen angestellt, DNA-Analyse, Röntgen, 3D-Laser-Scan und solche Dinge.

Und wo ist es jetzt, dein junges Paar, das Shakespeare erfunden hat?

Deshalb bin ich ja hier, um das herauszufinden. Im *Museo Archeologico Nazionale di Mantova,* wo es hätte ausgestellt werden sollen, ist es bis heute nicht angekommen. Jetzt ist Mai 2013, verstehst du? Das Gerücht flüstert von einem unrechtmäßigen Verschwinden. Dafür bin ich zuständig. Du für das Erdbeben, ich für das Steinzeitpaar und sein Gerücht.

Und bestimmt ruft dein Phantasma des liebenden Steinzeitpaares nach einem Roman, nicht wahr? Wie wär's mit *Die Liebenden von Mantua?* Klingt auch in anderen Sprachen gut: *The Lovers of Mantova* oder *Les Amants de Mantoue.* Und dann werden dir natürlich die Mantuaner dankbar sein für *Gli Amanti di Mantova.* Sie werden dir lastwagenweise ihre trockenen, aber schmackhaften Torten schicken, du hast sie wohl noch nicht probiert, diese Erzeugnisse mit dem mürben Namen *Sbrisolona.* Sie werden dir ledergebundene Vergil-Ausgaben auf den Nachttisch legen, in allen Kirchen der Stadt ewig für dein armes Hirn beten, dir ihre hausgemachten Teigtäschchen nach Paris schicken … Oder dann Standardwerke über das Neolithikum an den Flüssen der Po-Ebene und am Alpensüdfuß. Wenn du magst, signiert von Elena Menotti.

Kannst du auch mal ernst sein, Erdbebenmann?

Weißt du irgendetwas von den andern? Gibt es Lebenszeichen, Geburtstagsgrüße, Neujahrswünsche? Wo leben sie heute, wer ist noch in Paris? Sag mir nur nicht, dass sie inzwischen schöner, reicher, erfolgreicher sind als wir. Wir waren ein phänomenales Nomadenhäufchen, ein Prachtprekariat, lange bevor es das Wort für uns gab. Wir segelten von Kleinjob zu Kleinjob, du im Taxi, ich von Zeile zu Zeile. Ich kann mir nicht vorstellen, dass sie Selbstoptimierer geworden sind, Karriereberater, Personaltrainer, Paartherapeuten, Coachs für ausrangierte Esoteriker. Für jedes Seifenbläschen gibt es heute einen Coach. Mich wundert, dass die Hennen noch Eier legen ohne.

Manu zerbeißt eine dieser bitteren Schokoladebohnen, die auf dem Untertellerchen der Kaffeetasse liegen.

Das erzähle ich dir beim nächsten Mal, lass uns …

O.k., ich muss mich um mein Erdbeben kümmern, sagt Raffa.

Manu antwortet:

Ich habe gerade in diesem Palaver und Gläsergeklirr »Ich muss mich um meine Erdbeeren kümmern« verstanden. Wir verstehen in dem ganzen Wirrwarr um uns selten das Gleiche.

Und was ist mit …

Laure … Laure lebt nicht mehr …

Raffa reißt die Augenbrauen hoch, als wären alle Gläser und Tassen auf einmal von Tresen und Tischen gefegt worden.

Laure lebt nicht mehr ... mit mir ... Laure ist anderswo ... ich weiß nicht, wo sie ist ...

Raffa schweigt, er versucht, den Gesichtsausdruck seines Gegenübers zu deuten.

Manu bemerkt, als er in diesem Moment aufschaut, dass ein tapsiger Tourist auf der Piazza aufgetaucht ist, gemächlich hin und her geht, offenbar unschlüssig, was er zuerst knipsen will. Die wegen der Erdbebenschäden eingerüstete Fassade der Kirche Sant'Andrea? Oder den alten Wohnturm mit dem schwarz sich schlängelnden Riss? Das gotische Haus zu dessen Füßen? Der feiste Eisbär schleicht mehrmals hin und her, als bestünde Mantua einzig aus der Piazza Mantegna. Lachsfarbene verbeulte Hose, kobaltblaues Hemd, manche übertreiben die Auffälligkeit, um nur nicht aufzufallen. Manu sieht aus dem rechten Augenwinkel, dass er sich plötzlich auf den Hacken umdreht und sie beide, Manu und Raffa, am Tischchen fotografiert. Manu dreht rasch den Kopf, will protestieren, jetzt reicht's aber, dem dicken Brillenträger etwas zurufen, doch es ist schon zu spät. Der Tourist ist schnurstracks in der Menge verschwunden.

Manu wird sich später – zu spät – an diesen lachsfarbenen Eisbären erinnern.

Lass doch diesen Idioten!

Raffa drängt zum Aufbruch, Manu steht ebenfalls auf, bezahlt hat er schon. Er habe ein wichtiges Treffen, sagt der Erdbebenreporter, aber sie könnten sich am übernächsten Tag gegen Abend noch einmal treffen, sagen wir vor der Rotonda di San Lorenzo, der romanischen Rundkirche, dem Nabel Mantuas, gleich neben dem Uhrturm? Raffa schlägt noch vor, nach einem Aperitif in eines der Lokale auf der Piazza delle Erbe zu gehen, oder in ein stilleres hinter der Kirche Sant'Andrea, wir werden sehen.

Ich werde pünktlich sein. Hast du schon einmal das typische Mantuaner Gericht gegessen?

Manu verneint, er kennt die Stadt nicht wie Raffa, er ist erst seit kurzem hier.

Hecht mit grüner Soße und Polenta. *Luccio in salsa.* Der Hecht kommt aus den Stadtseen, vielleicht aus dem Mincio-Fluss. Und als Vorspeise nehmen wir *Tortelli di zucca,* die Teigtaschen mit Kürbisfüllung. Du weißt schon, was die Mantuaner dir schicken werden, wenn …

Für einen Katastrophenmann liebst du das gute Essen aber sehr.

Übermorgen, gegen 18 Uhr, stehe ich vor der Rotonda.

WARTENDER MENSCH,
EIN ZETTEL IN DER HAND

Raffa erreicht pünktlich den Treffpunkt. Er geht vor der Rotonda auf und ab, mustert die Touristen, späht in Richtung Piazza Mantegna, als müsste Manu von dort kommen, wo sie sich zwei Tage zuvor zufällig getroffen und neu verabredet haben. Er geht in die Kirche hinein, ein Schmuckstück, ein Heiligtum der Rundheit. Zehn Säulen, romanische Rundbögen springen von einer zur andern. Es hätte ja sein können, dass Manu zu früh gekommen ist und sich ebenfalls im Innern umschauen will.

Manu kommt nicht. Zehn Minuten vergehen, eine Viertelstunde. Raffa hat die Kirche bereits wieder verlassen, will nicht an ein Vergessen denken. Beide hatten offensichtlich das Gespräch nach so vielen Jahren genossen, es hatte sich längst nicht erschöpft, es gab noch viel zu erzählen. Manu hatte keinerlei Überdrusssignale ausgesendet, hatte keine Eile, aufzubrechen. Nur dass er ein bisschen zu sehr besessen war von diesem Steinzeitphantom und dessen Verschwinden.

Die halbe Stunde vergeht. Manu kommt nicht. Raffa kramt in seiner Hosentasche nach dem Zettel mit Manus Handynummer, sie hatten vor dem Aufbrechen noch die Nummern ausgetauscht. Er wählt die Nummer. Keine Antwort. Aber auch kein Anrufbeantworter. Hat es mit dem italienischen Netz zu tun? Mantua als Funkloch? Unwahrscheinlich. Auch kein Klingelton, kein Besetztzeichen, gar nichts. Manus Handy bleibt stumm. Oder besser: Manus Mobiltelefon ist tot. Nicht einmal ein Rauschen aus dem Jenseits. Eine weiße Leere.

Die ganze Stunde ist schon vorüber. Raffa wartet noch immer. Es kommt immer mal vor, dass man sich um eine Stunde vertut, denkt er. Ach, du meintest achtzehn Uhr, entschuldige, ich hatte mir neunzehn Uhr gemerkt. Aber auch die nächste Stunde ist nicht gnädiger zu Raffa.

Sollte er versuchen, in Manus Hotel nachzufragen? Manu hatte den Namen genannt, es hieß *Marchese* oder ähnlich. Raffa kennt es nicht, aber er könnte sich durchfragen. Vielleicht ist es nicht in der Altstadt, oder es versteckt sich in einer der Falten des Labyrinths. Hier liegt alles nicht weit von allem, die Altstadt ist eine Walnuss, ein flink verwinkeltes *Centro storico,* die Gassen und Gässchen ein Geflecht aus Mittelalter und Renaissance, die Plätze, Durchgänge, Tunnelgewölbe führen dich im Kreis herum, spiegeln sich gern gegenseitig, du stehst dir immer wieder selbst erstaunt gegenüber. Hier verliert man ganz leicht die Orientierung, es gehört zu Mantuas Magie. Ja, eine Walnuss, oder die wirren Gänge unseres Gehirns …

Manu ist bestimmt mit seinen eigenen Recherchen beschäftigt, Raffa geht es genauso, zu tun hat er genug. Er ist nicht auf Urlaub hier, oder noch nicht, er wollte nach Erledigung des Auftrags ein paar freie Tage anhängen. Er fährt mit seinem Klapperauto nach draußen, besucht Dörfchen und Weiler, sieht wankende vereinsamte Kirchen in der Landschaft stehen, links und rechts des Po – von Stahlseilen umschlossen, wie nicht abgeholte übergroße Geschenkpakete verschnürt, mürbe rötliche Steine in kräftiger metallischer Umarmung. Verzwirnte Stahlseile der Heiligkeit, als wollten sich die sündig-schönen Kirchlein selbst kasteien. Nein, der Gott Terremoto will es so, und er weiß nichts von irgendeinem Christentum.

Raffa wartet und wartet. Gibt es einen Zeugen, einen Beobachter? Kaum. Es gibt nur das phänomenale Alleinsein eines wartenden Menschen. Nein, doch, halt, es gibt einen Zeugen. Vergil. Vergil der Voyeur. Vergil der Vigil, der Nachtwächter, der auch tags die Augen offen hält. Allgegenwärtige Überwachung aus der Antike, die hier alle Menschen abhört, eine *National Security Agency,* die in Hexametern spricht. Warum? Weil er überall ist. *Vergil is watching you.* In Mantua wird jeder ständig von den Blicken Vergils verfolgt. Ja, Vergil guckt von Nischen und Hochreliefs und Wappen verwundert herab auf den Fußgänger und Flaneur. Es ist seine Stadt, ganz klar, und er wird hier der Beobachter merkwürdiger Dinge. *Virgilius Mantuanus poetarum clarissimus,* so bezeichnet ihn die Inschrift auf dem *Palazzo del Podestà.* Der »berühmteste von allen Dichtern« staunt über die Dinge, die in seiner Stadt vorgehen. Vorzeitliche Liebespaare werden aus der Erde gehoben, fremde Menschen tauchen auf und verschwinden plötzlich wieder. Es wird hier vielleicht sogar Tote geben. Ja, Vergil, der allgegenwärtige Vergil, wundert sich und zieht die Augenbrauen hoch.

Vielleicht möchte er lieber in einem Wohnwagen leben, in einem Vorgarten oder Hinterhof eines der Vorstädtchen Mantuas. In Pietole zum Beispiel, fünf Kilometer südlich, das sich als sein Geburtsort empfiehlt, unter dem sich das antike Dörfchen Andes befunden haben soll. Gefunden wurde es nicht. Nicht jeder kann hoffen, von Archäologen aus der Erde gehoben zu werden. Pietole hat sich mit zwei anderen Örtchen zur Gemeinde *Virgilio* verbunden. Vergil ist ein Vorstädtchen geworden.

Aber nein, kein Vorstädtchenidyll. Er muss im Zentrum Mantuas residieren, segnende Dauerpräsenz, Botschafter aus dem Jenseits, jederzeit allgegenwärtig. Zeuge des Erdbebens und anderer tektonischer Ereignisse, Zeuge voller Halluzinationen.

Georgica III, 10-15: Als Erster will ich ... wenn mein Leben ausreicht ... die Musen ... zurückkehrend von Aonischen Höhen ... in mein Heimatland führen ... als Erster will ich dir, Mantua ... Palmen aus Idumaea überreichen ... und auf der grünen Wiese am Fluss ... einen Tempel aus Marmor errichten ... wo der gewaltige Mincius ... in trägen Windungen irrt ... und seine Ufer mit zartem Schilf säumt ...

An der Piazza Broletto, in einer mittelalterlichen Nische des *Palazzo del Podestà,* sitzt er mit seiner dekorativen Doktorenmütze am Schreibpult aus dem halluzinogenen dreizehnten Jahrhundert, mit frohen abstehenden Ohren, flankiert von zwei Halbsäulen, neben seiner Rechten ein Tintenschälchen, hebt den Blick und zeigt ein rätselhaftes Lächeln. Rasch wird der wackelige Stadtphallus wegen Erdbebenschäden dicht von Stahlplanken umgeben sein, Stahlarme umgreifen den hohen Turm, und Vergil in der Nische wird samt seinem Lächeln unter den Gerüsten und Plastikplanen verschwinden. Ein Erdbebenopfer. Sie werden Kunststoffe einschießen, Risse kitten, das Wahrzeichen stabilisieren, verfluchter Frühling, der noch lange nachhallt.

Vergil war hier nicht zu entgehen, er ist verstreut über die Halbinsel zwischen den drei Seen, er blickt als Büste, Relief und Statue herab auf das kaum erwachte Mantua, als sei er zugleich Urahn, ewiger Herrscher und sehr heutiger Bürgermeister. Auf dem Stadtwappen blickt er im linken oberen Feld des weißen Schildes, das ein rotes Kreuz vierteilt, wer will auf so einen Ahnherrn verzichten. Als Apotheose auf Marmor aus Carrara stehend die pompöse Monumentalstatue in Bronze auf der Piazza ... wie heißt sie noch? Natürlich *Piazza Virgiliana*. Und die Mantuaner Akademie, gegründet von Kaiserin Maria Theresia, hat Napoleon eigenhändig zur *Virgiliana* umgetauft. Napoleon grüßt den Autor der Äneis! Salve, Imperator! Auch er weiß sich zu verbeugen. Vergil hat hier Archiv und Bibliothek und diverse Filialen, was will er mehr, und dennoch träumt er davon, sich zu verkleinern, er möchte einen bescheidenen Wohnwagen. Er hat immer sehr zurückgezogen gelebt.

Die Stadt hat Glück mit so einem, der sie auf die Weltkarte setzt. Vergil fliegt gern durch die Luft, er liebt nichts mehr als die Luft. Ein antikes Schwälbchen, ein Beobachtungsschwälbchen. Er liebt die Vogelperspektive auf das Leben, ein Wächter über Tag und Nacht. Permanent patenter Vigil. Und ja, ganz bestimmt hat er Raffa da unten stehen sehen vor der prächtigen Rotonda.

Raffa wartet noch immer. Haben Sie schon einmal einen wartenden Menschen beobachtet? Wie er zunächst unbesorgt und gutgelaunt wartet auf das erhoffte Treffen, leise lächelt und sich freut in seiner hochgestimmten Erwartung? Wie er sich jede Ungeduld verbietet, wie er sich bemüht, entspannt zu wirken auf den sicher bald Ankommenden?

Wie er allmählich öfter auf die Uhr schaut, erst auf die Armbanduhr, dann aufs Handy, dann hoch zum Uhrturm des *Palazzo della Ragione*, als ob sich dort die heutige Zeit ablesen ließe und nicht die astronomische Zeit der Renaissance und des Neolithikums.

Der wartende Mensch wird allmählich nervös, er geht rascher auf und ab, ein leichter Schweißfilm gleitet elegant auf seine Stirn, dann zeigt sein Gesichtsausdruck bedrohliche Veränderungen, vom leichten Ärger über den anderen, dann über sich selbst bis zur leichtflügelig anfliegenden Panik. Es muss etwas passiert sein, es kann nicht anders sein, ein Verkehrsunfall, ein heimtückisches Virus oder ein gebrochenes Fußgelenk.

Sein Gesicht fleht um eine Nachricht, irgendeine, es kann so nicht weitergehen, die Ungewissheit ist das Schlimmste. Ein wartender Mensch ist bald die helle Verzweiflung. Ein wartender Mensch ist der Durst nach Erlösung. Und Vergil hat den wartenden Menschen gesehen und zeigt noch immer dieses rätselhafte Lächeln.

Manu kommt nicht. Dann denkt Raffa, dass *er* es sei, der sich im Tag geirrt hat. Übermorgen ist übermorgen, oder hatte Manu gemeint über-übermorgen? Hatten sie gesagt: in zwei Tagen? Und er meinte den dritten nach dem Treffen im Café Miró?

Am folgenden Abend steht Raffa wieder vor der Rotonda, wieder um 18 Uhr. Eine gewisse Sturheit gehört zu ihm, er ist nicht bereit, das angebrochene Gespräch aufzugeben, es gab noch so viel zu sagen. Dasselbe Ritual des Wartens, Spähens, Aufundabgehens, vergeblichen Anrufens. Zehn Minuten, eine halbe – dreiviertel – eine Stunde. Nichts. Manu kommt nicht zum Treffen. Das Handy ist so tot wie am Vorabend. Dass er sich einfach davongemacht hat, kann Raffa nicht glauben. Ihr Gespräch war zu freundschaftlich gewesen, beide waren erfreut, die alte Eifersucht war doch längst begraben, es ging um Laure, Manu hatte geglaubt, Laure sei an jenem Nachmittag bei ihm gewesen, als er sie plötzlich, vom Boulevard Saint-Jacques kommend, auf dem gegenüberliegenden Gehsteig hastig hat weggehen sehen, nur ein paar Meter von der Nummer siebenunddreißig. Manu war selbst unterwegs zu Raffa gewesen, ohne Anruf, wie oft hat er wechselnde hübsche Gesichter aus diesem schweren Eingangstor kommen sehen. Und jetzt auch Laure?

Manu kam nicht. Er hatte auch keine Nachricht an der Bar des Café Miró hinterlassen, keine E-Mail, keine SMS geschickt. Nichts. Sein Handy gibt es nicht mehr. Niemand hier, niemand dort, als telefonierte er mit dem Jenseits, mit Proserpina. Er hatte Raffa den Namen des Hotels verraten, wo er abgestiegen ist. Nach einigem Fragen hat Raffa das *Marchese* gefunden, in einer Straße, in der er kein Hotel vermutet hatte. Es lag außerhalb der autofreien Zone. Der Besitzer war gerade selbst am Empfang, begrüßte Raffa beflissen, weil er in ihm einen Kunden vermutete, und wurde bei Raffas Nachfragen zunehmend unfreundlicher. Nein, man habe von keinem Hotelgast dieses Namens je gehört. Es müsse sich um eine Verwechslung handeln.

Oder haben Sie sich verhört? Vielleicht in einem anderen Hotel mit ähnlichem Namen? Ihr Freund oder Bekannter muss sich geirrt haben, er hat ganz sicher hier nicht gewohnt. Den Mann auf dem Foto auf Ihrem Handy haben wir bestimmt noch nie gesehen. Wir hätten doch in der Buchungsdatei irgendeine Spur von ihm, eine Reservierung, eine Quittung, ein Check-out-Dokument.

Raffa geht entmutigt und ratlos hinaus, er beginnt tatsächlich an seinem Gedächtnis zu zweifeln, oder wenigstens an seinem Gehör. Hatte er sich bei dem Namen *Marchese* verhört? Er dreht sich noch einmal nach dem Hotel um, da kommt eine junge Frau herausgehuscht, sieht sich kurz nach der Tür um und drückt ihm einen Zettel in die Hand. Dunkles Haar, auffallend fragende blau-braune Augen, vielleicht eine studentische Aushilfe, eine flinke Fee, die dort jobbt und das schroffe Gespräch am Empfang im Vorübergehen mitangehört hat.

Sie drückte ihm den Zettel in die Hand und wollte sich schon umdrehen und rasch wieder durch die Hoteltür hineingehen, sie hatte wohl keine Erlaubnis hinauszutreten, um irgendwelche Bekannten zu grüßen. Doch da gab es einen kleinen Augenblick, der merkwürdig war. Sie hatte ihm mit einer verstohlenen Geste den Zettel rasch in die Hand gegeben, es gab keinerlei Berührung der Finger, keinen minimalen Blitz aus Feuchtigkeit und Wärme, aber beim Zurückziehen ihrer Hand eine leichte Verzögerung, während sie ihm ins Gesicht blickte, direkt in die Augen.

In ihren Pupillen nahm Raffa ein kurzes, sekundenlanges Staunen wahr, mehr noch, eine ungläubige Verblüffung, die Raffa überhaupt nicht verstand. Als wäre es ein unerwartetes Wiedersehen, als hätte sie jemanden unverhofft nach vielen Jahren wiedererkannt. Er aber, Raffa, wusste mit Bestimmtheit, dass er die junge Frau nicht kannte. Er gehörte nicht zu jenen, die sich nie an die Namen und Gesichter flüchtiger Begegnungen erinnern konnten, sein Gedächtnis war fotografisch, erdbebenerprobt. Die Frauen blieben in seine Erinnerung eingebrannt, nicht nur ihr Gesicht … Nichts war verwechselbar, oder er wollte es wenigstens glauben.

Manu öffnete den gefalteten Zettel und las:

Kommen Sie morgen um 17 Uhr ins Café Caravatti, unter den Portici Broletto. *Lorena.*

Er las noch einmal den Vornamen, um sicherzugehen, dass er sich nicht verlas: Lorena, der Schriftzug meinte diese Buchstaben. LORENA.

DAS WACHS IM OHR DER WALE

Raffa geht in sein Studio-Apartment an der Via Leon d'Oro, verbringt den Abend mit Grübeln über die Begegnung mit Manu. Er schlägt die Flügel der versteckten Küche auf, kocht sich etwas, weil er dabei am besten nachdenken kann. Er versucht mühselig, sich Fetzen des Gesprächs ins Gedächtnis zu rufen, um in ihnen vielleicht ein Indiz für Manus Ausbleiben am Tag des vorgesehenen Treffens aufzuspüren. Den Grund für eine plötzliche Verärgerung, die Spur einer Beleidigung, irgendein Wort, das Manu die Lust auf ein erneutes Treffen genommen haben könnte.

Sie hatten nur kurz über die Freunde von damals gesprochen, den unbeirrbaren Sog der Zeit, die seltsame Macht unzutreffender Erinnerungen. Hatte er zu beharrlich Neuigkeiten von Laure hören wollen? Raffa kennt Manus Eifersucht und die kleine Episode an der Rue de la Tombe-Issoire, als er, nur er – Manu – sich geirrt und mit seiner Eifersucht alles verdorben hatte. Laure hatte an jenem Nachmittag nicht mit ihm, Raffa, geschlafen. Sie kam nur, um mit ihm über Manu zu sprechen. Sie machte sich Sorgen um ihn. Es war nur einer von mehreren Gründen, weshalb sie bald alle in verschiedene Richtungen versprengt waren. Wie schmerzhaft der Ausdruck: sich aus den Augen verlieren. Augenverluste.

Er hört Manu jetzt leise sprechen, im Gläserklirren und abendlichen Gesumm, er spricht beschwörend, schaut Raffa direkt ins Gesicht.

… Ein paar wenige deutliche Umrisse, eine Handvoll leuchtender Bilder, hirnverbrannte Lappalien, die dir bis zum Lebensende bleiben. Und die dein Leben ausmachen, das Eigentliche an dir, dein unverwechselbares Gesicht. Wir sollten ein Organ dafür haben, wo alles, der ganze wunderbare Plunder und leuchtende Abfall, gespeichert wäre. Ein objektives Organ, verstehst du, nicht unser löchriges Gedächtnis. Eine wahre *Black Box* für reale und imaginäre Gespräche, einen inneren Flugschreiber für alle Stimmen, die uns begegnet sind. Unsere Erinnerung täuscht uns immer wieder, sie liegt ganz nah am Wahn … am Roman.

Raffa erinnert sich deutlich an Manus Frage:

Hast du schon einmal vom Ohrenschmalz der Wale gehört?

Mein Gott, du bist derselbe Spinner geblieben, ich sehe dich vor mir wie damals.

Hör zu, das ganze Leben eines Wales lässt sich in seinem Ohr ablesen. Diese Meeressäugetiere lagern in ihrem Hörorgan ein Wachs ab, das aus feinen Schichten besteht, die seit ihrer Geburt dort gespeichert werden. Es ist ein inneres Organ, von außen siehst du gar nichts, keine Ohrmuschel, keine süßen Ohrläppchen.

Aber können sie tatsächlich hören?

Ja, klar, sie haben ein sehr feines Organ dafür, nehmen die Schallwellen über ihre Kiefer auf. Von der Musik der Wale hast du sicher schon gehört. Und dann das: Ihr Leben lässt sich in ihrem Ohrenschmalz ablesen! Wäre es nicht wunderbar, wir hätten auch so ein Organ, das alles speichert?

Und unser geteiltes eisblaues Paris wäre nur eine zarte Schicht, warf Raffa zögernd ein …

In der aber alles gespeichert wäre, das Attentat in der Rue de Rennes, das uns erschütterte, der Vollmond-Mörder, alle Freunde, alle Feste, aller Streit. Und wir paar Taumelnde zwischen den Erinnerungstrümmern, wir alle hätten die Schicht in unseren Ohren. Aber ich möchte auch, dass unsere Wachsablagerungen von damals kommunizieren könnten, dass unsere Hörorgane sich austauschen, dass sie sich gegenseitig Botschaften senden.

Aber jeder hat doch ein anderes Wachs, jeder hat ein anderes Hörorgan. Wir sind keine Wale! Einer hört mehr mit den Augen, ein anderer behält nichts, was er nicht mit dem Tastsinn geprüft hat, seine Erinnerung hat eine Haut. Auch die Zunge ist ein gewaltiges Gedächtnisorgan. Für den einen ist ein bestimmtes Ereignis eine Erleuchtung, für den andern eine bloße Lappalie. Das Gedächtnis trennt uns. Es macht uns einsam. Du weißt doch genau, dass das alles verloren ist, nie wieder wird es so sein wie damals. Und das ist auch gut so. Nichts ist wiedergutzumachen im Leben. Erzähl doch endlich von Laure, wie geht es ihr, was macht sie?

In ihrem Hörgang also sammeln sie dieses Wachs an, das ihr Alter wiedergibt, ihre Hormonstadien, die Umweltstoffe, denen sie ausgesetzt waren.

Woher weißt du das?

Von Lou, einer Amerikanerin, die ich vor kurzem in Rom getroffen habe. Forscher von der Baylor de Waco Universität in Texas sollen es herausgefunden haben. Lou war dabei, als sie in einem Museum in Santa Barbara ihre Entdeckung vorgestellt haben. Du kennst sie nicht, ich habe sie nach unserer Zeit kennengelernt. Eine Spezialistin für Meeressäuger, Delphine, Wale, sehr nett und sehr eigenwillig, sie würde dir gefallen.

Raffa versucht, sich alles ins Gedächtnis zu rufen, worüber er mit Manu im Café Miró gesprochen hat, wie nützlich wäre es jetzt, dieses Wachs der Wale im Ohr zu haben.

Er, Raffa, der Zerstäuber aller Ohrenschmalzmythen,

hielt Manu den Mageninhalt des Pottwals entgegen, der genau ein Jahr zuvor, im Frühjahr 2012 – also gleichzeitig mit dem *verfluchten Frühling* in der Po-Ebene – vor der Küste Andalusiens verendet war. Sein Magen war ein Fundbüro. Dreißig Quadratmeter Abdeckplanen, Gartenschläuche, Blumentöpfe, Kleiderbügel, Matratzenteile, achtzehn Kilo Plastikmüll. Und das alles in einem Magen!

Manu weicht aus, er will vom Ohr des Blauwals sprechen, nicht vom Müllhaufen im Magen des Pottwals.

Alle haben wir unzutreffende Erinnerungen, die wir seit der Kindheit transportieren. Nichts ist illusionsfroher als das Gedächtnis. Deshalb wäre es wunderbar, so ein objektives Ohrenschmalz zu haben.

Sind wenigstens Sterbende in der letzten Minute allwissend? Am Schluss der ganzen Operation weiß einer nicht mehr, was er erlebt oder nur gehört hat in seinem Leben. Ist es ihm zugestoßen oder einem andern? Wir bestehen aus unseren ersten Küssen und unserer ersten Begegnung mit dem Tod. Ja. Und dennoch ist ein Leben mehr als die eigenen Erinnerungen. Noch ganz am Schluss verschwimmt es mit den anderen. Der Sterbende löst sich als Individuum auf. Ist es wirklich seins, oder kreuzt sich ein fremdes Gedächtnis mit seinem? Wer trennt das Fremde vom Eigenen? Gibt es eine klare Naht? Hört er all die Stimmen, die je in seinem Leben zu ihm gesprochen haben? Wo sitzt das Aufnahmegerät? Jawohl, er kennt sein Leben auch vom Hörensagen.

Manu lässt sich in Raffas Erinnerung an das Gespräch auf der Piazza Mantegna nicht vom Ohrenschmalz abbringen.

Es sind also Blauwale, die größten Tiere überhaupt, bis zu dreißig Meter lang und hundertsiebzig Tonnen schwer. Eine gefährdete Spezies, es soll nur noch achttausend davon geben.

Und alle haben dieses Schmalz im Ohr?

Vermutlich, ja. Ein Wal, der 2007 bei einem Zusammen-stoß mit einem Schiff vor Santa Barbara umkam – im Jahr der Entdeckung der Liebenden von Valdaro! – und zwölf Jahre alt war, hatte über fünfundzwanzig Zentimeter von diesem Erinnerungswachs im Ohr.

Also wie die konzentrischen Jahresringe in den Baum-stämmen?

Ja, ungefähr. Eine Abfolge von Wachsschichten von der Geburt bis zum Tod. Und alles war ablesbar, jedes Ereignis hat seine Spur hinterlassen. Das Stresshormon Kortison hat sich dort verewigt, es gab die ganzen Testosteronausschüt-tungen, dazu Quecksilber und etwa vierzig Pestizide, stell dir vor. Ein Querschnitt durchs Leben, mit seinen Anrei-cherungen und Bedrohungen, mit aller Lust und Gefahr und allem Gift.

Und du willst jetzt also auch so ein Ohrenschmalz für dich, damit du alles, das ganze rosige Nichts, speichern kannst? Du willst wohl auch noch die Liebenden von Man-tua in dieses Ohrenschmalz betten?

Sein Stresshormon war noch sehr gering vorhanden, als er sechs bis zwölf Monate alt war, süße Kindheit, die Meere wiegen den Wal und singen ihm lallend ihre Wiegenlieder und sanft brummelnden Geräusche. Mit zehn Jahren hatte es sich dann verdoppelt. In dem Alter werden die Wale ge-schlechtsreif.

Du meinst also – kein Sex ohne Stress?

Wenn du willst, ja. Dort wo am meisten Testosteron ist, ist auch am meisten Stress. Und was ist mit der Liebe in *deinem* Leben? Immer noch von Blüte zu Blüte treibend?

Lass das, sagt Raffas schweigendes Gesicht.

Und noch etwas verband Raffa mit Manu: Sie hatten einen nahen Menschen sterben sehen. Das verbindet inmitten der Ahnungslosen. Sie waren durch dieses Ereignis zwei Verschworene. Sie wussten, was es zu wissen gab. Raffa hatte seinen Bruder bis zum Schluss begleitet, der mit siebzehn Jahren seiner Krankheit erlag. Oder nein, er wurde von seiner Krankheit erlegt. Wie ein gehetztes und zuletzt heiter lächelndes Tier. Er hatte es geschafft. Dieses unsagbare, wissende Lächeln zuletzt. Und sei es dem Morphin geschuldet – es war da. Und Raffa stammelte immer wieder – auch Manu hat es mehrmals gehört – sein »Warum er, warum nicht ich?«. Nie hat er sich damit abfinden, nie hat er es verstehen können. Er steht noch immer an jenem Bett im abgedunkelten Sterbezimmer, hält sich, dem kalten Metall dankbar, an der Stange fest, um nicht umzufallen, um zu begreifen, was er sieht. Die Krankheit hatte keinerlei Sinn. Sie war eine schlechte Behauptung, eine Anmaßung, sie gehörte nicht dorthin, in das Leben seines Bruders. Warum er, der begabter, fröhlicher, beliebter war, großzügig und bestimmt ein besserer Mensch, das alles durchmachen und dann gehen musste – Raffa hat die Frage nie beantworten können. Sie jagte ihn vor sich her, immer wieder: Warum er, warum nicht ich?

Raffa wacht plötzlich auf, er hatte den Kopf auf die Tischplatte gelegt und war dann eingeschlafen. Noch immer kreist Manus Frage im Studio-Apartment an der Via Leon d'Oro.

Hast du schon vom Ohrenschmalz der Wale gehört?

Er lässt sein Geschirr unabgewaschen auf dem Tisch stehen. Soll der Goldene Löwe es besorgen, wenn er will. Er sucht sein Bett. Er ist soeben mit seinen Gedanken in den Weltmeeren gewesen. Es gibt dort keine Logik. Die alte Frage hat ihn aufgescheucht.

Am nächsten Morgen bricht er früh auf, damit er rechtzeitig im Laufe des Nachmittags in der Stadt zurück sein kann. Wieder fährt er zu einer dieser Erkundungsfahrten hinaus in die zerrissenen Handschriften des Gottes Terremoto. Nach Mirandola, Medolla, Camposanto, dem Epizentrum. Dann hat er es eilig, wieder in die Stadt hineinzukommen. Er will nicht zu spät kommen, er weiß genug vom zermürbenden Warten.

LORENA UND DER BLAUE SCHLITTEN

Eine Stunde vor dem Treffen streift er durch die Gassen und über die Plätze, notiert sich übersehene Orte, wo Erdbebenschäden zu sehen oder kaschiert waren. Streicht an den hohen Mauern des Palazzo Ducale entlang, tritt in den großen Hof des Castello di San Giorgio, staunt über den Größenwahn der Markgrafen und nachmaligen Herzöge Gonzaga, die sich aufblähten, als gehörten ihnen ganze Königreiche. Dann hat er es plötzlich eilig, ins Café Caravatti zu kommen, um die junge Frau zu sehen. Er ist gespannt darauf zu erfahren, was sie ihm mitteilen will.

Er geht wie ein zerstreuter Tourist auf dem unebenen, schuppen- und grätenartig beschlagenen Pflaster der riesigen Piazza Sordello zur Piazza delle Erbe weiter, bleibt möglichst unauffällig vor dem Rotonda-Eisladen mit dem Schriftzug »Wenn du es probierst, kapierst du« ... *se lo assagi, capisci* ... unter den Broletto-Arkaden stehen. Er hält sich halb abgewandt mit dem Rücken zum Café Caravatti, dreht nur mehrmals leicht den Kopf, er will die junge Frau eintreffen sehen.

Sie kommt pünktlich, das Gesicht gedankenverloren, er beobachtet sie aus einem günstigen Winkel, vielleicht zwei Minuten lang. Als er endlich ans Tischchen tritt, hebt sie den Blick, und wieder sieht er dieses merkwürdige blitzhafte Staunen in ihren Augen. Er wiederholt für sich und sein Gedächtnis, dass er die junge Frau mit Sicherheit nicht kennt, außer dem einen Mal vor dem Eingang des Hotels noch nie gesehen hat.

Sie bestellt das orangefarbene Getränk, an dem hier alle fortwährend nippen, und erzählt ohne Umschweife, dass sie den von Raffa an der Hotelrezeption beschriebenen Mann, mit dem ihr Chef nicht das Geringste zu tun haben wollte, gesehen habe.

Sind Sie ganz sicher?

Eindeutig, ganz klar.

Es sei kein italienisches Auto gewesen, ein alter breiter Amerikaner aus der Steinzeit der sechziger Jahre habe vor dem Hotel gehalten. Ein viel zu auffälliges Auto für eine verschwiegene Aktion. Sie habe in Katalonien einmal Salvador Dalís blauen Cadillac gesehen. So einer war es, ein breites Ding, kein Auto für Mantua und seine schmalen Sträßchen. Läge das Hotel im Altstadtkern, wäre der Schlitten irgendwo eingeklemmt liegengeblieben. Als ob der unbekannte Besitzer dem Maler den Cadillac abgekauft hätte, mit dem er 1982 die tote Gala, seinen Musendrachen, aus Südfrankreich abgeholt und in ihr Mausoleum im Schloss von Púbol chauffiert hatte. Ein Cadillac als Leichenwagen, Dalí als Totenkutscher mit dem Zwirbelschnauzbart, das war das letzte Kunststückchen, mit dem er die tote Gala verblüffen wollte.

Ich kenne den Ort, sagt Raffa, mein Vater war Katalane.

Jedenfalls ein Auto aus einer anderen Zeit. Ein Mann im Regenmantel habe an der Rezeption nach dem Gast gefragt, er kannte seinen Namen, sie selbst habe in der Buchungsdatei nachgeschaut und das Zimmer angerufen. Der Gast sei zum Hotelempfang heruntergekommen, von dem Fremden auf ein Wort auf die Straße gebeten, dann plötzlich in das Auto gestoßen worden, worauf der Komplize am Steuer schon losfuhr. Es sei alles sehr schnell gegangen.

Als Lorena, die das Geschehen durch die Glastür verfolgt habe, aufgeregt zum Hotelbesitzer lief, habe der nur abgewiegelt und gesagt, sie solle die Sache nicht aufbauschen. Es sei wohl eine simple Verabredung gewesen. Er wolle keinen Ärger, schon gar nicht mit der Polizei. Im Hotelwesen bringe ein Gerücht den sofortigen Untergang, eine schlechte Beurteilung auf der Website einer Buchungsplattform, und die Touristen bleiben aus, es gehe ihm an den Kragen und den Hotelangestellten ebenso. Also, Signorina, wenn Sie morgen noch Arbeit haben wollen, vergessen Sie das alles noch heute. Wir haben nichts gesehen und nichts gehört, verstehen Sie? Gehen Sie an Ihre Arbeit und denken Sie an etwas anderes, ja?

Sie hat es nicht eilig aufzubrechen, das Gespräch fließt ungehindert, sie lächelt bezaubernd, als er ihr seine jämmerliche Erdbebenreportage schildert. Sie schiebt sich mit einer wiederkehrenden Geste eine feine Strähne hinters Ohr und zeigt ihm dabei fast ihr Profil. Raffa hat eine Schwäche für mediterrane Frauen, den matten Glanz der Haut, die dunkleren Augen. Aber in diesem Lächeln lag noch etwas anderes, das er sich nicht erklären kann. Das Lächeln verschweigt ihm etwas, aber warum soll es alles auf einmal enthüllen. Ein Lächeln ist der beste Aufschub.

Sie erzählt ihm also, dass sie ein abgeschlossenes Archäologiestudium hinter sich habe, nur zufällig in der Gastronomie jobbe, mit diversen Arbeiten in Hotels und Restaurants über die Runden komme. Sie habe auf Malta bei einem archäologischen Projekt mitgearbeitet, sei aber vor ein paar Monaten nach Mantua zurückgekehrt, um ihre kranken Eltern zu pflegen, die kurz nacheinander verstorben seien. Vielleicht ist das der Grund für die schuldbewusste Traurigkeit, die immer wieder in ihrem Lächeln aufscheint. Sie arbeitet meist an der Rezeption, bis der Nachtportier auftaucht, geht manchmal den Zimmermädchen rasch zur Hand, wenn es viele Wechsel gibt und die Zimmer so schnell wie möglich wieder verfügbar sein sollen. Der Chef ist streng, aber nicht ekelhaft, er lässt sie ihre Arbeit tun, ohne sie zu belästigen.

Wie so viele hier muss ich improvisieren. Viele Freunde und Studienkollegen sind ins Ausland abgehauen, weil sie nichts mehr finden, sie stehen in Cafés und Bars in Berlin und London, tragen Kaffeetassen vor sich her durch die Welt und lassen sich von schlechtgelaunten Kunden anschnauzen. Wir sind die Meute der ungebrauchten hochqualifizierten Allroundjobber, was wollen Sie? Putztrupp mit Masters Degree, habilitierte Taxifahrer und Animatoren mit Doktorhut in Urlaubscamps an der Adria. Einige stellen sich als Versuchskaninchen in der pharmazeutischen Industrie zur Verfügung. Besser als arbeitslos ist jeder Seiltanz, hier oben im Norden ist es weniger schlimm als unten im Süden, statt vierundvierzig haben wir nur siebenundzwanzig Prozent Jugendarbeitslosigkeit, aber es werden noch mehr werden. Wir reden uns die Zungen wund in Callcentern, dienern in Hotels und helfen als Fremdenführer aus, ich mache meinen Job im Hotel weiter und halte die Ohren offen, falls sich etwas Neues ergibt.

Raffa beschreibt ihr Manu, Lorena ist überzeugt, dass er es war, der vor dem Hotel in ein Auto gestoßen wurde. Das Foto auf dem Handy, klar, auch der Name Manuel Lomo ist nicht häufig anzutreffen. Er beschließt, trotz erster Bedenken am folgenden Tag zur Polizei zu gehen. Aber das Vorgehen ist nicht sehr aussichtsreich. Lorena ist bereit, nach der Arbeit mitzukommen, wenn nötig auch zu übersetzen. In seinem Kopf hört er schon das Gespräch.

Ist er ein Angehöriger von Ihnen?

Nein, nur ein alter Freund.

Aber hören Sie, er kann doch seine Pläne geändert haben und vor dem geplanten Treffen abgereist sein? Sind Freunde immer zuverlässig?

Er wollte mehrere Wochen in Mantua bleiben.

Er schuldet Ihnen doch keine Rechenschaft über seine Vorhaben. Vielleicht hat ihn jemand vor dem Hotel abgeholt, eine andere Bekanntschaft, von der Sie nichts wissen? Vielleicht eine Frau?

Aber meine Begleiterin hier sagte mir, er sei ins Auto gestoßen worden, das dann sehr schnell weggefahren sei. Er war mit Recherchen beschäftigt, die vielleicht nicht jedermann gefielen?

Was für Recherchen, bitte?

Über die Liebenden von Mantua, eine steinzeitliche Grablege, die 2007 hier in der Nähe entdeckt wurde und dann plötzlich verschwand.

Der Polizist glaubt sich verhört zu haben. Er wirft dem Kollegen einen vielsagenden Blick zu.

Keine Finanzschiebereien, keine Industriespionage, kein Plutoniumdiebstahl? Sie glauben doch nicht im Ernst, dass jemand ein paar Knochen wegen entführt werden könnte? Vielleicht handelt es sich tatsächlich um eine Liebschaft, aber eher nicht aus der Steinzeit.

Hier wird der ungläubige Beamte ein komplizenhaftes Grinsen aufsetzen und Lorena zuzwinkern.

Vielleicht ist das Doppelskelett gestohlen worden, er war dem Diebstahl auf der Spur, vermutlich ist er deswegen entführt worden.

Diebstahl, Entführung … Signore, Sie haben vielleicht zu viel Phantasie, *non è vero?* Es kommen viele Touristen nach Mantua, sie kommen und gehen, fahren nach Verona, Padua oder Ferrara weiter, keiner regt sich über ihr rasches Verschwinden auf. Aber bitte, an uns soll es nicht liegen, wir haben alles protokolliert, ein Kommissar wird sich um die Angelegenheit kümmern, wenn wir irgendwelche neuen Anhaltspunkte haben, geben wir Ihnen Bescheid. Ihre Personalien und Ihr Aufenthaltsort hier in Mantua werden aufgenommen.

Es wird verlorene Zeit sein. Keiner würde auch nur einen Finger rühren für eine absurd klingende Entführungsgeschichte, bei der zwei Steinzeitskelette irgendeine obskure Rolle spielten. Die Geschichte schien Raffa selbst so unglaubhaft, weshalb sollten italienische Polizeibeamte, die auf die Uhr schielten und den Feierabend erwarteten, so wirres Zeug glauben? Und hatte er, Raffa, überhaupt ein Recht darauf zu wissen, wo sein Kumpel von damals gerade war? Manu war ein freier Mensch, schon damals in der gemeinsamen Zeit öfter unvorhersehbar, plötzlich wie abgetaucht. Hatte er nicht die Wahl, einen Menschen wiederzutreffen oder eben nicht zu treffen? Für die erste Begegnung war der Zufall zuständig, die zweite lag im Bereich seiner Freiheit.

Am nächsten Morgen glaubte er beim Aufwachen an einen absurden Traum. Schon das Wiedersehen mit Manu nach so langer Zeit, seine Geschichte des Steinzeitpaares und dessen Verschwinden, seine angebliche Entführung, das Treffen mit Lorena ... All das schien ihm unwirklich, einem Traum entlaufen. Aber die Wirklichkeit kümmert sich zuallerletzt um die Wahrscheinlichkeit, es gibt ohnehin nur weniges auf der Welt, was nicht unwahrscheinlich ist.

Raffa versuchte sich einzureden, dass Manu trotz allem abgereist war und es vergessen hatte oder unterlassen wollte, ihm Bescheid zu sagen. Er hatte so merkwürdige Interessen und Pläne, und vielleicht auch die Erinnerung an die Eifersuchtsgeschichte um Laure ...

Es beginnt die ordentliche Arbeit der Verdrängung. Er war niemandem begegnet auf der Piazza Mantegna, er hatte mit niemandem ein langes Gespräch geführt, sich mit niemandem für den übernächsten Tag verabredet, hatte auf niemanden an zwei aufeinanderfolgenden Tagen gewartet. Niemand kam, niemand hinterließ eine Nachricht, niemand versuchte ihn zu kontaktieren. Niemandes Handy war tot. Keine junge Frau war aus dem Hotel gehuscht und hatte ihm keinen Zettel zugesteckt.

Das Gewissen wehrt sich dennoch: Es ist alles unwahrscheinlich, aber du hast es nicht nur geträumt. Ihr habt tatsächlich auf der Piazza an einem Tischchen gesessen. Die Augen deines Gewissens haben es genau gesehen. Und Mantegna vermutlich auch.

ERWACHEN UND ERSTES
GESPRÄCH MIT IGNOTO

Manu erwacht von den sanften Lichtwellen, die durch weiße feine, von einem Lufthauch bewegte Vorhänge strömen. Sonnenlicht beleckt mit kleinen feuchten Zungen seine müden Augenlider. Licht eines späten Morgens, bestimmt noch nicht Mittag. Er schlägt ein Auge auf und merkt sofort: Er ist hier noch nie gewesen. Jedes Auge schaudert vor unvertrauten Räumen, auch wenn sie sich noch so golden und sonnig geben. Es roch hier auch unvertraut. Leicht harzige Teedüfte, ein duftendes Irrlicht von Moschus, salzbetont.

Es gibt keine Uhr. Am Armgelenk ein Nichts. Er greift sich in die Hosentasche. Auch sein Handy haben sie ihm abgenommen. Die Zeit ist ihm abhandengekommen. Er muss lange geschlafen haben. Und er kennt das Gefühl gar nicht mehr, lange geschlafen zu haben. Seit Jahren narrt ihn sein scheinheiliges Hirn, lässt ihn friedlich einschlafen und scheucht ihn nach zwei Stunden schon wieder aus der weichen Umarmung. Das Herz klopft, schickt ihm Abwehrhaltungen, die möglicherweise aus völlig anderen Zeiten kommen, moderne Mammutgerüche, deutliche Wolfsgeräusche, ein Scharren im Gebüsch des Gehirns, das Gähnen des Säbelzahntigers. Blödsinn, denkt Manu, noch halb in seinen Träumen. Was hatten sie mit ihm vor?

Er glaubt, mühsam aufstehen zu müssen, schließlich taucht er aus einer Narkose auf, aber es geht ganz leicht. Er schaut sich um, ein schlichtes Zimmer, keine Gefängniszelle, aber ohne jeden Schmuck, kein Bild an der Wand, kein Daniel in der Löwengrube. Auf dem Tisch ein Computer, er vermutet sofort: ohne Ausgang ins weltweite Netz, Schreibblöcke, Schreibstifte. Merkwürdiger Gegenstand: eine kurze rote Stabtaschenlampe. Wer hat sich das denn ausgedacht? Wer oder was soll hier erleuchtet werden? Ein Fingerdruck auf den Schalter: Kräftiges Licht gibt es genug. Nur keine Freiheit.

Er geht zum Fenster, berührt die Vorhänge, tritt gleich daneben durch eine Glastür auf einen großen Balkon, eher Terrasse, auf dem ein zitterndes Olivenbäumchen in einem großen tönernen Topf steht. Er blickt auf eine Landschaft mit Pappeln und Espen, mit Fluss- oder Bachverlauf, rötlichen Mäuerchen, Nutzgebäuden, Stallungen vermutlich. Eine dicke Umfassungsmauer, vielleicht Sandstein, um das ganze Anwesen herum. Ein Tor sieht er nicht, es entzieht sich seinem Gesichtswinkel. Er war hier noch nie. Wie ist er hergekommen?

Das Land ist flach. Er befindet sich vielleicht nicht allzu weit von Mantua, in der Po-Ebene, noch nichts zu sehen von den euganeischen Vulkanhügeln bei Padua. Das Auge ist rasch, misst sofort die Lage aus, um Fluchtwege zu erkunden. Die Terrasse viel zu hoch, die Mauer darunter ohne Bewuchs, keine Efeuleiter, gar nichts. Die Zwischenräume zwischen den einzelnen Steinen nicht breit genug, um einen Tritt zu ermöglichen. Alles gut verfugt. Wäre ein Sprung möglich? Was würde es bringen, mit zwei gebrochenen Beinen da unten zu liegen. Oder mit gebrochenem Genick, je nach Flugverlauf.

Er schält aus den verkrusteten Bildern heraus, was noch da ist. Ein Hotel in Mantua, dessen Name ihm jetzt nicht mehr einfällt, ein Anruf in seinem Zimmer, eine weibliche Stimme. Er geht hinunter, ein Fremder spricht ihn an, bittet ihn für eine Minute, *solo un minuto,* vor die Glastür, er folgt ihm arglos, ein breites Auto nähert sich langsam, eine Tür schnellt plötzlich auf, und er wird unsanft hineingestoßen. Ein Mann auf dem Rücksitz schlägt ihm ein Taschentuch vors Gesicht, und das Auto fährt rasch davon. Mehr weiß er nicht.

Er geht zur Tür, öffnet sie, ein gutgekleideter Mann mit Dreitagebart, etwas jünger als er, sagt mit schroffer Bestimmtheit:

Erst wenn Sie gerufen werden.

Manu will nicht einmal protestieren, geht zurück und legt sich noch einmal auf die lehmfarbene Bettdecke, um nachzudenken. Er schließt die Augen, Minuten vergehen, vielleicht eine Stunde, vielleicht zwei. Er muss noch einmal eingeschlafen sein, denn er erkennt deutlich: Abendlicht, das durch die Fenster flutet.

Es klopft an die Tür, er hebt den Kopf, schneidet eine verschlafene Grimasse und ruft: *prego!*

Ein Diener wie aus einem Film der sechziger Jahre öffnet sacht die Tür, Backenbart, Manuel denkt an Buñuel, und sagt nur zwei Sätze:

Der *Conte* möchte Sie sprechen, bitte kommen Sie in ein paar Minuten herunter. Sie werden begleitet.

Jedes Aufbegehren erscheint ihm überflüssig, ein Ruf nach den Carabinieri völlig lächerlich. Manu ist friedlich wie ein Tier, das aus der Einschläferung erwacht. Er verharrt also auf der Bettdecke und nickt nur, lässt es geschehen. Oder ist diese Lämmchenfrommheit, die er gar nicht an sich kennt, der Betäubung geschuldet?

Dann klopft es, ein anderer Mann steht vor der Tür:

Kommen Sie jetzt.

Der Diener führt ihn über eine breite Treppe hinunter ins Erdgeschoss, er sieht nur seinen Rücken, sie gehen an großen Glasflächen und mehreren Türen vorbei und weiter in den Speisesaal. An dessen Wänden hängen Bilder, deren Motive nicht erkennbar sind, weil eine Art weiße Gaze darübergezogen ist. Was soll diese Sinnlosigkeit, sich mit Kunstwerken zu umgeben und sie dann mit weißem Stoff zu verdunkeln? Nicht zum Gesehenwerden bestimmt. Oder werden die Werke nur für ihn verhüllt, damit er sie nicht erkennen soll? Weil er aufgrund der Bilder den Besitzer identifizieren könnte? Ob er daran erkennen könnte, wessen Gefangener er ist?

Auf dem Tisch exquisites Geschirr und luftige Gläser. Gedeckt ist für zwei Personen, Manu schließt daraus, dass der *Conte* sich nur mit ihm treffen will. Er würde ihn sofort zur Rede stellen, um den Grund seiner ungeheuerlichen Entführung zu erfahren. Was fiel diesem Schurken ein, einen ihm völlig unbekannten Menschen durch ein paar Kerle in einem Auto auf sein Landgut karren zu lassen und ihm dabei noch irgendein Betäubungsmittel einzuflößen. Manu kennt keinen *Conte* und weiß nicht, warum der sich das Recht anmaßte, seine Rundgänge und Recherchen in Mantua abzukürzen.

Manu setzt sich und begutachtet die verschiedenen Teller und Gläser. Es liegt verwunderte Verächtlichkeit in diesem Blick, die Marken und Logos von Luxusgütern waren ihm unbekannt, er wollte sein Gedächtnis nicht mit solchem Plunder füllen. Er wollte nur weg.

Dann tritt auch schon ein überaus elegant, aber unauffällig gekleideter Herr durch die Tür, geht auf ihn zu, reicht ihm mit einem nicht unfreundlichen Nicken die Hand und setzt sich an das Tischende, das am weitesten von der Tür entfernt ist.

Er verliert keine Zeit mit irgendwelchen Höflichkeiten oder vermeintlich interessierten Fragen, die sich in zivilisierter Umgebung aufdrängen würden. Wie gefällt Ihnen Mantua, wie lange haben Sie vor zu bleiben, was führt Sie hierher, sind Sie zum ersten Mal hier, haben Sie bereits den Palazzo Ducale besucht, Mantegnas *Zimmer der Vermählten*, die Fresken von Giulio Romano im Palazzo Te? Wahrscheinlich wusste er genau, dass nach dem Erdbeben viele Räume für Besucher noch geschlossen waren, nicht wenige von Mantuas Schätzen waren ins Dunkel getaucht.

Nein, der erste Satz gilt bereits dem Kern seines Interesses, im Tonfall eines dezidierten, aber nicht ruppigen, jede Silbe betonenden Befehls ausgesprochen:

Sie werden nicht mehr nach dem Grabfund von Valdaro forschen, keine Laborangestellten oder Archäologen mehr befragen. Die beiden Skelette sind unauffindbar, eine Ansammlung jungsteinzeitlicher Knochen ist nach einer sensationellen Grabung unsichtbar geworden, na und? Hört deswegen die Erde auf, sich zu drehen? Die Weltpresse hat eine Sensation gehabt, die Archäologen haben aufgemerkt, ein paar romantische Schwärmer haben »Romeo und Julia« geseufzt. Seit ein paar Tagen lasse ich Sie beobachten, und was meine Angestellten mir berichten, gefällt mir nicht. Ich habe Erkundigungen über Sie eingezogen, auch über den Mann, den Sie im Café trafen und der den Erdbebenschäden nachläuft. Sie hätten dasselbe tun sollen, dann wären Sie nicht hier. Vielleicht lässt sich etwas über die Unterschlagung von Hilfsgeldern, Korruption, Vetternwirtschaft, Mafiakontakte und solche Dinge herausbekommen. Das interessiert doch die ganze Welt an Italien, nicht wahr?

Sie sprechen ausgezeichnet Deutsch, darf ich fragen, wie es dazu kommt?

Ich habe in München Philosophie studiert, und bitte, lassen Sie mich hier die Fragen stellen. Nietzsche war ohnehin ein Italiener, warum hätte er sonst in Turin ein Pferd umarmt? Er umarmte seine italienische Seele. Dass es Italiener waren, die seine Schwester zum Teufel schickten und seine Werke endlich ediert haben, ist für Sie ein bloßer Zufall? Ich habe über einen Buddhisten namens Schopenhauer gearbeitet, ohne Schopenhauer gäbe es keine Liebenden von Mantua ...

Wie soll ich das verstehen?

Es ist mir nicht unangenehm, die Sprache meiner philosophischen Studien zu pflegen.

Manu hört ihm schweigend zu, prüft das Gesicht seines mindestens fünf Meter entfernt sitzenden Gegenübers, um zu verstehen, wer ihn hat entführen lassen, wer ihn hier festhielt. Es war das Gesicht eines kultivierten, höflichen Mannes, der nichts von einem Verrückten oder Gewalttäter hatte. Dennoch: Nichts ist tarnungswütiger als der blanke Wahnsinn. Warum nur denkt jeder sofort an das gebleckte Gebiss von Jack Nicholson in *The Shining*? Nur Idioten erwarten den plötzlich gezückten Dolch und ein Zucken um die Lippen des Gegenübers, einen Tick, ein zwanghaft blinzelndes Auge. Der Wahnsinn ist ein Tarnungsexperte, er hat seine geheimen Hirnwindungen und Hintertreppen, auf denen ihm keiner nachsteigen kann.

Auch Gott war verrückt, Manu erinnert sich an ein Zitat von irgendeinem Autor, dessen Namen er vergessen hat: Das Geheimnis des Lebens ... besteht darin ... Gottes Verrücktheit zu teilen. Der Conte war also in bester Gesellschaft. Manu benutzt eine seiner Atempausen, um endlich seine Frage einzuwerfen:

Was haben *Sie* denn mit diesem Fund aus dem Neolithikum zu tun, wenn Sie nicht ebenso ein romantischer Schwärmer sind und im Doppelskelett Romeo und Julia erkannt haben? Was bedeutet Ihnen das Liebespaar von Valdaro? Darf ich Sie nach Ihrem Namen fragen?

Der tut nichts zur Sache. Nennen Sie mich *Conte* oder *Ignoto*, wenn es Ihnen Freude macht, wenn Sie mich nicht namenlos annehmen können. Und zudem: Sie verkennen die Situation, *Signor scrittore*. Nicht Sie haben hier die Fragen zu stellen. Und jetzt lasse ich nach dem Essen rufen. Sie werden sehen, mein Koch ist ein Magier und Wundertäter. Er hat in Mantua in einem Luxusrestaurant gearbeitet, bis ich ihn exklusiv für mich engagiert habe. Er hat den Ehrgeiz, jedes Mal das Unvergessliche zu schaffen. Haben Sie schon einmal gefüllten Igel gegessen?

Wie bitte?

Nur ein Scherz.

Manu sieht den Conte lächeln und nimmt sich vor, die gehauchten Namen von irgendeinem kulinarischen Firlefanz, der gleich hereingetragen und von einem hochnäsigen Herold verkündet würde, auf der Stelle zu vergessen. Es war sein eingefleischter leiser Protest gegen jeden perligen Überfluss, ein Erbstück aus kargen Jahren, ein idiotischer Bohemestolz. Er hatte sich innerlich den Blick von unten bewahrt. Eine soziale *Sotto-in-su*-Perspektive. Wie gemacht für die Stadt Mantua, in der ein Maler die extreme Unteransicht erfand.

Ein Sprung in den Pool der Zeit ... und schon ist das Essen zu Ende, der Conte wischt sich elegant die Mundwinkel mit einer blütenweißen Serviette ab und sagt, wie zum Nachtisch:

Noch etwas, ich muss Sie leider bewachen lassen. Salvatore und Massimo werden sich zu Ihrem Schutz abwechseln, damit Ihnen hier nichts zustößt.

THE SLEEPING LADY

Sie trafen sich wieder, zwei Tage später, unter den Arkaden, im Café Caravatti, wo er manchmal auch zum Frühstück hinging. Märchenhaftes Mandelhörnchen trifft sakralen Espresso. Es war, als sollte der erste Treffpunkt den Vorwand liefern, zu ihm zurückzukehren. Wie rasch wird eine Wiederholung zur sanften Tradition.

Sie schaute ihn mit ihren offenen, seltsam blau-braunen Augen an, ihre Lippen bewegten sich mit einem leicht schalkhaften Lächeln, wenn er von Terremotos trüben Eskapaden berichtete. Sie erzählte jetzt mehr von sich. Dass sie ein Jahr auf Malta gelebt habe, dort alle neolithischen Tempel kenne, die 4000 bis 2500 Jahre vor unserer Zeitrechnung entstanden seien, dass sie sich vor allem mit dem Hypogäum in Paola und mit der Bedeutung der *Sleeping Lady* beschäftigt habe.

Ich erkläre dir gleich, wer sie ist.

Sie sprechen Englisch, manchmal Italienisch, auch wenn seines erdbebengeschädigt war.

Was, *for God's sake*, ist ein Hypogäum? Und was ist mit der Schlafenden Lady? Muss ich sie kennen?, fragte Raffa. Ich habe noch nie von ihr gehört.

Eine unterirdische Tempelanlage in Paola, ein großer Bestattungsort, ein neolithisches Beinhaus, sagt Lorena, mit bloßen Steinwerkzeugen in den weichen Kalkstein gehauen, denk an labyrinthische Katakomben, mit Gängen, Hallen und Nischen, gerundeten Wänden. Rundheit war das klare Thema, als wäre der Tod unendlich rund und eingerollt, ein farbiger Embryo in dieser Gebärmutter unter der Erde. Darüber wurden in jüngerer Zeit Wohnhäuser gebaut, man hielt die Hohlräume darunter für Zisternen, nur durch Zufall kam es vor hundert Jahren zu einem Durchbruch und zur Entdeckung.

Nur kahle Kalkwände? Sonst nichts?

Nein, in Hal Saflieni waren sie für die Toten bemalt, mit Mustern von rotem Ocker, den sie wahrscheinlich aus Sizilien neunzig Kilometer weit übers Meer geholt haben, merkwürdige wuchernde Ranken, Scheiben und Spiralen, flatternde Sechsecke, die vielleicht von Bienenwabenzellen inspiriert waren, die Seelen in der Raumstation waren eingerollte Bienenlarven, die auf den Tag des Schlüpfens warteten. Die Gebeine von siebentausend Toten wurden im Zwischenreich von Hal Saflieni gelagert, bevor sie den Bienenflug ins Jenseits antraten.

Und was geschah mit den Toten?

Sie wurden vermutlich durch ein Blasrohr mit rotem Ocker besprüht, es symbolisierte das Blut, das ihnen mitgegeben werden sollte für den Rest ihrer Reise. Das Ockerblut stand für das neue Leben, verneinte den Tod. Es gibt auch auf der Nachbarinsel Gozo eine unterirdische Anlage, beim Ggantija-Tempel, lauter Rundungen auch dort. Schau, wie dort drüben unsere Rotonda ...

Tatsächlich hatte man von den Broletto-Arkaden aus, unter denen die Tischchen des Caravatti standen, einen guten Blick hinüber zum runden Nabel Mantuas.

Die Malereien sind zaghaft, noch unentschlossen, nicht zu vergleichen mit den viele Jahrtausende älteren Kandinskys und Picassos in Chauvet oder Lascaux, aber phantastische Architekten und Bildhauer waren diese Menschen bereits. Die Tempel waren auf Sonnenempfang an bestimmten Tagen angelegt, auf Befruchtung und Fruchtbarkeit. Malta hat diese völlig ungewöhnlichen, für einen Archäologen atemberaubenden, erstaunlich gut erhaltenen Tempelanlagen.

Deine Augen leuchten, wenn du davon sprichst. Du bist sofort auf Malta, wenn du von den glücklichen Toten dort sprichst, sagt Raffa mit einem Lächeln voller Sympathie.

Aber beim Wort Malta – oder war es beim späteren Wort – legte sich plötzlich ein Schatten auf ihr Gesicht. Sie wandte es kurz zur Seite ab, als ob sie sich umblicken wollte.

Habe ich etwas Falsches gesagt?, fragt Raffa erschrocken. Sein eingezogener Handrücken schwebt spontan in Richtung ihrer Wange, will sanft über sie streichen, stoppt aber vor der nur angedeuteten Liebkosung, als wäre sie sich ihrer Ungehörigkeit plötzlich bewusst. Er kannte die junge Frau noch kaum. Sie war kostbar, die Einzige, die etwas von Manus Verschwinden hatte berichten können. Die Einzige, die wusste, dass etwas nicht stimmte.

Wir sagen alle immer das Falsche, nein, nichts, es ist nur …

Und was ist nun mit der *Sleeping Lady*?

Eine seltsame Winzigkeit, eine liegende Alabaster-Figurine, nur ein Dutzend Zentimeter groß, eine dickleibige Frau mit kleinem Köpfchen liegt auf einer Art Pritsche auf Füßen, die Augen geschlossen. Großer Unterleib, ein gewaltiges Becken, dicke Schenkel und Oberarme, aber nur ein Stecknadelköpfchen. Ich kann dir Abbildungen zeigen. Fettleibig sind auch die anderen weiblichen Figuren, die man dort fand, rundliche Mutter-Idole oder Erd- und Fruchtbarkeitsgöttinnen, die in den Tempeln von Tarxien, Hagar Qim und Mnajdra standen. Lauter Steinwunder voller Bedeutung, über die wir nur spekulieren können. Wie über die Bedeutung der *Sleeping Lady* …

Sie scheint dich besonders zu beschäftigen, sie wird noch jetzt von dir träumen.

Ist sie schwanger, schläft sie, träumt sie, ist sie tot? Horcht sie im Liegen auf die Stimmen in ihrem Handteller, der unter das Köpfchen geschoben ist, bezieht sie ihre magische Energie aus ihnen, bevor ihr ein Orakel über die Lippen schlüpft? Vielleicht eine Priesterin, die dort ihren Tempelschlaf hielt, den Botschaften aus dem Jenseits entgegenträumte, den rätselhaften wirren Telegrammen der Götter. Hat man ihr irgendwelche Säfte eingeflößt, die sie aufnahmebereit machen sollten?

Du machst mich neugierig, du bist mein Caravatti-Orakel.

Der Schatten war verflogen, Lorena freute sich, ihm etwas zu erzählen, das ihm keine Hotelangestellte, keine Rezeptionsdame hätte erzählen können. Sie war für kurze Zeit wieder eine Archäologin.

Warst du nie auf Malta? Nein, wirklich nicht? Du musst mal hinfahren, ich habe Freunde dort, sie würden dich gerne aufnehmen. Überhaupt sind die Menschen sehr freundlich, obwohl wenig Platz auf dem schwimmenden Floß ist, die Insel ist überladen und zersiedelt, wenig Natur, kaum Grün, keine Vogelstimmen, ich wohnte in Sliema. Und erst die Sprache ... ein maghreb-arabisches Konglomerat, auch aramäische und phönizische Wurzeln hat man festgestellt, mit sizilianischen Einsprengseln und deutlichem Megalithisch, wenn du verstehst, was ich meine, man glaubt förmlich, auch ein Steinzeit-Idiom zu hören.

Sie lachte auf und wollte fortfahren, aber Raffa unterbricht sie:

Da fällt mir ein, der Freund, den ich vor ein paar Tagen hier traf und dessen Verschwinden du beobachtet hast, hat von einem steinzeitlichen Doppelskelett gesprochen, das hier in der Nähe gefunden wurde, hast du davon gehört?

Aber klar, die Liebenden von Valdaro, jeder kennt die beiden hier, ihre Entdeckung war ein Fest für die Archäologen, ein einmaliger Fund. Sie lebten wohl um das Jahr

4000 vor null, also in der Zeit, als auf Malta die ersten Megalithen-Tempel entstanden. Du hast aber gehört, dass die beiden nach ihrer Entdeckung und Ausgrabung verschwanden? Keiner weiß, wo sie sind. Es wurde ein Unterstützungskomitee gegründet, um dem Paar im archäologischen Museum eine Bleibe zu schaffen, Geld für einen großen verglasten Schaukasten wurde gesammelt, doch die Liebenden waren plötzlich unauffindbar. Als ob sie es sich anders überlegt hätten. Und alle rieben sich hier die Augen. Wir haben doch nicht etwa geträumt? Ich kenne Elena Menotti, die Ausgräberin, eine seriöse Wissenschaftlerin, heute ist sie Museumsdirektorin.

Also hat Manu nicht einfach nur geschwärmt, als er mir davon erzählte? Er hatte schon damals bizarre Ideen, es hätte sein können.

Ich muss aufbrechen.

Sehen wir uns wieder? Vielleicht morgen, übermorgen? Raffa mag seit Manus Verschwinden die raschen Aufbrüche nicht mehr, nie weiß man, ob es eine Fortsetzung gibt, ob die Rotonda vergeblich warten wird. Sie lässt ein paar Eurostücke auf dem Tischchen, will nicht eingeladen werden.

Ich lasse die *Sleeping Lady* entscheiden.

Kaum hatte sie es gesagt, war sie unter den Broletto-Arkaden verschwunden. Raffa will ihr noch nachrufen:

Brauchst du ein Orakel dazu?

ZERRISSENER VORHANG

Wissen Sie, das Leben mit seiner wachsenden Kruste aus Enttäuschungen, Lügen, Kompromissen berührt mich nicht mehr. Die wenigen Jahre, die mir bleiben, werde ich nicht damit verbringen, mir über eine Nichtigkeit wie den Sinn des Lebens den Kopf zu zerbrechen. Es ist, wie es ist, und das genügt. Mein Vermögen erlaubt es mir, mich auf wenige mir wesentliche Dinge zu konzentrieren. Auf das winzige, vielleicht abseitig erscheinende Detail. Auf eine bestimmte, alles andere durchdringende Idee.

Darf ich vielleicht …

Vermögen schafft Beschränkung, fährt der Conte rücksichtslos fort, Verdichtung, Verfeinerung. Nur Neureiche schaffen sich jeden blöden Kram an. Der geistig Vermögende befreit sich vom Unnötigen. Er muss nicht dauernd von allen möglichen Dingen umstellt sein. Ohne Gepäck zu sterben ist sein Lebensziel. Ein paar exquisite Stücke genügen, ihm die Welt zu ersetzen. Oder eine einzige Idee, von der er nicht mehr lassen kann.

Vielleicht sollten wir …

Ja, Sie raten wohl richtig, auch die Bilder hier an den Wänden gehören dazu, deren Anblick ich Ihnen verwehre, weil Sie mir sehr wie ein Verrückter aussehen und vielleicht Nachforschungen über den Besitzer anstellen würden. Sie werden meinen Namen nie erfahren.

Aber Sie haben doch …

Vermutlich halten auch Sie mich für einen Verrückten, jeder Verrückte hält den anderen für verrückt. Für die Unannehmlichkeiten Ihrer Entführung bitte ich Sie höflich um Entschuldigung, aber sie war leider unumgänglich, genau wie die Betäubung. Sie haben sich zu weit vorgewagt in ein Geheimnis, dessen Kenntnis Ihnen nicht zusteht.

Manu, der konzentriert zuhörende und immer wieder wie ein verzweifelter Fisch den Mund öffnende Gast, versucht, eine Frage, und wenn schon, gleich mehrere Fragen einzuwerfen:

Und nur Sie dürfen dieses Geheimnis kennen? Sie beanspruchen offenbar die Dinge in absoluter Exklusivität für sich. Ist das nicht eine ungeheure Anmaßung, gehört Ihnen alles? Wer gibt Ihnen das Recht dazu? Wer sind Sie? Und was ist Ihr Geheimnis? Was verbergen Sie in dieser Villa?

Lassen Sie uns von wesentlichen Dingen sprechen. Ich meine damit nichts Religiöses, denn Religion hat abgedankt, erst recht die christliche, in der ich als Italiener, wie Sie wohl richtig vermuten, erzogen wurde. Da war einmal nur ein kleiner Wanderprediger aus Galiläa, der das nahe Ende der Welt vorhersagte, oder eher nachplapperte, denn er hatte es von einem anderen selbsternannten Propheten, dem Täufer, erfahren, der vom nahenden Gottesgericht predigte und zu Buße und Umkehr aufrief. Ich hoffe, ich verletze damit nicht Ihre religiösen Gefühle?

Sehr verehrter Herr, Sie lassen mich mitten aus Mantua von Ihren Gorillas entführen, betäuben mich mit irgendwelchen Säften, lassen mich bewachen, halten mich hier auf Ihrem Anwesen fest und sorgen sich jetzt, dass Sie vielleicht meine religiösen Gefühle verletzen könnten – wie zartfühlend von Ihnen! Ich gratuliere. Wenn Sie nicht …

Der Conte lässt sich nicht aus der Ruhe bringen und spricht völlig ungerührt weiter.

Jesus ist vom Täufer beeindruckt, bekennt öffentlich seine Sünden, lässt seinen Kopf unter Wasser tauchen, um dann selbst auf seine Art loszulegen in den Dörfern Südgaliläas. Als ihm das nicht mehr genügt, wandert er mit seinen Anhängern, Staub auf seinen Sandalen, nach Jerusalem. Jeder Prophet giert nach mehr, verstehen Sie? Bescheidenheit gehört nicht zu ihren Gewohnheiten. Und er fordert von seinen an ihm klebenden Partisanen den Bruch mit der eigenen Familie, die absolute Hingabe, die Lossagung von allem, was nicht Er ist. Was für eine Selbstüberhebung! Dann läuft er endlich in Jerusalem den offiziellen Tempelpriestern und den römischen Ordnungskräften ins Messer.

Aber wie sollen wir denn …

Pontius Pilatus kann nicht anders, er muss als Präfekt in Judäa endlich handeln, muss die ungehörigen Menschenansammlungen um diese immer zahlreicheren Wanderprediger auflösen, diese nutzlosen Aufläufe und Verkehrsbehinderungen, diesen latenten Aufruhr, bei dem schon ein falscher Funke zu schlimmen Folgen führen kann. Der Römer will den Ruhestörer endlich loswerden.

Ich müsste doch endlich …

Ein lästiges, mühseliges Orakel, das vom kommenden Ende der Welt schwafelt und die Leute vom Arbeiten abhält, die Märkte lähmt. Er muss also die störrischen Massen gewaltsam auseinandertreiben. Wer als Präfekt nicht von Zeit zu Zeit seine harte Faust zeigt, hat schon verloren. Als der Wanderprediger dann auch noch den lokalen Würdenträgern lästig fällt, die ihm den Maulhelden via Tempelpolizei ausliefern, kommt ihm das alles sehr zupass, die Zeit ist reif, um zuzuschlagen, ein Exempel zu statuieren.

Aber dann könnten wir doch …

Er lässt also den wichtigtuerischen Handwerkersohn aus Nazareth im April des Jahres 30 kreuzigen, um endlich seine Ruhe zu haben in einer permanent unruhigen Provinz. Aber es sollte ja nicht der letzte Aufruhr sein. Im Jahr 36 versammelt schon wieder so ein Prophet verzückte

Gläubige am Berg Garizim. Pilatus antwortet noch einmal mit rigoroser Gewalt, es kommt zu Protesten, Beschwerden, weiteren Unruhen. Pilatus wird nach Rom beordert, dort verliert sich jede Spur von ihm, er hat sich in Luft aufgelöst, verstehen Sie, Rom hat andere Sorgen, denn bei der Ankunft des judäischen Präfekten ist gerade Kaiser Tiberius verstorben. Die Sache hat sich erledigt. Vermutlich hat er seinen Lebensabend bei schneegekühltem Falernerwein und gefülltem Schwan in einer Villa auf dem Lande verbracht. Den Tölpel, den er im Jahr 30 hatte kreuzigen lassen, hat er längst vergessen. Einer mehr, einer weniger, Ordnung muss sein.

Manu will eine Bemerkung einwerfen, aber der Conte lässt sich nicht abhalten von seinen kruden Reden.

Jetzt kommt es. Nach dem Kreuzestod waren seine Anhänger maßlos enttäuscht, dass der Weltuntergang nicht eintrat. Aber wieso sollte die Welt ihnen den Gefallen tun? Sie hatten also vergeblich auf ihn gewartet. Ein gewaltiges Erdbeben, das ALLES in Schutt und Asche legen würde, nicht wie dieser Schluckauf in Mantua … Das bisschen rasch aufkommende Gewitter über Golgotha reicht doch nicht aus für einen Weltuntergang, ein staubiger Vorhang im Tempel, den ein Irrer unbemerkt herunterreißt und zerteilt, kann doch nicht als göttliches Zeichen durchgehen.

Aber so hören Sie doch wenigstens …

Sie erwarteten Blitz und Donner, Riesenquader, die auf Jerusalem und die anderen Städte regnen sollten. Die Erde sollte sich auftun, und Flammen sollten daraus hervorschießen, die himmlischen Heerscharen sollten jetzt endlich herniederfahren mit gezückten Schwertern, Bäche von Blut sollten anzeigen, welche Stunde geschlagen hat. Doch was geschieht? Nichts. Sie verstehen richtig: NICHTS! Alles geht ruhig seinen alltäglichen Gang in Judäa.

Aber soll denn nun …

Unterbrechen Sie mich nicht dauernd!

Zum ersten Mal zuckt um die Lippen des Conte ein Zeichen des Unmuts.

Sie haben mich hierher entführen lassen, um mich mit religiösen Theorien zu behelligen?

Aber nein, mein Herr, Sie werden schon noch erfahren, weshalb Sie hier sind. Deshalb nur so viel: Ein Leben ist kostbar, das wissen Sie doch, es ist von einer entsetzlichen Einmaligkeit. Sie sollten es nicht leichtsinnig wegwerfen. Sie haben nur dieses eine. Und es wird keine Auferstehung geben.

Dann lassen Sie mich doch endlich …

Maßlos ist die Enttäuschung der Anhänger, die dem Wanderprediger ihr Leben hingegeben haben. Und das soll alles gewesen sein? Dagegen hilft nur eines: die Macht einer aufgebauschten Legende, der magische Rausch des dröhnenden Wortes, die Verwandlungskraft der Phantasie! Kurz – eine hübsche literarische Feder, die lügen und locken und lenken kann.

Der Conte lächelt über seine eigene Ironie. Ein livrierter Diener tritt jetzt an seine Seite, gießt ihm noch einmal Wein ins Glas, der Conte erhebt nur Zeige- und Mittelfinger der rechten Hand zu einem kleinen Zeichen und spricht weiter.

Einer hatte eine Idee, verstehen Sie. Bestimmt ein Literat, einer von Ihrer Sorte vielleicht. Auch er ist zunächst beinah von Sinnen vor lauter Enttäuschung. Er wälzt sich am Boden, schlägt seine Hände über dem Kopf zusammen, rauft sich die Haare, so viel verlorene Lebenszeit, so viel vergeudete, vergebliche Hingabe. Dann steht er auf, wischt sich den Staub aus den Falten und hat die Idee. Er will der kleinen Gemeinschaft der bestürzten Hinterbliebenen ein bisschen Trost und Zuversicht spenden und erfindet die Legende von der Auferstehung. Nur eine Auferstehung kann alles richten. Was, wenn der Heiland gar nicht tot ist, sondern auferstanden von den Toten? Nach drei Tagen aufgefahren in den Himmel als beseligende Rakete, die den Tod überwand?

Als Rakete, Sie haben wohl ...

Der großzügige Spender hat das Richtige getan. Jetzt ergibt alles wieder einen Sinn. Schluss mit der Enttäuschung, *basta delusioni.* Die Initialzündung des Christentums ist da, der Wanderprediger hat damit kaum mehr etwas zu tun. Der Rest ist Literatur oder die frohe Botschaft der Evangelisten, einer ganzen Gruppe mehr oder minder begabter Fabulierer, Aufbauscher, Legendenschmiede. Ein Roman bringt die Erklärung der Welt, der Rausch einer literarischen Phantasie. Die Legende von der Auferstehung triumphiert, es kann losgehen in die Jahrtausende. Jetzt zählt nur noch eines: die unheimliche Macht der Schrift! Die halluzinierende Frohbotschaft! Eine Verschwörung der Literaten, die den Tod leugnen!

Sie haben aber gewiss eine besondere ...

Und wissen Sie, am meisten hat mich dieses Kreuzessymbol angewidert ... eine Religion, deren Hauptakteur ein gefolterter, blutender, geopferter Gottessohn sein soll. Eine Ikone des Schmerzes, dieser größten Zumutung, die der Weltenschöpfer sich hat einfallen lassen. Das ist eine so abstruse Idee, diese millionenfach vervielfältigte Darstellung des Kreuzestodes, ein peinliches Vorbild für eine ohnehin gemarterte Menschheit, die damit täglich an die unendlichen grenzenlosen Möglichkeiten des Schmerzes erinnert wird. Und das soll eine Religion der Liebe sein? Mit dem Bild des gefolterten Menschenkörpers als umfassendem Symbol? Wo ist die Liebe? Aufgehängt, durchbohrt von dicken Eisennägeln, den hungrigen Vögeln zum Fraß aufgestellt?

Was sollten denn sonst …

Also nicht einmal wenigstens der raketengleich aufsteigende Flugkörper des Gottessohnes, das Bild eines fabelhaften, wenn auch erfundenen Triumphs, sondern die schreckliche Ikone seiner Demütigung, seiner Schwäche, seines ewigen Besiegt- und Durchbohrtwerdens von römischen Hämmern und Nägeln?

Was möchten Sie mir … mit alledem … mitteilen, was wollen Sie von mir, weshalb halten Sie mich hier fest?

Ich suche nach einer neuen Religion und einem neuen Symbol, das dieses ewige Folterbild aus der Welt fegen soll.

Nun zeigt sich auf dem Gesicht des Conte ein Aufschein von Begeisterung, von lapidarem Enthusiasmus.

Und welches Symbol könnten Sie denn als Urbild einer neuen Religion anerkennen?

Ich kenne nur eines: die Liebenden von Mantua! Dieses noch im Tod zärtlich umschlungene Paar, das von verständnislosen Zeitgenossen mit Pfeilen traktiert und begraben wurde. Verstehen Sie doch: Sie waren zu zweit! Zu zweit vereint!

Sie wissen also, wo sich das Steinzeitpaar befindet? Haben Sie es vor kurzem noch gesehen?

Ich hoffe, das Abendessen hat Ihnen geschmeckt, mein Herr. Der Koch ist ein frommer Mann, ein christlicher Künstler. Und jetzt soll Salvatore Sie zu Ihrem Zimmer begleiten. Bis bald und gute Nacht … *Buona notte etcetera etcetera.*

SIEBEN LEBEN

Als sich die Tür hinter ihm schließt, entdeckt er plötzlich einen zweiten Stuhl, der in schrägem Winkel neben seinem Bett steht. Er muss gerade eben hierher gestellt worden sein. Das Mobiliar der Zelle ist so karg und schlicht, dass jedes neue Teil sofort ins Auge springt. Manu legt sich angekleidet aufs Bett, Ignotos monologische Reden waren anstrengend, was sollten diese maliziösen Spitzfindigkeiten, diese ganze antireligiöse Rabulistik? Wozu musste er, Manu, sich solche Dinge anhören? Der Grund für seine Entführung durch den dubiosen Conte konnte doch nicht die Tatsache sein, dass er zwei Ohren zum Zuhören hat? Und rasch fielen ihm die Augen zu.

Als er sie wieder aufschlägt, sitzt Raffa auf dem Stuhl, winterlich vermummt, mit wattierter Jacke, Ohrenmütze, dicken Handschuhen. Im Zimmer beginnt es zu schneien. Aus seinem offenen Mund kommen winterliche Hauchwölkchen, sein Atem wird sichtbar. War schon so viel Zeit vergangen, war es schon Winter? Gerade eben hatten sie sich Ende Mai auf der Piazza Mantegna zufällig wiedergesehen, genau ein Jahr nach dem Erdbeben, wie Raffa betonte, und sich dann bei der Rotonda verpasst. Er hatte die Verabredung doch nicht geträumt? Der Träumende wundert sich im Traum am meisten, es ist dieses verworren genussvolle *Das-kann-aber-nicht-sein!* Manu ist nicht kalt, er schaut nur auf Raffas seltsam winterlich ausströmenden Atem. Und er will ihn fragen:

Ist es schon Winter bei euch in Haiti?

Raffa bleibt erst stumm, dann macht er eine auffordernde Handbewegung, worauf sich ein Gespräch entspinnt, das die beiden auf der Piazza Mantegna vielleicht geteilt hatten. Es lief noch einmal mit erstaunlicher Deutlichkeit, aber unterschiedlichen Varianten, in Manus Ohren, vor Manus Augen ab.

Ach, lass das, mein Leben schreibt jetzt ganz andere Romane.

Und kannst du mir sagen, warum der Tod in deinen Romanen eine so große Rolle spielt? Begräbst du dich jedes Mal selbst? Bist du der Chauffeur deines Leichenwagens?

Aber nein doch, sie sprechen nicht vom Tod, sondern nur von unserer Sterblichkeit. Wer ein Jahrzehnt neben einem Friedhof wohnt und gleich lange über den Katakomben, der schreibt doch anders. Man geht nicht ungeschoren aus einer solchen Nachbarschaft hervor. Ich habe nicht vergebens neben dem Friedhof Montparnasse gewohnt. Mit dem Blick auf den Montsouris-Park hätte ich ganz andere Romane geschrieben.

Wie viele waren es?

Sieben.

Du hast sieben Romane geschrieben und noch immer keinen, der von der Liebe … wenigstens lallt oder stottert? Vom süßen Chaos, das sie anrichtet, von den kleineren und größeren Erdbeben ihrer Existenz, meinetwegen auf den Nebenschauplätzen, aber mit spürbar bedrohlichen Nachbeben?

Du willst überall Erdbeben sehen, deine Spezialität.

Jeder meint die Erdbeben, die er kennt.

Der Roman ist verwandt mit einem verrückten Sammelsurium, mit einem löchrigen Schleppnetz, wenn du magst, mit dem Mageninhalt deines Pottwals. Am Schluss komponiert er sich herrisch selbst und kümmert sich nicht mehr um dich. Du glaubst ihn in der Hand zu haben, aber er hat dich in der Hand. Du stehst da wie ein missratener Sohn und bist schon entlassen. Du bleibst jedes Mal verwahrlost zurück. Ich habe mich diesem Zugriff immer entziehen wollen, habe meine sieben Romane alle unter einem Pseudonym geschrieben. Ich dachte, unter dem falschen Namen findet er mich nicht sofort wieder. Er täuscht sich in der Adresse. Er irrt anderswo.

Welches Pseudonym, vielleicht habe ich es irgendwo gelesen?

Es war jedes Mal ein anderes Pseudonym. Und es war immer wieder ein Erstling, wie man diese Erzeugnisse zärtlich nennt. Ein ewiger Neuling und Debütant zu sein erschien mir als die einzige begehrenswerte Karriere. Anstatt einen zweiten Roman zu schreiben, schrieb ich siebenmal einen ersten. Und du weißt ja gar nicht, wie heiß alle auf Debütanten und Debütantinnen sind. Sie lechzen nach deiner riechbar romanesken Jungfräulichkeit.

Was? Siebenmal ein anderer, und wo bleibt die Identität?

Identität ist ein Luxus, ein unnützer Überfluss. Ich hatte das Privileg, mehrmals geboren zu werden. Jeder meiner sieben Romane war eine neue Geburt, ein Neuanfang in den Windeln möglicher Existenzen. Ein Stück inszenierter Renaissance. Es war ein Hochgefühl, im Gedanken an unsere penetrante Sterblichkeit – gegen die kein Kraut gewachsen ist, du weißt es selbst am besten – immer wieder geboren zu werden, immer wieder am Anfang zu stehen mit jedem Roman.

Ist das nicht eine gigantische Lüge?

Nicht gigantisch, aber ich fühlte mich schon manchmal als durchtriebener kleiner Lügner. Die süßen Lügen der Literatur waren mein Alles. Ich verfügte über das Rezept der Zeit, das ich irgendeinem schläfrigen Gott in einer weißen Klinik abgeluchst hatte. Ich ließ es beginnen, wo es anfing, und wenn ich es satthatte, setzte ich einen Punkt.

Die Hauptsache sind die hypnotischen Sätze, die vergessen machen, wovon sie eigentlich handeln. Jeder Roman schafft seine eigene Magie, seine rätselhafte Euphorie, die keiner versteht und die jeden beschenkt, der sich ihr aussetzen will.

Mein Bruder ist an einem Sarkom gestorben. Er hatte nur das bittere Unglück seines einzigen Lebens. Und du maßt dir gleich sieben an?

Verzeih, ich weiß, es sollte verboten werden.

Und was hast du dir von den sieben Gesichtern versprochen?

Ich war ohne Daueridentität viel freier, von Presse und Publikum nicht drangsaliert, die einerseits nur das bekommen wollen, was sie kennen oder wiedererkennen. Das beruhigt. Andererseits wollen sie immer etwas Neues. Das erregt. Aber nicht vom selben Autor, den haben sie gern in der alten Hülle. Wehe, er macht was anderes. Sie sind gespalten in ihren Wünschen. Das Altbekannte, gern, aber bitte immer was Neues.

Und du hast dieses Spiel so viele Jahre spielen können, ohne dass dir einer auf die Schliche kam?

Mit dem siebenmaligen Entschlüpfen habe ich mir diese lausige prickelnde Freiheit bewahrt. Ich war ein Fisch, den man nicht halten kann. Ein glitschiges Schuppentier. Ich verweigerte aus vorgeblichen Gesundheitsgründen Lesungen und Gespräche mit Journalisten, die Verlage machten erst unfroh, dann fröhlich mit, denn damit ergab sich ein Geheimnis um den Autor des neuen Buches, der ohnehin bald wieder verschwand. Keine Stimme, kein Gesicht. Und sie wollen alle dieses mysteriöse Wesen abhorchen und berühren, bis zur Erschöpfung ausfragen. Ich gab vor, an merkwürdigen, seltenen, möglichst unheilbaren Krankheiten zu leiden, die es mir verboten, ans Sonnenlicht zu treten, eine Art transzendente Lichtallergie. Absolute Isolation, lebensnotwendig für den guten Mann. Er liegt in einem abgedunkelten Raum, er kann sich nicht mehr erheben. Sie können sich nur brieflich an ihn wenden, es ist ganz ausgeschlossen, dass er aus diesem Buch wird lesen können, er ist allzu geschwächt. Ich war in Südamerika verschollen, beim Schwimmen im Atlantik abgetrieben, von einem Fischkutter aufgelesen worden und erst jetzt wieder ansprechbar, doch noch schonungsbedürftig und leider für niemanden zu sprechen.

Was für eine hirnrissige Komödie!

Ich fühlte mich als eingebildeter Kranker so gesund und munter beim Schreiben neuer Bücher. Das Spiel erregte mich eine gewisse Weile, kennst du das Beispiel von Gary und Agejew? Und die sieben Romane hielten sich ganz frei und unabhängig da draußen in der Welt, es ging ihnen offenbar gut, sie hatten sogar Erfolg, keinen weltbewegenden, keinen atemberaubenden, aber dennoch. Sie verfügten über den größten Luxus: ihr gottloses Eigenleben, ihre Vaterlosigkeit.

Was meinst du damit, gibt es kein Recht auf die Person?

Es gibt schließlich das Buch. Alles ist Buch. Das Buch ist alles. Lass dem Buch sein Eigenleben, es braucht das Leben des Autors nicht, oder dann auf jeder Seite. Das Buch ist selbst ein lebendiger Organismus. Es lallt, es schrumpft, es schnarrt, es zischt, es flüstert. Und es gehorcht einzig sich selbst.

Und keiner wollte ein Foto des Autors haben?

Es gab zunächst keine Fotos, in den letzten Jahren aber ist es leicht geworden, ein Gesicht zu synthetisieren, ein Gesicht zu schaffen, das es auf der ganzen Welt nicht gibt. Natürlich gibt es Doppelgänger, aber ob man *ein* Gesicht hat oder sieben, ist doch egal.

Ein Mann mit sieben Gesichtern, war das nicht zu anstrengend? Und wenn du sieben Leben gehabt hast, bist du auch siebenmal gestorben. Warst du nie in Trauer über dich selbst? Du bist den siebenfachen Tod gestorben …

Manchmal dachte ich in einem Zustand halbseitiger Melancholie an das Schicksal meiner sieben mir aus der Hand geflogenen Romane, von denen jeder einzelne angeblich ein Erstling war. Das Spiel hatte mir lange viel bedeutet, jetzt aber fühlte ich mich manchmal enteignet, oder besser – ich hatte mich selbst beraubt. Sieben Spiegelbilder blickten mich verzerrt an wie Fratzen im Glaspalast auf labyrinthischen Jahrmärkten. Und ich weiß heute nicht mehr, wie ich ihnen antworten soll. Es gibt mich nicht mehr. Und wer kann für immer in seinen Spiegelbildern leben …

Und wie hast du das Problem zuletzt bewältigt?

Beim letzten bin ich in meine richtige Identität – aber was ist das? – geschlüpft und habe angeblich spät, sehr spät meinen sogenannten Erstling veröffentlicht. Und es gab diesmal sogar ein authentisches Foto. Aber was mag es bedeuten? Dass es irgendwo einen Menschen mit dieser Nase, diesem Mund gibt? Und was hilft es, das zu wissen? Hängt unsere Identität an diesem kleinen rechteckigen Bildchen?

Und jetzt steckst du in der Falle!

Raffa machte auf dem Stuhl heftige rudernde Bewegungen mit seinen Armen.

Die Liebenden von Mantua haben dich in eine Falle gelockt! Du bist auf ihren Spuren hierhergefahren und wurdest entführt, und du weißt nicht, ob du je deine vielgepriesene Freiheit wiedersehen wirst. Der Conte droht, euch allesamt, dich und alle Hausbewohner und auch die Liebenden von Mantua, in die Luft zu jagen! Jawohl, auch dich, und sie, die Liebenden!

Bei diesem Satz schreckt Manu schweißgebadet von seinem Bett auf. Der Stuhl neben dem Bett war umgefallen. Hatte er, ohne es zu wollen, mit dem Fuß danach getreten? Er glaubt noch immer, dass es im Zimmer leise schneit. Raffa war auf seinen eigenen Flügeln davongeflogen.

SCHREIB DEN KREIS INS QUADRAT

Einfach nur Richtung Süden. Es ist ihr freier Tag, sie macht sich ein Renaissancevergnügen daraus, Raffa durch Mantua zu führen. Sie sagt nie, wohin. Sie kennt sich aus, zwischen den Hoteljobs war sie mehrmals als Fremdenführerin eingesprungen.

Sie gehen ohne Eile, plaudernd und sich Blicke zuwerfend, über die *Via Roma* bis zur *Piazza Martiri di Belfiore*, dann durch die *Via Principe Amedeo* und *Via Acerbi* Richtung Süden.

Raffa lässt Lorena erzählen, er schaut sie von der Seite an, sie erscheint ihm heiter heute, die Traurigkeit in ihren Augenwinkeln hat sich zurückgezogen, als ob das ungeordnete rasche Erzählen ihr eine Atempause zuhauchen würde. Oder eine Leichtigkeit, die er an ihr noch nicht kennt. Noch immer weiß Raffa wenig von ihr. Die *Sleeping Lady* scheint ihre Schlüssel gut zu verbergen.

Die Angst geht rückwärts durch den Schnee. Ihr ist nicht einmal besonders kalt, aber sie hat im Rücken keine Augen. Der Schneegeruch wärmt die zittrige zuckrige Hummel ihres Herzens, feilt den Schlag einer Glocke. In der Hand bleibt die rasende Asche von Sternen. Mantua träumt noch immer heimlich von der Renaissance …

Sie haben ihre Rivalen, die Bonacolsi, 1328 einfach aus den Fenstern des Palastes geworfen, Mord und Massaker liegen am Ursprung des Mantuaner Renaissancehofes! Hinter den schönen Fassaden riecht es nach Bonacolsi-Blut, verstehst du? Warum muss jedes Fest des Lebens auf dem Massaker beruhen, warum klebt selbst an der Renaissance Blut? Die Gonzaga hatten ein Legitimationsproblem, sie waren keine altadelige Familie, sondern eine Bande von Putschisten und Totschlägern, deshalb lechzten sie so sehr nach dem Markgrafentitel, später wollten sie gierig Herzöge werden. Aber Mantua war eine unbedeutende Stadt, bevor Mantegna hierherkam. Die Hand eines Malers hat hier alles verwandelt, und Ludovico wusste, was er tat.

Er brauchte die Hand eines Malers, um das Blut seiner mörderischen Vorfahren abzuwaschen?

Ludovico wollte ihn als Hofmaler gewinnen, ihn und keinen anderen, die Paduaner waren schon verrückt nach ihm, das Echo hallt in seinen Markgrafenohren, seit 1456 bettelt er und wirbt, verspricht Gehalt und Unterkunft, jährliche Lieferungen von Getreide und Holz. Und 1460 gelingt ihm das Kunststück, nach vielen Lockungen und Versprechungen. Mantegna war eine Lebensversicherung für sein Nachleben, nur er würde es schaffen, ihm einen Pass für die Ewigkeit auszustellen. Und wir werden der Menschheit zeigen, was wir aus einem einzigen Saal des Schlosses machen können. Die Jahrhunderte werden staunen! Du hast wahrscheinlich noch gar nicht sein *Zimmer der Vermählten* gesehen, das Gruppenporträt vom Hofstaat der Gonzaga?

Ich habe nur vom Riss in ihm gehört, der allmählich breiter wird.

Ja, mehr als fünfzig Räume des Herzogspalastes sind vom Erdbeben betroffen, sein Zustand ist alarmierend, Santa Barbara, die Privatkirche der Gonzaga, wurde neun Tage nach dem ersten Beben, beim Stoß vom 29. Mai, enthauptet. Dein Gott Terremoto wollte mehr, er hatte nicht genug zerstört, die Gier trieb ihn an, als hätte er eine alte Rechnung zu begleichen, als wollte er die Bonacolsi rächen. Die elegante Laterne des Glockenturms fiel um 12 Uhr 55, durchschlug das Dach des Palastes und zerstörte eine Marmorbalustrade. Die zauberhafte Skyline der Stadt war durchbrochen, die Lücke klafft in unserem Blick, na ja, es ist nicht jene von Nine-Eleven, aber glaub mir, das war hier ein richtiger Schock. Und ja, ein alter Riss durch Mantegnas Gemälde verbreitert sich, geht durch die Herrscherfamilie und den Hofstaat der Gonzaga. Gesprengter Verputz und Stuck, Malschichtlockerungen, Farbverluste. Der Putz, auf dem Mantegna von 1465 an in neun Jahren ein Weltkultur-erbe gemalt hat, die *Camera degli Sposi* oder *Camera dipin-ta,* das gemalte Zimmer. Und weißt du was, vielleicht war Mantegna schuld an der Zerbrechlichkeit des Raumes.

Wa-a-a-a-s, der beste Maler der Renaissance war verant-wortlich für das Erdbeben? Dein Humor ist umwerfend, warum sollte Mantegna schuld sein?

Nein, aber die Fenster sind schuld. Mantegna wollte mehr Licht, das auf sein Gemälde fallen sollte, der düstere gotische Palast war nicht nach seinem Geschmack, wie sol-len hier die Farben leuchten, Farbe ist alles. Ohne Farbe sind wir ein Nichts. Das Licht der Wiedergeburt sollte hier herrschen, nur Licht, nur Farbe, alle Bedrückung ist abge-legt, Lichttherapie für das Auge, verstehst du? Der mächti-ge Markgraf Ludovico III. lässt also, gehorsamer Diener des Malergenies, die schmalen gotischen Fenster vermauern und in den Ecken größere Fenster herausbrechen. Mehr Licht auf mich! Natürlich will er sichtbar sein, kein Mark-grafenmäuschen in einem gotischen Kämmerchen, sondern ein strahlender Renaissanceherrscher, der sich den besten Hofmaler aller Zeiten leistet. Welt wie Nachwelt sollen ihn in seiner ganzen Pracht sehen. Ich, Luigi, genannt *Il Turco,* einen überaus wichtigen Brief in meiner Hand haltend, den Kopf zurückwendend zu meinem Berater. Eine neue Ära ist da, verstehst du, und der Malerfürst Mantegna verlangt vom Markgrafen mehr Licht. Es sind nur zwei verlegte Fenster, eine scheinbare Lappalie, aber nach über fünfhundert Jahren entscheiden auch sie über die Statik eines gotischen Palastes.

Zwei Fenster verlegt, und das Schloss geht in die Knie? Du machst wieder Witze.

In anderen Teilen des Schlosses ist der Schaden noch größer, Risse gehen durch die Wände, bedrohen die Stabilität und Sicherheit des ganzen Gebäudes. Im Neuen Hof hat sich ein großer Riss aufgetan, vom Boden bis zur Decke, in der Wand, die den Manto-Saal und den Kapitänsraum trennt, Verletzungen gibt es auch in der Loggia del Tasso. Die ganze stolze Gonzaga-Residenz zeigt ihre Schwäche und Zerbrechlichkeit, als ob das Blut der Bonacolsi die Wände sprengen wollte. Im *Zimmer der Vermählten* wiederholt sich im Kleinen das große tektonische Drama Italiens. Es geht ein Riss durch dieses Bett.

Und Mantua ohne Mantegna wäre nicht mal die Hälfte?

Aber nein, es ist keine Wüste, aber doch ein kleines Elend für die Touristen. Die *Camera degli Sposi* ist vorerst nicht mehr sichtbar, wer weiß, vielleicht nächstes Jahr wieder. Die Restauratoren werden zur Eile angetrieben, das touristische Schicksal der Stadt steht auf dem Spiel. Aber mach die Augen auf, es gibt hier genug zu sehen. Und vielleicht kann ich dir einen Blick darauf verschaffen, wenn du willst, ich kenne jemanden. Wir schleichen uns dort ein.

Sag nur nicht, dass deine *Sleeping Lady* einen Schlüssel zum Zimmer der Vermählten besitzt.

Du kannst doch nicht aus Mantua abreisen, ohne Mantegnas *Oculus* gesehen zu haben, das witzige Deckengemälde, damals eine illusionistische Weltneuheit, die kühnste perspektivische Verkürzung, mit einem scheinbaren Durchblick hoch hinauf zum Himmel. In einer grotesken extremen Unteransicht, das Verfahren heißt *Sotto-in-su,* mit den lächelnd ins Zimmer der Vermählten herabblickenden Frauengesichtern, dem rätselhaften Augenpaar hinter den Schultern der beiden Lächelnden, der schwarzen Frau mit dem Turban, dem mächtigen Pfau auf der Schein-Balustrade, dem Zitronenbäumchen, den neckischen Wölkchen, geflügelten Putti mit rosa Ärschchen und Pimmeln, dass der Blick glaubt, einen Regenschirm aufspannen zu müssen? Mantegnas Spiel mit dem illusionsfrohen getäuschten Auge, das mitlachen soll über den süßen Betrug der Kunst in diesem Tempel der Perspektive. Als wollten sie alle gleich heruntersteigen und ein Gespräch mit uns anfangen.

Und die sollen jetzt alle schuld sein an den Rissen?

Du wirst sehen, wie schön er die Barbarina gemalt hat, Ludovicos Tochter, die 1474 einen Württemberger heiraten wird, da ist Mantegnas Gemälde gerade am Trocknen. Wie viel Grazie, wie viel Anmut, nur darauf kommt es an. Alle hat er gut getroffen, den behäbigen Markgrafen Ludovico und Barbarinas deutsche Mutter, Barbara von Brandenburg, und sogar die Nana, die Hofzwergin, hat ein würdevolles Porträt bekommen, und dann Barbarinas kleine Schwester Paola mit dem Apfel in der Hand, sie war weniger hübsch und schwieriger zu verheiraten, doch fand sich irgendwo im Osten ein nichtssagender Graf von Görz, die Gonzaga suchten den Aufstieg in den Reichsadel.

Du machst mich neugierig. Ja, schleichen wir uns dort ein und werfen einen verbotenen Blick auf die beiden Mädchen … Das Erdbeben wird uns verzeihen. Und deine *Sleeping Lady* soll uns helfen …

Sie sind nur Figuren auf einem Schachbrett, kleine menschliche Spielmarken, Gebärmaschinchen, und falls sie keinen männlichen Nachfolger würden liefern können ... nichts als wertlos gewordene Krüge, die man an harten Schlossmauern anstößt und, sind Rundungen und Lasur erst beschädigt, irgendwann zum Kehricht wirft.

Du übertreibst vielleicht, du bist gern drastisch ...

Barbarina muss nach dem Glanz von Mantua an einem armseligen Hof in Urach leben, einem besseren Dorf. Wenn du an den Palazzo Ducale denkst mit seinen fünfhundert Sälen und fünfzehn Höfen und Gärten ... Sie sehnte sich schrecklich nach Mantua, war krank vor Heimweh und durfte nie wieder zurückkehren, sogar die geliebte italienische Sprache musste sie vermissen. Eberhard im Bart sprach nur Schwäbisch und ein bisschen Latein. Und dann das schlimmste Unglück. Sie konnte dem Württemberger keinen männlichen Erben gebären, sie hatte nur ein Mädchen, das nach wenigen Monaten starb, und wurde nie wieder schwanger, die traurige Paola blieb kinderlos. Barbarina wird dickleibig werden, den Chronisten als die umfangreichste Frau erscheinen, die jemals nördlich der Alpen gesichtet wurde, vielleicht weil sie die schwäbischen Speisen zu sehr mochte, mit denen sie für Augenblicke ihr Heimweh betäubte.

Vielleicht glich sie deiner *Sleeping Lady*?

Es war tatsächlich der Kummerspeck einer Gonzaga, sie fühlte sich zusehends *misera e deprezzata* – elend und verachtet, schon 1484 erscheint öfter in ihren Briefen die *miseria* ihrer kinderlosen, unfruchtbaren Existenz am fremden Hof, wo zu allem Elend auch die unehelichen Kinder ihres Gatten Eberhard aufgezogen wurden, wie zum Spott stolzierten sie herum, Denkmäler fremder Fruchtbarkeit, vor Gesundheit strotzende Bastarde.

Und von alldem spricht Mantegnas *Zimmer der Vermählten*? Du kannst all das darin schon lesen?

Natürlich wusste er noch nichts vom Drama der beiden Mädchen, auf seinem Wandbild sind sie frisch und anmutig, und ohne Mantegna wären sie ohnehin längst vergessen. Bei ihm werden sie für immer Mädchen bleiben, keine funktionsunfähigen, zerbrochenen Gebärmaschinen, die keinen Erben liefern konnten.

Warum interessierst du dich nur für die beiden Mädchen, die unglückliche Barbarina, die kinderlose Paola mit dem Apfel?

Weil ich Angst um sie habe.

Sie waren in der Via Acerbi angelangt, ihre Kornblumenbluse soll mitten in Mantua leuchten, aber nur das Wort ist reine Heiterkeit.

Schau, gleich kommt da vorne rechts Mantegnas Haus, vermutlich sein Honorar für das *Zimmer der Vermählten* und den *Tod der Jungfrau Maria*. Wahrscheinlich hat er es selbst gezeichnet und den Bau bis ins letzte Detail überwacht. Eine verblüffende Einfachheit: So schlicht wie sein Grab, grandios schlicht. Ein quadratisches Gebäude mit einem zirkelrunden Innenhof, ein simpler Zylinder in einem Quadrat. Schreib den Kreis ins Quadrat und du hast die Signatur des wahren Künstlers. Es ist seine Visitenkarte, er schreibt das Abc der Formen in sein Haus ein. Nur die Magie des Einfachen, alles andere zählt nicht.

Kein Schmuck, keine Schnörkel, rein gar nichts?

Der perfekte Kreis, gefasst ins perfekte Quadrat, nichts als die atemberaubende Vermählung zweier geometrischer Grundformen. Und vom Innenhof fährt der Blick hinauf, die Balustrade zitiert gleichsam seinen *Oculus* im Zimmer der Vermählten. Alle Räume sind verbunden, ein Gang im Kreis um den Innenhof, der immer sichtbar bleibt, vier gewölbte Türen, acht Fenster. Der Goldene Schnitt überall.

Und natürlich manche seiner Gemälde an den Wänden, die die Söhne verkaufen mussten, weil …

In diesem Schauhaus hat er gemalt?

Unsicher, ob er hier bis zu seinem Tod 1506 gelebt hat. Vermutlich musste er es schon 1502 den Gonzaga zurückgeben. Übrigens hatte Mantegna immer Geldsorgen und ist verschuldet gestorben. Herrscher sind undankbar, zahlen unregelmäßig, der Maler hatte mehrmals sein verspätetes Gehalt untertänig anmahnen müssen. Dabei hatte er für die Ewigkeit der Gonzaga alles erreicht, das Zimmer der Vermählten ließ sich nicht mehr von den Wänden ablösen.

Das Erdbeben hat es versucht, aber der launische Terremoto scheint es mehr oder weniger verschont zu haben. Wohin jetzt?

Wir kehren um, ich muss zurück. Weiter südlich versteckt sich, jenseits des *Viale Montegrappa*, noch etwas anderes hinter dem verführerischen Grün. Für heute gilt nur: Schreib den Kreis ins Quadrat.

Und sie legt ihren Zeigefinger auf die geschlossenen Lippen.

Wäre das Leben so einfach wie Mantegnas Abc.

Ein leichter Wind kommt von dort, von Süden. Ein Spinnwebfaden hat sich bei Lorena in einer Wimper verfangen. Raffa tupft sacht mit der Kuppe des Mittelfingers darauf und entfernt ihn.

PHILOSOPH MIT MELONE

Zwei Wächter lösen sich ab, die ihn oder seine Tür nicht aus den Augen lassen. Er verwandelt sich also manchmal in seine Tür. Ein dritter bleibt unsichtbar, aber es muss ihn geben. Nachts sitzt einer vor seiner Zelle, bei der Ablösung der Tageswache entfernen sie sich jedes Mal ein paar Meter in den Flur hinein, flüstern sich irgendwelche Instruktionen zu, blicken sich aber immer wieder nach der Tür um. Was man alles durch einen winzigen Türspalt sehen kann! Einmal glaubt er einen Streit herauszuhören, ein zänkisches Hin und Her, vielleicht Püffe, Schübe, dumpfe Schläge. Die Terrasse ist keine Gefahr, weil ein Sprung aussichtslos ist. Wer von dort hinabspringen möchte, muss lebensmüde sein oder seine Beine nicht mehr brauchen.

Den bulligen Nachtwächter, der in seinem erbarmungslosen Dialekt ein paar wenige, kaum variierte Sätze sagt, kann der Entführte nicht verstehen. Eine trockene Bedrohung geht von ihnen aus, als wären es Sätze mit Stacheln. Ein piemontesischer Dialekt? Es gibt Menschen aus Berggegenden, die den Berg im Mund tragen. Er entschied, dass das Salvatore sein muss. Der andere Wächter, folglich Massimo, trägt Nadelstreifen und kämmt sich immer wieder das brillantinierte Haar nach hinten, lechzt nach Glas und sucht überall Spiegel, die ihm sein vollkommenes Abbild schenken müssen. Das wäre ein Vorteil, denn er ist besser abzulenken. Eitle Menschen sind eine leichtere Beute, sie schnappen gierig nach jedem Köder, der ihrem Ego schmeichelt. Ist er der Vorgesetzte des bulligen Bergmenschen, und was haben die beiden zu tuscheln, wenn der Grobe seine Nachtschicht antritt? Den Namen des dritten wird er nie erfahren.

Manu bleibt also wach und lauscht auf die allmählich sich einstellenden Seufzer des Wächters, die nach und nach in ein furchtbares, Wände brechendes Schnarchen übergehen. Salvatore ist unübertrefflich, noch nie hat er solche Schnarchgeräusche gehört. So schnarcht kein Mensch. Manu schmunzelt und denkt: das Erdbeben von Mantua!

Er tritt vorsichtig aus seinem Zimmer, schaltet die kleine Taschenlampe an, die auf seinem Tisch lag, umdeckt den Strahl mit einer Handfläche, so dass die Täler zwischen den Fingern rötlich schimmern. Er gleitet am bulligen Wächter vorüber, nimmt das trotz Geschnarche sanft skizzierte Lächeln auf dem Gesicht Salvatores wahr und beginnt den Flur im ersten Stock der Villa zu erkunden. Mehrere Türen sind verriegelt, hinter anderen, die er leise öffnen kann, schimmern schwer erkennbare, offenbar selbstgenügsame, in sich ruhende Rumpelkammern.

Eine Tür geht auf, er geht hinein, merkt sofort, dass es hier nach Büchern riecht, er hat die Nase dafür, verschließt die Tür sorgfältig hinter sich, macht das Licht an und beginnt sich umzusehen. Es ist offenbar die Büchersammlung des Grafen Ignoto, die seine weitgestreuten Interessen spiegelt. Zahllose Monographien über Maler der italienischen Renaissance, Uccello, Perugino, Pisanello, Bellini usw. Kaum zu glauben: ein Exemplar der von Aldus Manutius 1499 in Venedig gedruckten *Hypnerotomachia Poliphili* des Francesco Colonna mit ihren rätselhaften Holzschnitten, der Traumliebeskampf des vielliebenden Poliphilo, das schönste gedruckte Buch der Renaissance, gesetzt in reiner Antiqua, das Buch der Prüfungen durch die Liebe, angesiedelt zwischen Schlafräumen und Wachträumen, das Buch der Sehnsucht nach einer besseren, von Eros bestimmten Gegenwart. Dann Schriften der Alchemisten, das *Rosarium Philosophorum* mit den Abbildungen des im Luftraum kopulierenden Königspaares Sonne und Mond. Bücher wie *Die Kabbala in Mantua,* Lukrez' großes Naturgedicht, auffällig viele Bände Balzac, vom *Chagrinleder* bis zum *Unbekannten Meisterwerk*, Diderots *Brief über die Blinden* und *D'Alemberts Traum,* Nietzsches *Fröhliche Wissenschaft.* Meister Eckhart, Spinoza und andere Abgesandte geistiger Autonomie. Schopenhauer in jeder Verkleidung.

Er zieht aus einem philosophischen Regal zufällig einen Band heraus, schlägt ihn auf, stößt auf das Bild eines Mannes mit schwarzer Melone, steifem weißen Kragen, Schnurrbart und stellt fest, dass es nicht Charlie Chaplin ist, auch wenn der Philosoph auf dem Bild ihm verblüffend ähnlich sieht. Ein plötzliches Glücksgefühl durchströmt ihn. Es ist eine Erinnerung an weit zurückliegende Jahre, an die Entdeckung dieses Philosophen, der ihm eine neue Zeit geschenkt hat. Er sieht noch den langen sperrigen Titel vor sich, *Versuch über die unmittelbaren Gegebenheiten des Bewusstseins* von 1888. Die französische, die italienische Ausgabe, sogar die deutsche: *Zeit und Freiheit,* mit dem Stempel eines Münchner Antiquariats. Ignoto scheint ihn zu schätzen, und Manu findet es befremdlich, dass sein Kerkermeister ihn für sich beansprucht. Jeder Gefangene will wenigstens die Erinnerung an *seine* Bücher ganz für sich allein. Alles beruht auf der irrigen Annahme, dass Henker und Mörder keine Bücher lesen.

Er erinnert sich an Stunden an der Rue de la Tombe-Issoire, bevor er die Wohnung Raffa abtrat, um mit Laure in einer Seitengasse der Rue Daguerre zu leben. Er ahnte endlich, was Zeit war, die Zeit der reinen Dauer, die lebendige Zeit des bewegten Bewusstseins, die nicht zählbar, nicht messbar ist, nichts mit den hilflosen Konstruktionen ihrer Verräumlichung zu tun hat, nicht das Vorrücken des Zeigers auf der Uhr meint. Der Mann mit der Melone und den klugen Augen, der Manuel nahelegte, er sei selbst zu-innerst reine Zeit … warum musste er ihm ausgerechnet hier in Ignotos Anwesen wiederbegegnen? Dieser simple unverhoffte Reichtum, endlich selbst Zeit zu sein. Blinde erotische Zeit.

Wie dankbar war er dem Philosophen, der von den anderen als Märchenerzähler belächelt wurde, erst recht, als er den Nobelpreis für Literatur bekam. Auch wenn es keine Sprache gab zu sagen, was reine Dauer ist, keine Sprache für das Unmitteilbare, wollte Manu in seinen Büchern nur noch von ihr sprechen, die ihn durchlief als Strom, als bitterer, heiterer, heißer Traum innerer Freiheit.

Nie hat er den Satz des Mannes mit der Melone vergessen: Das Bewusstsein ist seinem Wesen nach frei … es ist die Freiheit selbst … Solange die vitale Fundamentalbegeisterung nicht gelöscht war, würde er eins sein mit dem Gefühl von Freiheit, das ihn durchströmte. Und dass er ihm hier in seiner Mantuaner Gefangenschaft wiederbegegnete, erschien ihm als kostbarer Moment. Es war ein Zeichen vom Melonenmann.

Er erinnert sich jetzt deutlich an Laures Bemerkung: Weißt du, was du mit Raffa gemeinsam hast? Das fehlende »el«, das ihr an eurem Namensende abgetrennt habt. Es bedeutet Gott. Ihr seid euch einig, das Element in eurem Namen zu amputieren, um fortan nur zweisilbig durch die Welt zu gehen, von Gott amputiert, entwöhnt, befreit. Raffael bedeutete laut Laure »Gott heilt«. Oder »Von Gott geheilt«. Geheilt von wem? Oder eher wovon? Schöne Zweideutigkeit. Manuel aber, sagte Laure, meint »Gott mit uns«. Aber am besten kam er ohne das amputierte Element voran, von einem gewissen Phantomschmerz abgesehen …

Eigentlich seid ihr Brüder, sagte Laure noch. Und die

amputierte Silbe verbindet euch. Euch verbindet etwas, das euch fehlt.

Raffa hat seinen einzigen Bruder verloren.

Eben darum, sagte Laure.

Und schließlich, als hätten sie nur darauf gewartet, haben ein Erdbeben und ein jungsteinzeitliches Doppelskelett die beiden seltsamen Brüder in Mantua zusammengeführt.

Es war, laut dem Mann mit der Melone, kein allschöpfender, allwissender Gott, sondern der Beginn des Lebens und der Evolution. Gewissermaßen der Urknall selbst, ein Feuerwerk staunenmachender Vielfalt, mit Sicherheit keine Instanz der Güte. Er war zu sehr mit sich selbst beschäftigt, um gegen das Böse, das Leiden, den Schmerz vorzugehen. Gott ist reine Überforderung.

Auch ohne ihn war es nicht unbedingt leichter, auf der Welt zu sein, aber Manu und Raffa hatten beschlossen, dem Feuerwerk staunend zuzusehen.

… wenn ich von einem Zentrum spreche … aus dem die Welten emporschießen … wie die Raketen eines riesigen Feuerwerks … als eine Kontinuität des Emporschießens … so definiert hat Gott nichts Abgeschlossenes an sich … er ist unaufhörliches Leben … Handeln und Freiheit … die so verstandene Schöpfung ist kein Mysterium … wir erfahren sie in uns selbst … sobald wir frei handeln …

Auch Manu verschlug es bei der ersten Begegnung mit dem Tod eines nahen Menschen den Atem. Er hatte den Tod am Werk gesehen. Es war die wichtigste Lektion. Er hatte verstanden. Mehr gab es nicht zu wissen. Wer immer stirbt, spricht endlich frei und ohne Scham. Wer weiß, dass er sterben wird, braucht auch Gott nicht mehr zu behelligen.

Aber dann wusste er plötzlich, dass es Zeit war, selbst Zeit zu werden. Geld, Karriere, Ansehen waren läppische Umwege, Abwege von der reinen Zeit. Und Ignoto sollte ein Leser desselben Philosophen sein?

Als er es auf dem Flur knacken hört, löscht Manu sofort das Licht und drängt sich in eine Ecke zwischen zwei Gestelle. Die Tür geht auf, jemand späht herein, bleibt ein paar Augenblicke lang reglos stehen, aber ohne den Lichtschalter zu drücken. Manu atmet nicht, er schwebt zwischen den Büchern, er ist unsichtbar. Der Mann mit der Melone hat ihn in der Bibliothek versteckt, hat ihm seinen Hut auf den Kopf gesetzt, der unsichtbar macht, seine philosophische Tarnkappe …

Er bildet sich ein, unerkannt in die Bibliothek geschlichen zu sein. Aber unsichtbare Kameras nahmen jeden seiner Schritte wahr. Ignoto lachte heimlich über Manus Illusion des Unerkanntbleibens. Sogar der Blickwinkel des nächtlichen Schlafwandlers wurde eingefangen. Ja, es gibt längst Spezialkameras, die festhalten, worauf dein Blick fällt, worauf als Erstes, worauf als Nächstes. Welches das erste Buch war, das Manu aus dem Regal zog. Ignoto trieb sein Spielchen mit ihm, er wollte, dass Manu die Bibliothek finden und dabei glauben sollte, es sei ein geheimer Gang. Beide brauchten den Ort. Also soll er weiterhin in den Nächten glauben, er schlüpfe unerkannt in das Reich von Ignotos Büchern.

Was ist schlimmer, beobachtet zu werden oder keiner Beobachtung für würdig erachtet zu werden? Verfolgt oder verlassen zu sein? Von jeder Aufmerksamkeit abgeschnitten, völlig allein zu sein in einem stummen Universum? Das ewige Schweigen … dieser unendlichen Räume … macht mich schaudern. Auch das war eine Erinnerung an damals. An den Jansenisten ohne Melone.

Wir leben alle unter Augen. So hatte Manu es einst bei einem bewunderten Galeerensträfling gelesen. Wir leben alle unter Augen, die uns registrieren, wer immer es auch sein mag, der registriert, oder was auch immer, der Pförtner des Himmelreichs oder ein nichtiger Geheimdienst, das Gefängnispersonal, ein dubioser Graf oder ein Internet-Zar, ganz egal. Die völlige Finsternis des Verlassenseins beginnt bei dem Gefühl, dass jeder Blick, dass die Registrierung fehlt. Er hatte einen Satz aus einem Roman im Taschentuch: Er ist wieder ganz und gar allein ... in seinem weißen Paradies ...

War es Raffa leichter gefallen, bei der Rotonda auf Manu zu warten, weil Vergil aus einer Nische heraus oder dann als Schwälbchen am Mantuaner Himmel ihn beobachtete? Gibt es ein Glück des Beobachtetwerdens? Ist es eine besondere Gnade? Gäbe es den Beobachter nicht, man müsste ihn erfinden. Nichts anderes tut der Roman. Der Mensch ist weniger einsam, wenn dort draußen noch einer sitzt, der seine Vorlieben und Abneigungen, seine Wutausbrüche und seine zärtlichen Anwandlungen registriert. Wenigstens eine amputierte Silbe! Das Problem der Zukunft sei, dass die Herren über die Suchmaschinen so genau über uns Bescheid wissen. Sie werden zum Gott-Ersatz. Wir sind verlassen ohne die göttliche Suchmaschine!

Und immer frei, ihr etwas vorzuspielen. Hasch mich, such mich, glaub nur nicht, dass du mehr als einen Schatten zu fassen kriegst. Sie glaubt uns erkannt zu haben, wir speisen sie mit unserer eigenen Fiktion ab, die uns Schutz und Schild bedeutet. Das kleine Marionettentheater unserer Träume gehört uns. Wie hatte Noma in einem seiner Gedichte geschrieben: Ein grausames Buch träumte von mir ... und wütend ... träumte ich zurück. Und wenn auch die

Träume manipulierbar, korrumpierbar sind? Manu denkt an die Säfte mit dem merkwürdigen Geschmack, die ihm hingestellt wurden. Immer schon verloren, sind wir halb schon frei ...

HAUTLICHKEIT UND
FLIEGENDE FISCHE

Sie trafen sich wieder, sie kam mehrmals nach der Arbeit zu ihm, in sein Apartment an der Via Leon d'Oro, stand lächelnd vor der Tür, und jedes Mal noch mit dieser leichten, für Raffa unverständlichen Verwunderung. Als ob sie erwartet hätte, dass ein anderer die Tür aufmacht. Ein anderer oder derselbe. Sie hatte ungläubige Augen.

Auch wenn der Faden fragil war, immer wieder abzureißen drohte, schien sie gern mit ihm zu sprechen. Als wartete sie auf ein Orakel oder einen Schuldspruch. Er fragte sie nach ihrer Unterkunft, sie wollte nicht, dass er sie dorthin begleitete, es sei viel zu bescheiden, sagte sie. Sie habe das Zimmer nur gemietet, um für die Zeit der Pflege in der Nähe ihrer Eltern zu sein, es sei eine Bleibe auf Zeit, sie wolle bald nach Malta zurückkehren.

Zurück zur *Sleeping Lady*?

Ja, auch, aber … nicht nur … wenn nicht …

Er akzeptierte, dass sie jeweils rasch aufbrechen wollte. Er hatte längst eine Kunst der Zeitlupe entwickelt, des hellhörigen Wartens, ohne Hast, ohne Gier. Er war endlich ein Philosoph der Liebe geworden. Außerdem war er nicht der Liebe, sondern des Erdbebens wegen hier, keiner soll behaupten, das sei dasselbe. Er mochte es, für sie zu kochen, wenn sie nach der Arbeit herkam. Es verblüffte sie, sie hielt nichts von dieser Kunst, aß abwesend und unregelmäßig, auf dem Daumen, das *Marchese* war kein Restaurant, und Mahlzeiten waren nicht vorgesehen. Es störte sie nicht. Ein sanftes Verhör. Ihr war nach der Arbeit im Hotel nicht danach, sagte sie schuldbewusst, allein zu essen verflüchtigt den Appetit. Wie lange war sie schon allein? Sie antwortete ausweichend.

Aber sie ließ sich allmählich von Raffas schlichter Küchenmagie betören. Der Wochenmarkt auf der Piazza delle Erbe war gleich um die Ecke, von der Via Leon d'Oro ein paar Schritte nur. Er liebte die Dreiklänge aus Gemüsen, Fenchel-Linsen-Tomaten, zeigte auf dem Markt mit einem verschmitzten Zeigefinger darauf, behielt ihre italienische Lautung: *finocchio-lenticchie-pomodori.* Eine zarte Jagd nach italienischen Wörtern. Er zauberte mit Kräutern, Majoran, Liebstöckel, Kerbel. Sie klangen wie eine Beschwörungsformel, wie ein pseudo-biblischer Zauberspruch: *maggiorana-levistico-cerfoglio.* Die ganze erotische Vielfalt der Pasta, kräuselnde, gewellte, gerippte, elegant gewundene. Kein Wort von bloßen nackten Nudeln! Es gibt tausend Varianten der Liebe. Pappardelle mit Artischocken, *carciofi,* an Weißwein. Kürbiswürfel in die Campanelle, gotische Pilze. Breite Mafaldine, Lachsstreifen, Crème fraîche, die Vermählung von Safran und *Aneto,* Dill. Das Erdbeben will vergessen werden.

Lorena fragte: Wo kommst du eigentlich her? Das geht nicht mit rechten Dingen zu. Raffa schrieb später an Geronimo: Hast du schon eine Frau gesehen, die nicht gerührt ist, wenn man sie sanft bekocht? Dann blieb sie plötzlich, wollte nach einem dieser Treffen nicht mehr hinaus. Sie schwieg lange, er unterbrach sie nicht. Als sie sich zum ersten Mal auszog, so langsam wie absichtslos, fürchtete er, irgendwelche Tätowierungen und Metallstücke zu sehen, Dinge, die sie sich antun, weil sie glauben, dadurch schöner zu sein. Einzig das Unbeschriebene grenzt an das Wunder, nichts übertrifft das Licht der Haut.

Ein Albtraum für ihn: Alle weibliche Haut der Welt

könnte auf jedem Zentimeter übermalt sein, von Tätowierungen wie von einem universellen Hautausschlag bedeckt, einer Weltlepra, einem farbigen Ekzem. Das allmähliche Verschwinden der herrlichen Haut von der Erdoberfläche!

Lorena war frei davon, ihre Haut war unbeschriebenes Mittelmeer. Nicht das rosige Inkarnat, keine sinnenden blauen Äderchen und lila Flüsse, nur nicht zu weiß. Nur dieses matte sonnenfreundliche mediterrane Hautgedächtnis. Als er ihr seinen Widerwillen gegen Tätowierungen gestand, lachte sie auf.

Aber ich muss dich enttäuschen, sagte Lorena. Die Frauen des Neolithikums waren sehr wahrscheinlich alle tätowiert, sie trugen Strichmuster mit Heilzauber auf Rücken, Armen, Bauch, vermutlich auch im Gesicht, keine Stiche, sondern Schnitte, in die pulverisierte Holzkohle gerieben wurde, rätselhafte Winkel und feine Keile, blau vom Kohlenstaub, medizinische, magische, in die Haut eingeschriebene Bannformeln, Anrufungen des Heils für den Körper, für kommende Schwangerschaft. Schutz vor Dämonen. Die Haut war ein Buch, in dem ihr Himmel lesen wollte. Hast du nie von der Ötztalleiche gehört?

Doch, die kenne ich. Aber du gleichst ihr wirklich nicht.

Und Himmel: ohne *Piercing*! Metall in der Haut war nicht erotisch für ihn, diese Einsprengsel von Schrotthalde unter der warmen Hand. Läppisches Zubehör auf der göttlichen ... *Hautlichkeit.*

Er staunte über das Wort, das ihm einfiel, er wusste nicht mehr, wo er es gelesen oder gehört hatte, aber ein Pferd aus dem Jenseits schickte ihm Post von ihr, von der ...

Hautlichkeit. Alle Menschen der Tiefe ... haben ihre Glückseligkeit darin ... einmal den fliegenden Fischen zu gleichen ... und auf den äußersten Spitzen der Wellen ... zu spielen ... sie schätzen als das Beste an den Dingen ... dass sie eine Oberfläche haben ... ihre Hautlichkeit.

Einmal den fliegenden Fischen zu gleichen ... Raffa ist für ein paar Tage, vielleicht Wochen ein Fisch in Mantua. Nichts ist schwerer, als leicht zu sein.

1. Er ist halbseitig glücklich und versucht, eine Oberfläche zu haben. Das bewegte Erdinnere, das rote Magma, die harsche Plattentektonik unter die Haut wegzudrängen ...

2. Enthüllende Umhüllung. Verletzlich, elastisch, lichtgeschüttelt warmzart unter seiner Hand. Selige Haut, Verräterhaut, die sich hingibt dem, der sie selbstvergessen zu streicheln versteht.

3. Sie hatte eine entsetzlich willkommene Haut. Das Ohrenschmalz der Wale lag bei Raffa in den Fingerkuppen, auf der Zunge. Tastendes Aroma, Riechantenne.

4. Ohren können wir zuhalten, die Augen vor Mantegna verschließen, dem Mund schluckend das Schmecken untersagen. Aber Fühlen und Tasten kann man selbst in Handschuhen nur dämpfen, nicht beseitigen.

5. Die Magie der Berührung beruht darauf, dass sie gegenseitig ist, Urkontakt, wie ihn Auge und Ohr nicht kennen. Die Liebenden von Mantua könnten ein Lied davon singen, auch wenn sich ihre Haut seit Jahrtausenden verabschiedet hat.

6. Fingerspitzengefühl! Ein Geflecht von Nerven und Fühlkörperchen ... Die Nervenenden *never ending* in der Handfläche und in den Fingerkuppen lieben sanfte Erschütterung, Druck, Bewegung, ein leichtes Beben, Frohbotschaften für Rückenmark und Gehirn. Und also die Seele.

Terremoto, hilf!

Die Frage hat ihn nie verlassen ... er hört sie für immer ... warum er ... warum nicht ich ... Vielleicht sind auch seine zahllos kurzen Begegnungen nur ein Wall, den er zwischen sich und diese Frage baut. Er erinnert sich an ein Gespräch, damals, mit Manu, über Balzac und die Monogamie. Er würde ihn, sollte er ihn bald wiedersehen, darauf ansprechen.

Er ruft den Auftraggeber und dessen gestrenge Engel an, bittet um einen späteren Abgabetermin für seine große, atemberaubende Reportage MANTUA – EIN JAHR DANACH, was nur wenig Widerspruch hervorruft, weil gerade Textstau herrscht. Und Manu war noch immer verschwunden. Raffa will endlich eine Spur aufnehmen, etwas über sein Ausbleiben oder Verschwinden erfahren, er zählt unbewusst auf Lorena, als ob sie etwas damit zu tun hätte. Licht in die Sache bringen.

Und da war das Licht, das nicht jede Nacht zu ihm schlüpfte und erst am Morgen entflog. Sie kam unregelmäßig, er nahm es als eine Auflehnung gegen Gewohnheit und Fahrplan. Die Unvorhersehbarkeit erregte ihn, sanfter Rausch des Horchens auf Signale im Treppenhaus, auf sich verlangsamende Schritte, auf ein plötzliches Klopfgeräusch an der Tür, die keine Klingel hatte.

Er irrte sich und akzeptierte stillschweigend seinen Irrtum. Weiß die Haut mehr? Was weiß Haut alles. Also wartete er geduldig auf den Moment des Ausziehens mit ihrer schamlosen Scheu und anmutigen Leichtigkeit eines Vogels außerhalb der Bestimmungsbücher. Eigensinniger Stolz ihrer innenhandgerechten Holunderhügelchen, Safran, Anis.

Also der dreiecksmagische, kräuselnde Rest an dunkler Anziehung. Eine listige Göttin hat sich dieses schützende Verhüllen ausgedacht. Schamrasur ist keine Lösung für das All. Scham ist geschütztes Weltkulturerbe. Unter allen Menschen verstreute Erinnerung an die Jungsteinzeit, würde Manu behaupten.

Mir gefällt es so, wie es bei dir ist, es ist ein Teil deiner … wie soll ich es sagen, wenn nicht falsch … lass es so. Vanille, Brombeerbusch. Wenn netzweit die Entblößung um sich greift, könnte Verhüllen den letztmöglichen erotischen Rest bedeuten. Ein heroischer Rückzug, eine kühne Selbstkontraktion des Gottes Eros. Fanfarlo-Syndrom.

Verzögerte Entblößung, sie verbirgt sich als letzte Erregtheit, und das betrifft auch Lorenas Erzählungen, die irgendeine Mitte sacht umgehen. Raffa verspricht sich selbst abzuwarten, ihrer Verwundung oder Verwunderung Zeit zu geben, sich weiter zu verhüllen.

Aber es findet statt. Das Laken als Erdbebenmelder. Als weißes weites Gedächtnis. Die nach oben offene Richterskala. Das Ende der letzten Vernunft.

Welche Verletzlichkeit eines schlafenden Menschen, welches Vertrauen in den Blick. Er sah sie schlafen, nackt oder mit dem ironischen Hauch eines Höschens, Anmut des Schlafs, ihre eine Hand zwischen den Erdbeerhügeln, die andere unter den Kopf oder unters Kissen geschoben, er muss an die *Sleeping Lady* denken, aber Lorena ist nicht die neolithische Statuette, die auf die Ankunft der göttlichen Botschaft wartet, eher zierlicher Meteorit, der dem Morgenlicht entgegendöst, um aufzuschrecken und an die Arbeit zu eilen. Er weckt sie zart, indem er mit angewärmten Fingerkuppen über ihren Rücken gleitet und versucht, sie nicht zu kitzeln. Was heißt Haut nicht alles.

Kätzchenritual morgens vor dem Aufbruch. Aprikosenwäldchen. Listige Reibgeräusche, unsichtbares Frühstück des Ohrs. Er wollte sein Erdbeben nicht vergessen. Sie musste gehen. Weinbergpfirsich, Limette. Sie duftete nach diesem ungläubigen Rätsel.

DAS ZWEITE ZIMMER DER VERMÄHLTEN

Die Hypnose wirkt. Manu hat seinen bartstoppeligen Bewacher einmal mehr eingeschläfert. Aber vielleicht täuschte er sich, vielleicht schnarchte Salvatore ohnehin hemmungslos drauflos, als hätte er nie etwas anderes getan. Sein mal schrecklich brausender, dann wieder säuselnd aus dem breiten Mund entweichender Atem war sein eigenes Wiegenlied. Es gibt so viele glückliche Schläfer auf dieser Erde, Salvatore war offenbar einer von ihnen. Salvatore, gib mir, um Himmels willen, von deinem Schlaf! Heile mich von meiner Schlaflosigkeit …

Manu streunt nachts umher, tastet sich auf den Fluren vor, aber auch im Erdgeschoss, schreitet über lauter schlafende Wächter auf dem Boden, warum haben die Menschen keine Betten, die Münder geöffnet, die Augen sind anderswo. Als schliefen sie auf dem Ölberg oder auf einem Gemälde Mantegnas. Nur die Glaswand blieb dreimal fest verschlossen. Und der Keller, das Untergeschoss des Lebens, ist verriegelt. Es ist, als ob der Gefangene als Einziger wacht. Seine rote Stabtaschenlampe lässt er nur für Sekunden aufblitzen, um nicht gegen schwere Möbel, Menschen oder Truhen zu stoßen. Er fährt mit der Hand wie mit einer Antenne leicht an den Wänden entlang, ohne sie zu berühren, er ist jetzt so leicht geworden, er schleicht durch die dunkle Villa, seine Augen brauchen bald kein Lampenlicht mehr, er wird zur schwebenden Katze, zum hellhörigen Nachtsichtgerät.

Und dann steht die Tür zum Kellergeschoss in einer dieser Nächte doch offen. Er lässt sich nicht zweimal bitten, vielleicht wurde sie nur dieses eine Mal vergessen, er steigt hinunter in Ignotos Unterwelt. Und trifft plötzlich auf eine verschlossene metallische Doppeltür, rüttelt an den Türgriffen. Er erwartet nicht, dass sie aufgehen könnte, will sich schon entfernen, aber da öffnet sich die Tür fast wie von selbst. Manu tritt ein und steht einem großen Glaskasten gegenüber, der einem Terrarium für Reptilien gleicht. Sofort gehen Lichter an, die das Glas von allen Seiten beleuchten, aber es ist kein stabiles Licht, sondern ein Aufdimmen und ein schleichendes Abdimmen, in einem undurchschaubaren Rhythmus, ein Heranfluten und verhaltenes Verebben, bis der Glaskasten fast ins Dunkel abtaucht, dann kommt eine neue zarte Welle von Licht, scheint einen Moment tänzelnd zu verweilen und wächst dann flutgleich auf bis zum gleißenden Scheinwerferlicht. Wer hat sich diese meergleiche Lichtschau ausgedacht? Dazu ist ein dumpfes Geräusch zu hören, ein Herzschlag, regelmäßig, als ein schöner alter Rhythmus. Eine Tonspur, fast menschlich, oder ist es Manus eigener Herzschlag, den er in seinen Ohren zu hören meint?

Seine Augen erwarten Pflanzen und Tiere in dem Glaskasten, aber sie treffen nur auf dunklen Lehm und gräulich weiße, unregelmäßige Erhebungen. Da erkennt er, was er erkennen muss, weil er diese absichtsvolle Anordnung hundertfach im weltweiten Netz gesehen hat, in Abbildungen aus Zeitungen und Magazinen für die neugierigen Augen einer verblüfften Menschheit. Ihr Bild war längst in Manus Gedächtnis eingesunken ... oder besser: Ihr Bild bewohnte ihn, ging aus und ein.

Es gibt keinen Zweifel zwischen auf- und abgedimmtem Licht, in der Tonspur eines schlagenden Herzens. Es sind die Liebenden aus dem Grabfund von Valdaro, alias DIE

LIEBENDEN VON MANTUA, die zärtlich sich umarmend wie jungsteinzeitliche Astronauten um den Erdball geflogen sind.

Sie waren also hier sanft gelandet, vermutlich oder eher offensichtlich entführt von Ignoto und seinen Helfern. Eine Hülle der Verwunderung umgibt Manus ganzen Körper, nicht nur die Augen und Ohren. Befreiende Stricke aus Licht legen sich um seine Hände, verhöhnen ihn komplizenhaft.

Erst jetzt hebt er den Blick vom Glaskasten, sein Auge tastet um sich. Der ganze Raum ist eine prächtige Grablege, eine Art Tempel oder Sanktuarium, ausgeschmückt mit Tüchern, Fahnen und Messgewändern von Kardinalspurpur bis Bischofsviolett. Heilige Farben, von einer durchtriebenen Phantasie der katholischen Liturgie abgeschaut oder entwendet.

Und tatsächlich, es gab hier im Raum offensichtlich erzkatholisches liturgisches Schaugerät, prachtvolle Monstranzen, Reliquien-Ostensorien und Hostienkelche und andere den hypnotischen Weihrauchschwaden entflogene Objekte. Über dem Glaskasten wölbt sich ein Stoffbaldachin wie von einer Fronleichnamsprozession, den man, glaubt der befremdete Manu sich zu erinnern, *Himmel* nennt.

Wenn der Conte sich angeblich so radikal vom Christentum verabschiedet hatte, kehrte hier ein vermutlich in der Kindheit wurzelnder, auf die Spitze getriebener katholischer Fetischismus im Galopp zurück. Von aller Theologie hatte er sich befreien können, aber nicht vom Staunen des kleinen italienischen Jungen vor all dem glänzenden katholischen Kram.

Hier wurde um die armen Liebenden von einem Atheistengeneral ein kapitaler Fronleichnam inszeniert. Sie waren zu Reliquien mutiert, aber wofür und wozu? Manu spürt die Empörung in sich aufsteigen.

Es gab alles, nur kein Kruzifix. Dagegen hegte der Conte, wie er Manu gegenüber selbst bekannt hatte, seinen ganzen Groll. Aber wo, in welchen Sakristeien und heiligen Rumpelkammern hatte er das ganze goldene Zeug zusammengestohlen und damit dieses Sanktuarium vollgemöbelt? Wer fähig ist, ein jungsteinzeitliches Skelettpaar zu entführen, sagt sich Manu, wird wohl auch keine Hemmungen haben, diesen glänzenden Krempel zu klauen. Arme Liebende! So schlicht in nichts als Lehm und Liebe gebettet, und dann von einem Wahnsinnigen mit liturgischem Schutt und Gerümpel überhäuft ...

Ein Verdacht steigt in Manu auf. Ignoto hat sich doch nicht etwa das Chaos nach dem schlimmen Erdbeben vom Mai 2012 zunutze gemacht, um die vielgeprüften beschädigten Kirchlein und Sakristeien durch seine Schergen plündern zu lassen?

Manu staunt eine Weile, geht auf und ab vor dem Schaukasten, er hat die Liebenden noch nie *in natura* gesehen, eben nur Bilder, die alle den Schein des Imaginären haben. Sie waren es, tatsächlich, endlich, es konnte keinen Zweifel geben. Da hört er gleich hinter seinem Rücken eine kräftige Stimme sagen:

La Camera degli Sposi ... das Zimmer der Vermählten, nicht wahr?

Manu fährt erschrocken herum und sieht den Conte vor sich, der ihn schon eine ganze Weile still und schweigend beobachtet haben muss. Es gibt also noch einen in dieser Villa, der nie schläft.

Ich hätte auch Mantegna hierherlocken wollen, um das neue Zimmer der Liebenden auszumalen, ein prächtiges zweites *Gemaltes Zimmer* zu schaffen. Sie haben es wohl nicht gesehen im Palazzo Ducale, nicht wahr, der Raum ist für das Publikum wegen der Stabilisierungsarbeiten noch geschlossen. Das Erdbeben ist an allem schuld. Es sei denn, Sie hätten eine Sondergenehmigung bekommen und seien dort hineingeschlüpft, noch bevor wir Sie überwacht haben? Wer immer nach Mantua findet, lässt seinen Koffer stehen und eilt zu ihm, in jenen Raum des Gonzaga-Palastes. Ach, die *Camera degli Sposi*. So ein Zimmer hätte ich für mich ... für meine Liebenden ... gewünscht, ich hätte gern einen Mantegna hierhergelockt, damit er meinen Täubchen einen Raum entsprechend ihrer Würde und Einmaligkeit ausmale.

Hierher gelockt oder hierher entführt?, warf Manu wütend ein. Es wäre Ihnen doch ein Leichtes, einen guten Maler zu finden. Und es sind nicht *Ihre* Liebenden.

Einen Mantegna findet man nicht alle Tage! Es hätte kein unbedarfter Kleckser sein dürfen. Nein, Mantegna oder keinen. Er hätte die Grundikonen einer neuen Religion gemalt mit seinen strengen, würdevollen Figuren, wie von antiken Statuen hergeweht. Ja, diese statuenhafte Gelassenheit, die scheinbare Kälte, die alle Erregung maskiert. Mantegna hat als Kuhhirt angefangen, wissen Sie, und hat die Paduaner um den Verstand gebracht mit seinen Fresken in der Eremitanikirche. Waren Sie auch in Verona, haben Sie den Hochaltar von San Zeno gesehen, die *Sacra conversazione*?

Ich hatte vor, von Mantua aus nach Padua und Verona zu fahren, aber Sie haben meine Pläne durchkreuzt. Lassen Sie mich gehen, es ist doch jetzt genug, wir können unter anderen Voraussetzungen wieder zusammenkommen. Ich bitte Sie darum, ich möchte gehen ...

Ja, Mantegnas perspektivische Halsbrecherei in seinem Oculus, die schiere Virtuosität und schamlose Kühnheit. Ja, schamlos, so etwas hatte bis dahin noch keiner gewagt. Nur

Mantegna, der Gauner, der Schlaufuchs. Es war eine Provokation der Göttin der Malerei selbst, die an den Möglichkeiten der Perspektive irrewerden sollte. Und so etwas ist tatsächlich möglich? Ihr sollte schwindeln, wenn sie den Kopf in den Nacken legte und da hinaufblickte in diese Illusion des Himmels. Und der wirkliche Himmel spricht noch, aber von seiner Verarmungsangst.

Bitte lassen Sie mich jetzt meine Sachen packen, es ist genug …

Ja, ich hätte ihn hierhergelockt, *Amor und Psyche* hätte er seine Variationen auf die Liebenden genannt, so wie sein Nachfolger Giulio Romano im Palazzo Te die Geschichte dargestellt hat. Mantegna hätte diesen Tempel ausgemalt, die neue alleinseligmachende Kirche, die nicht auf Blut und Martyrium und Folterbildern gründet, sondern auf die in den Lehm gebettete Zuneigung, auf die Paar gewordene Hingabe und grenzenlose Zärtlichkeit. Nicht auf der gemeinsamen Fahrt ins Jenseits, o nein! Das einzige Paradies, das es je wird geben können, ist das erfüllte, geteilte Diesseits zweier Liebender. Im Diesseits, ja! Nichts anderes, hören Sie! Und genau daran sollen die beiden erinnern. Amor und Psyche, aber aus der mit Mohnblättern ausgeschlagenen Jungsteinzeit, aus der steinernen Gedächtniskammer einer verrohten Menschheit. Nicht Blut, nur Mohn. Nicht als Skelette würde er sie malen, sondern als ein junges Paar voller Leben und Lächeln. O Mantegna! Die Steinzeit! Der Mohn!

Manu war nun ganz sicher, es mit einem Verrückten zu tun zu haben, der von der Entführung Mantegnas faselte. Wie wirr war alles, was er von Ignoto zu hören bekam. Die Welt sprach vom Abschmelzen der Polkappen und von gigantischen Überschwemmungen – der Conte will einen Maler der Renaissance entführen. Vom Terrorismus der Gottesparteien, von Bürgerkriegen und Attentaten – Ignoto beugt sich über ein jungsteinzeitliches Skelettpaar, das irgendeine Erinnerung in ihm wachruft. Von der weltweiten Überwachung aller Erdbewohner – und er träumt von einem universalen Symbol für alle Liebenden. Auf Lampedusa fluteten Bootsflüchtlinge aus Eritrea, Äthiopien und Syrien, sie werden von Schleusern ausgehungert, gedemütigt, ins Meer gestoßen – und hier, auf einem Anwesen vermutlich unweit von Mantua, will Ignoto eine neue Religion der Liebe gründen. In Kardinalspurpur, Scharlachrot und Dunkelmagenta.

MANTUA ZWEI

DIE NEUE CHARTA DER LIEBE

Wie können Sie es wagen, die Liebenden von Mantua hier einzusperren? Was soll die schwülstige Inszenierung ihres schlichten gemeinsamen Ablebens? Sie sind nicht Ihr Besitz, sie gehören der Menschheit, sie müssen in ein öffentliches Museum, der Zugang zu ihnen muss jedem möglich sein. Sie sind ein Weltkulturerbe der Menschheit, ja verstehen Sie das denn nicht, aus der Erde geborgen zum Erstaunen und zur Freude aller Liebenden?

Ach, die erbärmliche Öffentlichkeit!, ruft nun energisch der Conte. Sie verdient doch dieses unverhoffte Fundstück gar nicht, sie ist seiner nicht würdig. Hier werden die beiden Liebenden zum Ausgangspunkt einer neuen Religion, und Sie wollen sie in ein staubiges Museum sperren, *Signor scrittore*? Dem Gespött von ungezogenen Jugendlichen ausgesetzt, der nachlässigen, löchrigen Aufmerksamkeit gelangweilter Bürger? Hier in diesem Raum sind sie komfortabel neu gebettet, von hier aus können sie erfrischt in ihr Jenseits entschlüpfen, in diesem Sanktuarium soll es ihnen an nichts fehlen. Nur hier werden sie eine neue Würde bekommen, und *Sie* werden mir dabei helfen. Sie werden die Geschichte dieses Paares erzählen und eine neue Charta der Liebe entwerfen. Sie sind mein Evangelist, mein Frohbotschafter!

Eine neue ... Charta der Liebe? Ein Evangelium? Den Teufel werde ich tun ... Verstehen Sie diesen Ausdruck?

Wir werden uns jeden Abend sehen, und Sie werden mir Bericht erstatten über den Fortgang Ihrer Arbeit, über Ihre Erkenntnisse und Spekulationen.

Lassen Sie den Liebenden von Mantua ihre Totenruhe, ihre letzte Freiheit, überlassen Sie sie ihrem ursprünglichen

Ehebett, der Erde. Die Toten gehören uns nicht. Sie wollen bleiben, wer sie sind. Sie lassen sich nicht vereinnahmen.

Der Conte hat den Widerspruch in Manus Äußerungen entdeckt und holt zum Gegenangriff aus:

Sie meinen also, *ich* hätte die Totenruhe gestört? Aber nein, die Archäologen haben das Paar ausgegraben und ihrem ursprünglichen Element entrissen. Um es von einem zerstreuten, durch endlose Sonntagnachmittage gelangweilten Publikum in Museumsräumen begaffen zu lassen. Danach kauft es im Museumsshop eine Postkarte und schickt es mit zynischen oder obszönen Kartengrüßen an Verwandte auf dem Land.

Manu staunt, dass der Conte noch ein Wort wie »begaffen« kannte. Der jedoch redet ungebremst weiter:

Ich bin es also und kein anderer, der dem liebenden Paar Gastrecht gewährt und es hier auf meinem Anwesen friedlich weiterschlummern lässt, ungestört in seinem stummen Liebesgespräch. Und es soll sogar die Ehre erhalten, das Symbol einer neuen Religion der Liebe zu werden. Der Gekreuzigte hat ausgedient! Weg mit dem allgegenwärtigen Folterbild! Die römischen Nägel sollen im Keller verrosten!

Damit missbrauchen Sie die Liebenden doch ebenso wie die Archäologen und Tourismusmanager. Und Bilder der Liebenden von Mantua werden auch Sie drucken lassen, Signor Conte, denn jede Religion lebt von der weltweiten Verbreitung ihrer Bilder und Symbole. Ohne Bild – keine Religion. Sogar die bilderstürmerischen Extremisten kommen nicht aus ohne den heiligen Bildschirm, ohne die Ikone der Zerstörung. Das Bild ist alles.

Gehen Sie an Ihre Arbeit, verschwenden Sie unsere kostbare Zeit nicht mit unsinnigen Reden! Sie wissen jetzt, warum ich Sie habe entführen lassen, wozu ich Sie brauche. Erzählen Sie mir die Geschichte der Liebenden von Mantua! Ich möchte sie hören. Verfassen Sie die neue Charta der Liebe! Wenn Sie meinen Auftrag erfüllt haben, dürfen Sie mein Anwesen verlassen. Versuchen Sie nicht zu fliehen, es könnte Sie teuer zu stehen kommen. Ich ekle mich vor Gewalt, aber meine Angestellten machen sich eine Freude daraus, die Angst in den Pupillen ihrer verehrten Schützlinge zu lesen.

Sie ekeln sich vor Gewalt, halten sich aber ein paar Folterer im Haus?

Keiner ist Herr in seinem Haus, nicht einmal Gott.

Sie können nicht über meine Zeit verfügen, widerspricht Manu, ich bin ein freier Autor, ich suche meine Auftraggeber selbst, meine Verpflichtungen, meine Brotarbeiten. Für meinen Roman habe ich die Recherchen über die Liebenden von Mantua gebraucht, aber ich bin nicht Ihr Diener, nicht Ihr Lakai, Herr Graf.

Mein Herr, Sie werden nichts bereuen. Wenn Sie Ihre Aufgabe gut machen, werde ich nicht kleinlich sein. Sie werden auf Ihre Brotarbeiten eine ganze Weile verzichten können.

Durch Zwangsbeglückung, durch eine brutale Mäzenatenfaust? Ich bin ein Unabhängigkeitsjunkie, süchtig nach Freiheit, ich bin ein Sklave einzig meiner Freiheit.

Ach, seien Sie nicht so stolz. Niemand ist frei, hören Sie, niemand. Sie überschätzen sich maßlos in Ihrem Hochmut. Ohnehin wird nur eine sehr geringe Zahl Schriftsteller jeder Generation ihre Epoche überleben, der Rest wird toter sein als mein steinzeitliches Liebespaar, das erneut leben wird in den Köpfen und Herzen der Menschen. Machen Sie sich an die Arbeit.

Wie soll das vor sich gehen, wenn ich bitten darf?

Meine Bibliothek steht Ihnen zur Verfügung. Allerdings ist sie in letzter Zeit etwas sonderbar geworden, irgendeine Unruhe treibt sie um, merkwürdige Hitzewallungen, die aus den Folianten dringen. Sie verstreut die Bände unvorhersehbar auf ihren fiebrigen Regalen, ordnet sie selbst fortwährend neu nach einem mir unbekannten Plan. Sie ist die Verkörperung der Unordnung, ein werdendes Chaos. Seien Sie nicht erstaunt, wenn sie sich nicht immer am selben Ort befindet. Sie ist in Bewegung geraten, möchte irgendwohin aufbrechen! Eine Wanderbibliothek, können Sie sich das vorstellen? Wie Wanderniere, Wanderratte, ein Wanderzirkus eben. Früher war sie der Ort meiner Seelenruhe, heute traue ich mich kaum mehr, sie aufzusuchen. Ich weiß nie, was mich dort erwartet.

Sprechen Sie vielleicht vom Internet?, fragt Manu rechtzeitig dazwischen.

Was ist das? Ich bitte um milde Aufklärung.

Manu aber rechnet nur noch mit dem Gestammel eines Wahnsinnigen. Eine Bibliothek, die durch das Anwesen des dubiosen Conte wandelt? Auf Stelzen vielleicht? Sich immerzu ein neues Biwak suchend mit ihren Tausenden von Bänden? Das ist doch Irrsinn!

Ignoto übersieht Manus verblüfften Gesichtsausdruck und fügt hinzu:

Wenn Sie sonst noch irgendwelche Dokumente oder Artefakte brauchen – es soll Ihnen an nichts mangeln. Nur verlieren Sie keine Zeit.

Und was machen Sie, wenn Ihnen Polizei und Behörden auf die Schliche kommen? Es muss doch Zeugen der Entführung aus dem Laboratorium in Como geben, Informanten, Helfer und Helfershelfer.

Zweifeln Sie nicht daran, dass ich die wenigen Wissenden mit guten Argumenten um ihr Schweigen gebeten habe. Geld ist keine Religion für mich, nur ein läppisches Werkzeug, kein Steinbeil wert, keine Pfeilspitze.

Manu, mit einer verzweifelten Handbewegung:

Einen von ihnen wird irgendwann das schlechte Gewissen plagen, er wird sich erleichtern wollen, sein Schweigen brechen – und Ihre Villa wird umstellt werden, glauben Sie mir. Die ganze Stadt Mantua wird nach ihren Liebenden suchen. So leicht lassen sich die Menschen nicht bestehlen, sie werden hier hereinbrechen wie ein Tornado. Und Sie, Signor Conte, werden von ihren Hunden gehetzt werden.

Ich will sie doch gar nicht bestehlen! Ich will ihnen etwas unendlich Kostbares schenken, ein Monument geteilter, zärtlicher Zuwendung, eine neue Religion der Liebe. Sie werden irgendwann die Folterbilder von ihrem gepeinigten Religionsoberhaupt und dessen Märtyrern nicht mehr sehen wollen, sie werden sie von den Wänden reißen. Einer verrohten, gefühllosen Zeit wird ein jungsteinzeitlicher Stern aufgehen. Ach, Luisa, warum bist du nur …

Wie bitte? Und was machen Sie, wenn der Diebstahl und die Entführung des Liebespaares zu früh entdeckt werden, wenn Sie umzingelt sind von Polizeikräften?

Auch dafür habe ich vorgesorgt, seien Sie beruhigt. Wenn sich die dumme Meute nicht für würdig erweist, mein Geschenk anzunehmen, werde ich zusammen mit den Liebenden von Mantua aus dem Dasein scheiden. Dann haben sich die Menschen selbst um die Wunder der neuen Liebesreligion betrogen. Sie haben ihr eigenes Glück verspielt.

Wenn der Fürst das Zeitliche segnen muss, werden alle Bediensteten mit ihm Abschied vom Leben nehmen müssen. Auch ich, nehme ich an?

Greifen Sie der schönen Sache nicht vor, ich bitte Sie. Keine Panik, doch verlieren Sie keine Minute. Je früher Sie mit der Arbeit fertig sind, desto eher werden Sie entlassen.

Entlassen? Wie man aus einem Gefängnis entlassen wird? Können wir nicht über meinen Status verhandeln?

Ich kann nur in Freiheit arbeiten. Lassen Sie mich hier eine Zeitlang wohnen, von Zeit zu Zeit in die Stadt fahren, Freunde treffen usw.

Nein, Sie wären ein Sicherheitsrisiko. Ich müsste annehmen, Sie würden gleich zur Polizei gehen und den Aufenthaltsort der Liebenden ausposaunen. Aber nein, das werden Sie nicht tun.

Ich bin nach Mantua gefahren, um über die Liebenden von Valdaro zu recherchieren, aber im Hinblick auf einen Roman, der gar nicht hier spielt, verstehen Sie. Das ist mein Projekt, ich kann mir keine Abweichungen erlauben, mein Plan stand fest, als ich hierherfuhr, der zeitliche Rahmen war mit meinen anderen Aufgaben und Brotarbeiten abgestimmt. Ich habe nur ein paar Wochen Zeit.

Lassen Sie doch diese mickrigen Auftragsarbeiten, arbeiten Sie für mich, Sie werden es nicht bereuen. Was ist schon ein Romanprojekt? Es ist dazu da, im Laufe seiner Entwicklung die Richtung zu ändern, nicht wahr?

Ich bin nicht für das Gefängnis geschaffen, ich habe kein Talent dafür. Lassen Sie mich frei, und wir können auf einer anderen Basis wieder zueinanderkommen. Ich kann nicht Ihr Chronist oder Sekretär sein. Lassen Sie mich gehen, auf mich warten ganz andere Dinge.

Ja, gehen Sie. Aber gehen Sie an die Arbeit. Sie werden es nicht bereuen. Ach ja, noch etwas ... Sie scheinen unter akutem Schlafwandeln zu leiden. Unsere Kameras sind empört, dass Sie nachts so wenig ruhen. Dieses Haus scheint Ihnen auch im Dunkeln zu gefallen. Wir müssen leider wissen, wohin Sie Ihre Schritte lenken. Und Sie werden gleich ein entzückendes Band um Ihr Fußgelenk bekommen.

Kaum war es ausgesprochen, fühlt Manu eine gewisse Wärme am Knöchel, ein Händepaar fährt unter dem Glaskasten hervor, fasst seinen linken Fuß. Es klickt. Manu reißt die weit herunterhängende Hochzeitsschleppe herauf, aber niemand ist zu sehen. Es gibt hier unsichtbare Hände und Arme, ein goldener Esel wird davon berichten.

MANTO

Manu tritt auf seine viel zu hohe Terrasse, die ihm jedesmal höhnisch Hals- und Beinbruch verspricht. Er dreht seine Runden auf diesem Gefängnishof, der keiner sein will. Er geht im Kreis, ohne Abwege, ohne unvorgesehene Gänge und Läufe durchs Unterholz. Die Abendsonne geht mit ihm im Kreis, narrt ihn, tanzt hämisch um ihn herum. Es gibt einen einzigen Zeugen, das Olivenbäumchen in seiner Trommel, in seinem Trog, in seiner Trauer.

Da draußen gibt es noch etwas, das lispelnde Konzert der Zitterpappeln, ein Dauergeräusch, das seine Müdigkeit abtastet. Manu ist zermürbt von den Monologen Ignotos, der ihn als Gesprächspartner jeden Abend vorlädt und nichts hören will von Freiheitsberaubung und Zellendasein, vom Mangel an Auslauf und Atemluft, ihm nur seine absurden Ideen und religiösen Phantasien hinwirft und ihn sonst nicht wahrnehmen will. Was soll das wirre Gefasel von einer durch das Haus wandernden Bibliothek? Manu hat alle wahnwitzigen Ideen satt, er möchte endlich mit irgendwem sprechen, mit einem Menschen vielleicht. Selbst der Koch bleibt unsichtbar. Die Bewacher sind stumme, dunkel grinsende Marionetten, die ihn in sein Zimmer zurückstoßen oder zu den Treffen mit dem Conte begleiten. Sie lauern vor seiner Zellentür wie vor dem Eingang zur Bibliothek. Wachhunde eben, die den Kopf rasch heben. Die Schatten schubsen ihn leicht voran, drängen ihn an den vielen Türen vorbei ins abendliche Speisezimmer. Er ist vorgeladen, nicht eingeladen. Die hohen Verglasungen der Vorhalle bleiben nachts von unsichtbaren Händen dreifach abgeschlossen.

Also spricht er vielleicht mit dem Olivenbäumchen? Er beginnt sich Vorwürfe zu machen, überhaupt nach Mantua gefahren zu sein. Er ist ein Gefangener Ignotos, daran kann kein Zweifel bestehen. Er hört Raffa höhnen:

Du bist ein Gefangener deiner Liebenden von Mantua! Sie haben dich in die Falle gelockt!

Wie gern wäre er jetzt ein simpler Tourist, würde sich harmlos ohne Absichten umsehen in der Stadt der Gonzaga, vor irgendwelchen Gemälden stehen, am oberen wie am unteren See spazieren gehen, eine Schifffahrt auf dem Mincio-Fluss unternehmen.

Das Schlimme war, dass er selbst dafür gesorgt hatte, dass niemand ihn wirklich vermissen konnte. Seine Freunde und die Pförtnerin in Paris waren an seine Reisen und zeitweiligen Abwesenheiten gewöhnt. Die Post wurde sorgsam auf ein Häufchen gelegt und ihm bei seiner Rückkehr zuverlässig übergeben. Ach ja, Sie waren wieder mal auf Reisen! sagt sie lächelnd und tätschelt ihr schwarzes Hundetier. Eine Schachtel Pralinen oder eine Flasche Wein als Geschenk beendeten seine Abwesenheit. Die Post wurde darauf wieder brav unter der Tür durchgeschoben.

Ein Abendessen mit Freunden schließlich, die gespannt sind auf seinen Reisebericht. Nichts war beunruhigend daran, dass er für ein paar Wochen ausblieb, er ist oft unterwegs, mit jedem Buch verstand er sich besser aufs Verschwinden. Selbst schuld, dass sich jeder so leicht an sein Fehlen gewöhnt hat. Postkarten zu verschicken fand er albern, SMS kamen unregelmäßig und für seine Freunde meist rätselhaft, absichtlich dunkle Orakelsprüche, bewusste Verschleierung von Reiseverlauf und Reisemotiv. Er würde dafür umso mehr zu erzählen haben. Seit Laure ausgezogen war, häuften sich seine Absenzen, was sollte daran beunruhigend sein. Er galt als rastlos, zu raschem Aufbruch neigend, voller Ungeduld. Er fühlte sich wohl mit diesem Profil, das er den anderen hinterließ. Niemand würde eine Vermisstenanzeige aufgeben, zur Polizei gehen.

Warum Mantua? Mantua erinnert an Mantik, es ist ein Ort des Orakelwesens, ein Organ der Weissagung. Laut Vergils *Äneis,* zehntes Buch, Vers einhundertneunundneunzig, geht die Stadt auf die Seherin Manto zurück, eine Tochter des Teiresias, der zur Strafe für seine Hellsichtigkeit mit Blindheit geschlagen wurde. Ihr Sohn Ocnus, sagt Vergil, habe die Stadt gegründet und sie zu Ehren seiner Mutter *Mantua* genannt. Sohn der Prophetin Manto ... sowie des etruskischen Stromes ... Mauern verschaffte er, Mantua, dir ... auch den Namen der Mutter.

Andere nehmen den etruskischen Unterweltsgott Mantus als Namensgeber an, weil hier irgendwo in der Nähe der Eingang zum Jenseits liegen soll. Wem dient der Conte, der Seherin Manto oder dem Gott der Unterwelt? Und vielleicht liegt der Eingang hier im Keller, zu dem Manu ein einziges Mal Zugang gefunden hat. Immer geschehen die wichtigen Dinge in einem Keller voller weißer Heizungsrohre, jedenfalls in einem Untergeschoss des Lebens, in düsteren Abstellräumen, wo sich der staubige Plunder der Jahre häuft.

Manu kritzelt in sein Notizbuch, aus dem die Liebenden von Mantua wie aus einem jungsteinzeitlichen Grab hervorblühen sollen.

Mantua – Mantik – Mantegna – Mantra – Manie – Magma – Magnet. Manuel.

Mantua mischt die Träume, Mantua malt, vermählt, vermehrt, vermummt.

Mantua me genuit, Calabri rapuere, tenet nunc / Parthenope;
cecini pascua, rura, duces. Grabinschrift, auf einem Hügelzug
namens Posillipo bei Neapel, an der Straße nach Puteoli. Der
Name des Berges wird vom Wort *pausilypon* herkommen,
von »schmerzstillend«, »dem Leiden ein Ende bereitend«. Im
schmerzstillenden Hügel also soll Vergil begraben liegen und
seine letzte Botschaft den Lebenden mitteilen:
Mantua hat mich gezeugt. Kalabrien raffte mich dahin.
Jetzt hält mich Parthenope gefangen (die Sirene, flüstert
Vergil, ist Neapels Schutzmacht). Ich habe gesungen. Weiden, Landbau und die Anführer der Welt.

Mantua hat mich gezeugt, Mantua hat mich geboren, als
wäre Mantua die Gebärmutter der Ideen und Pläne, kosmische Matrix, mürbes Renaissancenest, prächtiger Farbrest,
Bienenstock für Mantegna und Giulio Romano und andere
Propheten des Pinsels.

In der neunten Ekloge, Verse siebenundzwanzig-acht-
undzwanzig, macht er sich da nicht Sorgen um Mantua? Es
geht um die Landenteignungen zugunsten der Veteranen
aus Octavians Heer, die Maßnahme, die seine Eltern rui-
nierte. Oder sieht er nicht vielleicht das Erdbeben vom Mai
2012 voraus, fürchtet er sich nicht vor dem Verfluchten
Frühling? *Superet modo Mantua nobis, / Mantua vae mise-*
rae nimium vicina Cremonae! Wenn uns Mantua nur erhalten bleibt, Mantua – ach! – dem unglücklichen Cremona allzu nah!

Vergil als Erdbebenmelder, jetzt schrie er in Manus
Traum unter den Trümmern hervor. Er schrie, und mit
schrien seine Migräne, sein Fieber, sein Bluthusten. Verfluchter Frühling! *Maledetta primavera!*

Der Einspruch kommt von Dichtern. MANTUA FELIX.
Glückliches Mantua. Martial schreibt, Verona liebe seinen

Dichter Catull und Mantua sei glücklich über Maro alias Vergil. *Marone felix Mantua est.* Und Ovid bläst am Schluss der *Amores* ins gleiche Horn: Mantua hat seine Freude an Vergil, Verona an Catull. *Mantua Vergilio gaudet, Verona Catullo.*

Gibt es also eine Pflicht, in Mantua glücklich zu sein? Manu nimmt sich vor, die glückliche Stadt nicht nur als den Ort seiner doppelten Gefangenschaft wahrzunehmen … solange der Conte seine Drohung nicht wahrmacht, sein Anwesen samt den Liebenden von Mantua in die Luft zu sprengen!

Manu kritzelte ins Notizbuch, das ihm jetzt noch näher war, ihn mit dem Leben danach verbinden sollte wie eine Nabelschnur. Wenn er schon auf unabsehbare Zeit in Gefangenschaft bleiben musste, sollten wenigstens seine Gedanken über den neuen Roman eine Spur hinterlassen. Um die Zeit in der Zelle nicht zu vergeuden. Sollte er aus dieser Falle herausfinden, enthielt dieses fragile Gefäß den Faden, der ihn leiten würde. Er ging mit verbundenen Augen.

Der Titel war früh geboren: *Die Liebenden von Mantua.* Aber nach der hässlichen Begegnung in Ignotos schwülstigem Sanktuarium war für Manu klar, dass er sich dem irren Auftrag des Conte auf seine Art trotzig verweigern würde. Keine hochgestochene Inszenierung der beiden Liebenden von Mantua, kein Reliquienschrein, kein Kardinalspurpur, keine Monstranzen, keine Charta, nur schlichte Bewahrung eines Rätsels, das seine eigene Lösung sucht!

Roman: rätselhafte Euphorie, Renaissance als Risiko.

Roman: Honigwabe. Aus einer ihrer Wabenzellen werden die Liebenden von Mantua schlüpfen. Leichte, luftige Bienen. Goldene Seelen-Bienen. Ja, der Roman summt, er summt wie ein Bienenstock von den Stimmen, die seine sind, die nicht seine sind. Lauter lallende verlorene Seelen.

Roman: Erotik der Ritze, der Falte, des Spalts. Auch in der Zeit.

Roman: Tempel der Lust, Brevier des Begehrens.

Roman: göttlicher Rest einer ausgestorbenen Religion.

Roman: heterogenes Gestein, bröckelnder Erdbebenschutt. Selbst Erdbebenzone!

Roman: Ungeschlachtheit und Eleganz.

Roman: das Gran Verrücktheit. Roman als Wahn.

Roman: Rache für das Zellenleben, den Raub an Lebenszeit.

Roman: Gleichnis, Albtraum, Parabeltraum.

Roman: Stethoskop, Diagnosewerkzeug zur Beurteilung von Schallphänomenen. Hört er den Herzschlag der Liebenden von Mantua? Brustüberwachung, Liebesthermometer. Auskultation der Gefühle, Herz und Lunge. Abhörung von Herzklappen und Halsschlagadern, Erdbebendetektor.

Roman: Teleskop, das von sehr weit oben aus dem All herunterblickt auf die Liebenden von Mantua. Nur zwei jungsteinzeitliche Skelette, aber welche Ausdruckskraft, welch symbolisches Potential ...

Roman: Jäger und Sammler, Bündler der elektromagnetischen Wellen, der es erlaubt, Lichtjahre entfernte Objekte und Vorgänge zu beobachten. Weltraumteleskop der Liebe.

Roman: Kaleidoskop, erstaunlich wenige Elemente, immer neue Formen, Farben, Gebilde. Schöne Bilderwut.

Roman: Fremdherrschaft, die zur eigenen wird. Geschichte eines Abdankens, Abtretens, einer Befreiung.

Roman: auf dem Rücken der Wirklichkeit, oder eher in ihren Eingeweiden.

Roman: Täuschung oder Tausch oder Vertauschung?

Roman: die imaginäre Lösung. Er ist der sechste Sinn.

Möglichkeitssinn. Der Spekulative, Sondierende. Die schlichte Vision.

Roman: nicht unwirklicher als die instabile Wirklichkeit. Im besten Fall. Magische Realität.

Roman: in einer Reihe mit psychoaktiven Pflanzen, pures Halluzinogen, das eine botanische Wahrheit sehen lässt, die hinter jeder Wahrscheinlichkeit liegt. Die sprachliche Droge aus reinem Wahn.

Roman: der Unsichtbare, Unsichtbarmachende.

Roman: In einer anderen Zelle dort drüben schläft Laure ihrem neuen Leben entgegen.

Verliert er in Ignotos Anwesen allmählich den Verstand? Verliert er jede Zeit, die er verträumt? Ein Verlust an bewusster Lebenszeit? In Wirklichkeit ein Gewinn. Gewonnene Wirklichkeit, mögliche Welten, die vorübergehend, wie alle Welten, vollkommen real sind. Wer entscheidet? Das Problem war: Es würde keinen geben, der ihm Glauben schenken würde. Das Ganze war einfach zu phantastisch, zu *unwahrscheinlich.*

Es sollte ein reines Venus-Buch werden. Mars, der Kriegsgott, ist ausgesperrt. Aber kann alles hinter seinem Rücken entstehen? Ein Finger, der sich leise auf ein Lippenpaar legt? Wie sich Venus hinter dem Rücken des Kriegsgottes mit Adonis vergnügt …

Ein Liebesbuch, inspiriert von den Liebenden von Mantua, ohne das Elend des Soldaten, ohne Dreck und Blut? Immerhin hat Ovid, der größte Liebesexperte aller Zeiten, von der Liebe »als Kriegsdienst«, als *militia amoris,* gesprochen, den Liebenden als Soldaten der Liebe bezeichnet. »Jeder, der liebt, ist Soldat.« *Militat omnis amans.* O Laure, ich lächle mit deinem Lächeln!

Nein, die jungsteinzeitlichen Liebenden von Mantua sollen keine Liebessoldaten sein. Es geht für einmal ohne. Aber wo beginnt die Illusion? Und wenn der Conte nicht nur ein Religionsgründer und Liebesapostel, sondern auch ein Mörder wäre? Als Manu es erstmals zu denken wagt, war er es schon.

Der Krieg sei der Vater aller Dinge, sagt Heraklit. Manu war es nicht unangenehm, vaterlos aufzuwachsen, vaterlos zu leben, und amputiert von der Silbe, die Gott bedeutet. Laure sagte es eines Tages deutlich: Raffa ist bruderlos geworden, du bist der lebenslang Vaterlose. Worüber beklagst du dich?

Ein Buch der Liebe in einer Epoche der Verrohung, der leichthin Getöteten, der barbarischen Enthauptung. Eine Liebesbibel. Wie schön, dass die Liebe beinah ein Anagramm der Bibel ist, Lippenbibel. Nein, beide Schädel waren intakt, die Schädelnähte nicht zerfetzt. Manu hätte zart darüberstreichen mögen, aber er hatte nach dem einmaligen Zutritt kein Recht mehr auf einen Blick ins Sanktuarium. Er blieb nach dem einzigen Blick ausgesperrt …

Manu war den Liebenden von Mantua dankbar, dass in ihren Schädeln keine Löcher waren.

DIE ABSCHAFFUNG DER EINSAMKEIT

Wissen Sie, setzt Ignoto sein an Manu gewandtes Selbstgespräch fort, kein Mensch wird gefragt, ob er das Leben, das ihm unverlangt geschenkt wird, haben möchte, diese zerbrechliche Leihgabe, die man bedenklich kurze Zeit in fiebrigen Händen oder unter entsetzte Augen halten darf. Und wenn der altbekannte Mensch sich endlich an das Zwangsgeschenk gewöhnt hat und es manchmal sogar ganz erträglich findet – vielleicht hat ihm das Glück gerade zugelächelt! –, wird ihm dasselbe Geschenk aus den Händen geschlagen, zu einem unvorhersehbaren Zeitpunkt, ob nah ob fern, entzieht sich seinem Wissen oder seiner Vorahnung, es geschieht mit ihm, ohne dass er ein Wörtchen mitreden könnte. Schweig still, du hast genug geredet.

Meinen Sie mich, aber ich habe doch kein Wort …

Das gewisse Wohlwollen, das ihm nach der Geburt aus dem Leben entgegenströmt, wird nach und nach oder dann brüsk und brutal gelöscht. Die Zeit fließt bei der Geburt in den kleinen Menschen, durchströmt ihn, versickert gegen Ende oder lässt ihn in Erbrochenem liegen, in Blut und Exkrement. Er aber hatte eine Zeitlang dem Rhythmus seines eigenen Herzschlages gelauscht, der sich beschleunigenden Zeit. Dann gerät sie ins Stocken und fällt in den Stillstand, doch längst hat anderswo und außerhalb von ihm ein neues Leben angefangen. Das ist alles! Das ist alles, hören Sie?

Der Conte spricht ein abwesendes Gegenüber an, nicht seinen Gefangenen, nicht den entführten Schriftsteller Manuel Lomo.

Gemeinsam mit einem geliebten Menschen gleichzeitig das Leben zu verlassen ist das höchste Privileg. Die Liebenden von Mantua sind das immerwährende Symbol dafür. Ob sie umgebracht wurden, von den Pfeilspitzen überrascht – ist gleichgültig. Vielleicht konnten ihnen die Menschen nicht verzeihen, dass sie glücklich waren. Sie lächeln sich selig an, das ist das Wesentliche. Oh, Luisa!

Wer, bitte?

Wenn das Dasein sinnlos und zufällig ist, sollte man die möglichen Momente gemeinsamer Auflehnung dagegen nicht aus den Augen verlieren, jede kleine Revanche von Menschenhand gegen das Naturgesetz ist willkommen!

Woher wissen Sie denn …

Lassen Sie mich doch endlich ausreden! Alle Religion ist nur hilflose Reaktion auf diese ganze Sterberei ohne Sinn und Zweck. Der Mensch brauchte sie von Anfang an, ja, sicher – um nicht gleich den Verstand zu verlieren bei so viel Vergeblichkeit und absurder Mühsal. Aber es gibt gewisse Augenblicke im Leben, die kostbar sind, erregende Augenblicke des Außer-sich-Seins, nennen Sie es bitte nicht Epiphanien, es sind kurze Lebensblitze oder Glanzlichter einer Existenz, bei denen Gott gerade durch Abwesenheit glänzt.

Wenn er nicht ist, kann er auch nicht abwesend …

Und vor genau diesen unkontrollierbaren irrlichternden Momenten fürchtet sich die offizielle Religion, sie ist eine dürre Verwalterin des geregelten religiösen Gefühlshaushaltes. Eher der Ort einer religiösen Notdurft, nicht der Ekstase. Verrichtungsboxen sind die Kirchen, und im Gegensatz dazu – ein karges Bett aus Lehm, ein paar Gräser darauf gelegt, das ist der reine Augenblick, das wahre Neolithikum!

Missbrauchen Sie diese armen jungen Leute nicht, ich meine die Liebenden von Mantua, für ihre pseudo-religiösen Phantasien? Für einen Nebenzweck?

Wie steht es eigentlich mit Ihrer Beziehung zur Religion?

Da ist eigentlich nichts mehr ... nur dieser Phantomschmerz ...

Religionen sind antimagisch, fährt Ignoto beinah wütend fort, das magische Bewusstsein aber kennt keine Schöpfung aus dem Nichts, nur Metamorphosen des Vorhandenen, Vertauschungen, Bilder, Metaphern. Für die magische Religiosität war am Anfang nicht alles öde und leer, es gab eine Fülle von Wundern, nichts als Wunder, und die Seele stieg aus der Erde auf, um in sie zurückzukehren ...

Sie schwärmen, Eure Eminenz.

Mit diesem Titel spricht man einen Kardinal an, Sie irren sich schon wieder.

Eure Erlaucht oder Hochgeboren vielleicht. Passt das für einen Grafen?

Religionen wollen den Menschen gerade davor bewahren, sich zu verlieren. Und ich finde nichts Schöneres, als mir selbst in einem entzückenden Strudel abhandenzukommen. Der Verlust ist Reichtum, verstehen Sie, im deutschen Wort wohnt doch die Lust im Verlust, nicht wahr?

Ihr Deutsch ist exzellent, aber hier irren Sie sich vermutlich, Sie haben sich diese Verwandtschaft zurechtgelegt, wo es nur einen Zufall gleicher Laute gibt.

Vielleicht irren *Sie* sich, Verehrtester, und in beiden dämmert das Wort *lösen*. Kurz: Verlust ist Reichtum, verstehen Sie, Entblößung ist Pracht, Kargheit ist Exzess. Sich selbst abhandenzukommen bedeutet Erfüllung.

Sie lieben Paradoxe, Signor Conte. Die Welt ist kein Orgasmus, fürchte ich, die Katastrophen nehmen überhand, sagt mein Freund Raffa, den ich ... nicht wichtig ...

Religion ist nichts als die hemmungslose Angst, es könnte alles und jedes sinnlos sein, und der Rausch, sich verloren zu gehen, wäre eine Gefährdung, der sich ein Mensch nicht aussetzen soll. Also stellt sie den Gläubigen kalt.

Was meinen Sie mit Glanzlichtern?

Momente reiner Verzückung oder Lust, der puren Ekstase, Momente der Inspiration oder des hellen Wahns, wie Eros, Musik, Malerei oder Poesie sie transportieren können in ihrem phänomenalen Luftfahrtwesen. Renaissance, ja, ein Renaissancegefühl!

Mantua hat es Ihnen wohl eingegeben, das leuchtet ein …

Doch es ist notwendig, dass der Mensch in aller Ekstase bei Sinnen bleibt, nur so kann er seine Erlebnisse auskosten. Ich meine also, *Signor scrittore,* nicht die Betäubung, das Verlöschen. Ich meine Momente schierer Freude, des zärtlichen Teilens, wie die Liebenden sie in ihrer steinzeitlichen Szene vorführen, die beiden Schädel liebevoll und gleichsam lächelnd noch im Tod einander zugewandt. Was glauben Sie, weshalb die halbe Menschheit gerührt war, als das Bild der sich umarmenden Steinzeitskelette 2007 um die Welt ging? Genau da hatte ich meine Idee: Das wäre das richtige Symbol für eine neue Religion der Liebe! Ich fand einen Ausweg, wie ich dem entsetzlichen Foltersymbol, für das die Christenheit ein weltweites abscheuliches Monopol beanspruchen darf, endlich entkommen könnte.

Und was machen Sie mit den Einsamen, auf die niemand wartet, die sich missmutig über den Teller beugen, um notgedrungen Nahrung zu sich zu nehmen, die sie mit keinem teilen? Den Alleingebliebenen, den Verwirrten und Verstörten, den Verbitterten und Verwahrlosten, wie sollten die sich denn in diesem Symbol des liebevollen Umfangens wiederfinden? Es wäre für sie genauso eine Folter wie der gemarterte, von Nägeln durchbohrte Gottessohn am Holzkreuz, den Sie aus Ihrem Leben verbannt haben.

Darum geht es ja bei dieser neuen Religion der Liebe! Niemand soll ausgeschlossen werden, die Abschaffung der Einsamkeit ist das wahre Ziel der Menschheit! Wenn Beobachter aus dem All feststellen dürften: Sie haben sich geliebt dort unten. Sie sind zu Paaren gestorben, nicht vereinzelt. Es sind keine Anzeichen von genereller und prinzipieller Einsamkeit festzustellen.

In Manus Gedächtnis blitzen ein paar Verse auf, er weiß nicht, woher sie kommen, aber er muss an Laure und an sein Gefängnis denken:

Denn es gibt keine größere Einsamkeit ... als die Erinnerung an Wunder ... so kehren jene ins Gefängnis zurück ... die schon einmal dort waren ... und die Tauben kehren in die Arche heim ...

Und er versucht einmal mehr, dem Conte zu widersprechen:

Das ist Utopie. Sterben wird für immer die einsamste Angelegenheit bleiben. Die Zweisamkeit des Sterbens, auch wenn es Ihr Mantuaner Traum ist – eine herzzerreißende Unmöglichkeit.

Warum Utopie? Ich sehe keine Utopie, nirgends.

Und was ist, wenn da nicht ein Mann und eine Frau in der Nekropole von Valdaro lagen, sondern zwei Männer, oder zwei Frauen, die sich liebten?

Auch wenn die DNA-Analyse bereits erwiesen hat, dass es tatsächlich Mann und Frau waren: Es spielt keine Rolle für meine Religion, es geht nur um die Abschaffung der Einsamkeit! Haben Sie mit bloßem Auge das Geschlecht der beiden Liebenden erkennen können? Natürlich nicht, weil es keine Rolle mehr spielt! Die betreffenden nichtigen Merkmale sind längst verschwunden, völlig überflüssig ...

Das Geschlecht spielt also keine Rolle, aber wenn ...

Graf Ignoto war in Fahrt geraten. Er wollte noch weiter von dem Steinzeitpaar reden, das ihn offensichtlich um den Verstand gebracht hatte. Ein Diener stellte eine neue Schale auf den Tisch, doch der Conte winkte herrisch ab, er wollte nicht mehr gestört werden, was soll hier das Essen, wenn es um die Erlösung der Welt von ihrer Einsamkeit ging.

Aber der Hunger …

Nehmen Sie den Hunger dazu, ich meine die Abschaffung von Hunger, Kälte und Einsamkeit. Agenturen der allumfassenden Kommunion müsste es geben, der generellen allseitigen Verbündung, des gegenseitigen Mit-den-Händen-Greifens. Das ist meine neue Kirche. Ohne Angst, ohne Jenseits. Nur mit dem Lächeln der Liebenden von Mantua auf dem Gesicht.

Schrecklich, ich kann mir das nicht vorstellen. Eine Kirche als Verkupplungsinstitut? Ein Albtraum. Und als Hymne würden Sie Beethovens Ode an die Freude überall anstimmen lassen? Die höre ich nicht ungern, aber *Free Hugs* an jeder Straßenecke – ein Albtraum. Ich will nicht von jedem und jeder umarmt und geküsst werden. Einige der wertvollsten Augenblicke meines Lebens waren Momente der Einsamkeit, des Nachdenkens, des vereinzelten Traums. Sogar völlig ohne Musik. Seine immergrünen immerblauen … Trauben im Schnee … seines einzelnen Schlafs … so hat es ein Freund in einem Gedicht ausgedrückt.

Was Sie da beschreiben, ist keine Einsamkeit, es ist nicht der nagende, vernichtende Zustand, den ich meine. Wenn keiner mehr auf niemanden wartet … Ich warte nur noch auf Luisa, und sie wird nie wiederkommen. Nur die Liebenden von Valdaro werden mich trösten bis ans Ende.

Luisa? Wer ist Luisa?

Bitte gehen Sie jetzt, ich werde Salvatore rufen.

Der Conte war auf seinem Prachtstuhl zusammengesunken, seine Augen schienen leblos. Religion erschöpft. Manu sah den verrückten Prinzen einer steinzeitlichen Liebesutopie, einen irren Liebesapostel, Drachentöter und heiligen Georg, der wie auf Pisanellos Fresko in Verona aufbricht, die Einsamkeit zu erlegen. Welche Fluchtwege standen noch offen, wie könnte er möglichst rasch aus Ignotos Reich fliehen? Er ist umstellt von der neuen Religion und einem lebensbedrohenden Wahn.

WÄLDCHEN

Wohin gehen wir? Ich muss noch …

Nichts musst du, denkst du wirklich immer nur an dein Erdbeben? Deine Augen sind verklebt von Schutt und Staub, du hast noch nicht mal den Palazzo Te gesehen, wie kann das sein? Er ist kaum vom Erdbeben beschädigt, aber das ist kein Grund, ihn nicht anzuschauen. Auch dort stehen Gerüste, aber denk sie dir weg. Du bist blind für Mantua! Hier poltern nicht nur Terremoto und deine Krisengöttin, hier herrschen Venus und Amor, wir sind in der Renaissance, merkst du denn überhaupt nicht, wo wir sind! Vielleicht bist du auch blind für mich … Krise – na klar, aber sie hat nicht überall solche prächtigen Fassaden.

Hoffentlich kann das Heer der Arbeitslosen dich nicht hören.

Solche Fresken hast du noch nicht gesehen …

Sie ist heute provozierend, sie stimmt sich ein, jede Erhebung weist die Himmelsrichtung, er schaut sie von der Seite an, ihre Lippen scheinen zu singen, er möchte ihr Haar berühren, die Lichtstreifen darin, dann wendet sie sich immer wieder, sie scheint rückwärts zu gehen, sie versucht, leicht zu sein, pass auf, du wirst stolpern, rückwärts ins Stadtzentrum blickend, zurück auf Mantegnas Haus, auf den Kreis im Quadrat, auf die aufragende Kuppel seiner Basilika weit hinten am Stadthorizont, den Kopf leicht ihm zuwendend, unwirklich, aber schön, stilles Rückwärtsgehen des Lichts, als sei es der Schritt in die Erinnerung, wie das Licht, das durch die Risse kommt.

Einmal streift sie ein Schatten, von oben fährt irgendein Fluggerät über sie, verhält eine Weile wie eine zitternde Libelle überm Wasser, fliegt dann weiter, fliegt eine Kurve und kommt zurück, was ist das, eine Drohne? Alle nutzen so etwas, um Aufnahmen aus der Luft zu machen, ich habe es irgendwo gelesen, sagt sie, Paparazzi, Polizei und Feuerwehr, sogar Immobilienmakler und Drogenkuriere, selbst in Gefängnishöfen landen Drohnen, bepackt mit Dope, Mobiltelefonen, Ausbruchgerät, Drohnen verstopfen den Himmel, die neuen Insekten schauen dir in die Nasenlöcher, unter den Rocksaum, Drohnen sind Zukunftsgegenwart, Mantua ist Mantua, aber was ist das, ein Deltasegler, hier über der Stadt, aber ohne Flügel? Ein Gleitschirmflieger ohne Gleitschirm? Ja, es ist ein Mann, jetzt kann man es sehen, aber nicht einmal Schnüre, Stangen und Streben, er scheint sich frei in der Luft zu halten, in ein merkwürdiges weißes Laken gehüllt, ein Vogelmensch, ein Togapilot, ein antiker Flugkörper, was sucht er hier, Raffa und Lorena heben die Blicke, ihre Gesichter sind pure Verwunderung, er fliegt ruhig über die Via Acerbi, ist schon fast über dem Palazzo San Sebastiano, der Mann aus Mantua hält sich elegant über der Stadt, er ist die Vogelperspektive, so leicht ist er also geworden, so leicht ist die Zeit aus dem Spiel …

Sie überqueren *Viale della Repubblica* und *Viale Montegrappa* und stehen bereits in den Grünanlagen am Südrand, da hast du ihn, das ist der Palazzo Te, ich schenk ihn dir! Es ist, als seien sie hierher getanzt, Erzählen ist der beste Mundvorrat, du musst nur die Schleusen öffnen, das Zungige … das Zerrige … zimtsinnige Sprache … zarte Asche, hörst du, aber für wie lange, frag nicht so viel, lass uns Renaissance sein, für einen Tag, meinetwegen ein paar Stunden, wirf dem Himmel seine Leere vor, wenn du willst.

Ein Ort des reinen Vergnügens sollte es werden, verstehst du, Lustschloss, Liebesnest, vollgepackt mit Malerei, Federicos Spielwiese für das Leben mit seiner Geliebten, Isabella Boschetti, fernab vom Stadtpalast der Gonzaga, der offiziellen Verpflichtungen, fernab von der anstrengenden Heiratspolitik, auf einer Insel liegend, nur über eine Brücke zu erreichen, auch Mantua war eine Insel, umschlossen von den Seen, wo wir jetzt gehen, war Wasser, wir gehen immerzu übers Wasser, auf der Te-Insel waren vorher nur Pferdeweiden, Stallungen für die Pferdezucht der Gonzaga, aus einem Stall wird ein Renaissancepalast werden, wart's ab, alle haben hier immer gezaubert.

Erzähl der Reihe nach, wie soll ich …

Ach wozu, Erzählen dreht sich immer im Kreis, wir stehen nicht auf der Leiter, ein Wirbel hat sie erfasst, alle Liebenden von Mantua, Isabella Boschetti und Federico II. Gonzaga, Sohn der Isabella d'Este, der Inkarnation der Renaissancefrau, die Zeitgenossen raunten respektvoll *La prima donna del mondo,* die erste Frau der Welt, Kunst-Eva, Sammlerin, musikalisch, spricht fließend Latein, mit sechzehn verheiratet mit Federicos Vater, dessen Großvater den großen Mantegna als Hofmaler gewinnen konnte, sie selbst umgab sich mit Künstlern, auch ihr Sohn weiß früh, dass nur die Maler Augenpässe ausstellen für ein zweites Leben.

Augenpässe?

Die ganze Menschheit beruht auf der Augenlust, den aberwitzigen Augenweiden, jetzt endlich Renaissance, er wird in Mantua im Jahr 1500 mit dem neuen Jahrhundert geboren, sein Vater 1509 vom Heer der Republik Venedig gefangen genommen, er selbst im Alter von zehn Jahren im Austausch für seinen Erzeuger als Geisel nach Rom geschickt, eine Kindergeisel, stell dir das vor, aber dem Jugendlichen gehen dort in Rom die Augen auf, er lernt die Werke Michelangelos, Raffaels und Tizians kennen, er nimmt die Träume mit, als er nach Mantua zurückkehren darf, die Pupillen sind geweitet, noch voller Bilder, als er 1519 Markgraf wird in der Nachfolge seines Vaters, jetzt will er endlich seine eigene Handschrift zeigen.

Und wie hat er das angestellt?

In Rom hat ihm einer besonders gefallen, Giulio Pippi, lach nicht, er hieß wirklich so, genannt Giulio Romano, der Römer, ein Schüler Raffaels, aber frecher und kühner als alle, respektloser Könner, so einen brauchte er, er soll ab 1525 Bauherr des Palazzo Te werden, für einen Tempel der Lust braucht es besondere Talente, verstehst du?

Giulio Romano, der Pornograph des Vatikans?

Maler, Architekt, Baumeister, wenn du willst, ja, auch Pornograph, derselbe, der den Vatikan verrückt machte, weil er mit rascher Hand pornographische Zeichnungen auf die Wände der ehrwürdigen *Sala di Constantino* hinwarf, aus lauter Ärger, weil die Bezahlung der Maler durch den Papst in seinen Augen viel zu schäbig ausfiel, der Vatikan sollte seine Rache spüren, die Schärfe, die Macht seines Pinsels, er malt also sechzehn Liebesstellungen auf die Wände – *I modi* – ein nacktes Paar, das dem Papst und seinen Kardinälen auf den heiligen Wänden seine Kunststückchen vorturnen sollte, ein vatikanisches Kamasutra gewagter akrobatischer Posen für den Heiligen Vater, dessen Geiz nach Strafe rief, vielleicht lautete die Botschaft einfach – auch hier ist ein Bordell, hier im Kirchenstaat, es war ein gigantischer Skandal, kannst du dir vorstellen.

Und was geschieht mit den Malereien?

Säle kann man schließen und die Wände übermalen lassen, aber Marcantonio Raimondi, dem berühmtesten Kupferstecher seiner Zeit, gefallen die lockeren Graffiti so gut, dass er sich in den Saal schleicht und sie kopiert, dann sticht er die heißen Fresken in Kupfer, was weite Verbreitung erlaubt, lässt sie 1524 drucken, erst jetzt wird es gefährlich, Raimondi wird ins Gefängnis geworfen, seinem Freund Pietro Aretino gelingt es aber, bei Papst Clemens VII. seine Befreiung zu erwirken, dann geschieht noch etwas ... um seinen Triumph auszukosten und seinen Gegnern am päpstlichen Hof eins auszuwischen, dichtet Aretino auf jede der sechzehn Liebesstellungen ein Sonett, um dem Stich das Wort beizufügen, in der nobelsten Form des italienischen Schweifsonetts *cazzo* und *potta* tanzen zu lassen und frech noch hinzuzusetzen, *die Heuchler mögen stillhalten, wenn ich Abstand nehme von lumpigen Urteilen und der schmutzigen Sitte, den Augen zu verbieten, was sie am meisten sehen wollen,* ein obszönes Renaissanceballett in skandalösen Sonetten, für die Aretino beinah mit dem Leben bezahlt, der Zensurbulle und zuständige päpstliche Datar Giberti schickt ihm einen gedungenen Mörder auf den Hals, ein Menschenleben kostet nicht viel, wenn du willst, die Briefmarkenkasse des Papstes reicht aus, am 28. Juli 1525 wird Aretino niedergestochen, überlebt aber den Anschlag, muss nach seiner Flucht aus Rom monatelang gepflegt werden, sechzehn obszöne Sonette sind Grund genug, einen Killer zu engagieren.

Aber wurde er nicht der »göttliche Aretino« genannt?

Göttlich geht leicht von der Zunge, er war ein furioser polyvalenter Schreiber, gern für den Meistbietenden, gern auch Verfasser frommer Erbauungsschriften wie *Das Leben der heiligen Katharina, Jungfrau und Märtyrerin,* reumütiger Sünder also? wer's glaubt, fast zur gleichen Zeit schrieb er seine *Hurengespräche,* er wollte wohl nur beweisen, dass er beides kann, wer beides kann, kann alles, ein ätzender brillanter Satiriker, beides können ist die Losung, schierer Hochmut, Vertrauen auf die unbeschränkt geltenden eigenen Fähigkeiten, unser Ariosto nennt ihn tatsächlich »die Geißel der Fürsten« und den »göttlichen Aretino«. Göttliche Geißel …

Und der gestrenge Vasari hat ihm das durchgehen lassen?

Der vergisst scheinbar in beiden Fassungen der Künstlerbiographie die pornographischen Malereien Giulio Romanos, nur bei der Lebensbeschreibung des Kupferstechers Raimondi hebt er den Zeigefinger:

Wobei ich nicht weiß … was widerwärtiger war … der Anblick von Giulios Zeichnungen für das Auge … oder die Worte Aretinos für die Ohren … man sollte es vermeiden … die Gaben Gottes dazu zu verwenden … der Welt Schande zu bereiten … und abscheuliche Dinge zu tun …

Er weiß natürlich, was schlimmer ist, die Worte, die die Ohren beleidigen, mit der Zeichnung kann man sich abfinden, sie ist wie ein Stück Natur, wirklich obszön ist das Wort, das geißelnde, um sich beißende Wort, als Aretino die Sonette drucken lässt, ist Giulio schon über alle Berge und in Mantua dabei, ein gepriesener Hofmaler und Architekt zu werden, die Schande ist Triumph, sie geht locker mit, Giulio Romano also will ebenfalls *beides können,* also *alles,* all die Jahrzehnte hatten Mantegna gehört, jetzt wird es Zeit für Frischblut, neue Farben, für eine *maniera moderna,* und Giulio hat einen Auftrag, der Römer soll also die Gonzaga-Stallungen in einen glanzvollen Palast verwandeln.

Von den Stellungen zu den Stallungen und weiter bis zu den *stelle,* den Sternen …

Ja, eine neue Heimstatt für Venus soll er schaffen, in einem Gedicht schildert der Renaissancedichter Nicolò d'Arco den Wohnungswechsel der Liebesgöttin, Venus verlässt ihren Ursprungsort Zypern, wo sie aus dem Meeresschaum geboren wurde, lässt auch noch Rom hinter sich zurück und siedelt nach Mantua um, sie will nicht mehr mit ihrem alten Namen Kypris genannt werden, sondern nur noch Venus von Te! Venus in Mantua!

Sie gehen staunend durch die Abfolge der Räume, den Kopf in den Nacken gelegt, manchmal ihre Ärmel berührend, manchmal das Schulterblatt, die Fingerspitzen in den Wirbeln.

Und was hat er bloß mit dem Salamander, der immer wieder auftaucht?

Er ist Federicos Wahrzeichen, dazu das Motto *Was diesem fremd ist, quält mich,* der Gegensatz von kaltem Blut und brennender Liebesleidenschaft, visuelle Visitenkarte eines Renaissancefürsten, Prunksalamanderchens und Pferdenarren.

Und was ist einem Salamander fremd?

Die Hitze der Leidenschaft, es ist ein mythisches Tier, dämonisch mit seinen giftigen Ohrdrüsen, seinem Ruf nach in der Antike ein kaltes Lebewesen, das jedes Feuer löschen könne, golden-schwarz glänzende Feuerwehr, die ihren Lebensort angeblich im brennenden Feuer hatte, und weißt du, was ihm noch nachgesagt wurde, dass es niemals brünstig werde …

Eine ziemliche Kühnheit, dem kalten Tier die Devise für seine eigene quälende Gier abzuknöpfen!

Ein prächtiges Paradox, das Tierchen ist kühl und unberührt vom rasenden Feuer der Liebe, und ich, Federico, quäle mich und bin immer heiß, Federico der Schwanzlurch in seinem goldgeflammten Regenmäntelchen, glänzend wie Gummi.

Und seine Geliebte hat auch ein Wahrzeichen im Palast?

Isabella versteckt sich in diesen kleinen Wäldchen und Büschen da oben, eine Anspielung auf ihren Namen *Boschetti*, also Wäldchen, hier ist ihre private Wohnung, der mit Motiven aus Ovids Metamorphosen ausgemalte Raum, Ovid begleitete sie in die Nacht, und alles quillt über von Liebessymbolen, für dich, mein Liebeswäldchen, überall leuchten und locken Motive der Sinnlichkeit, des Genusses von Dichtung und Musik ... und Liebe, ein *Love Hotel* der Renaissance, mein Fürst, in tausend Farben, in allen Sälen und Gemächern, beides können, alles können.

Auch diese verrückten Perspektiven da oben? Warum tut er das?

Der Tollkopf Giulio will seinen bewunderten Vorgänger Mantegna noch übertreffen an extremen Unteransichten, die Möglichkeiten des *Sotto-in-su* sind in seinen Augen längst nicht ausgeschöpft, die Göttin der Perspektive soll vor aller Augen den Verstand verlieren, alles halsbrecherisch ins Extrem getrieben, der nackte Blick von tief unten auf blendende Brüste, Nabel, Bauch, Schenkel, auf gewölbte hintere und vordere Hügellandschaften, Mulden und Täler, das schattige Geschlecht, die Lehrmeister Mantegna und Raffael müssten erröten, der Lenker des Sonnenwagens mit entblößtem Hintern und deutlich sich abzeichnenden Hoden, hast du je den schwingenden Penis des Sonnengottes gesehen, und Zeus mit Schlangenschwanz und schwerem Schwengel, der sich der nackt vor ihm liegenden Olympia nähert und ihr Kinn und ihre Wange liebkost?

Und es wurde nicht als anstößig empfunden?

Renaissance ist Überbietung, die Erweiterung aller Grenzen, sie glaubten wirklich, sich alles erlauben zu können, Giulio wollte das lebendige farbige Fleisch, Mantegnas strenge antike Statuen sollten verblassen, nur bewegte Muskeln und wippendes Gewebe zählten jetzt, schwingend, federnd, tanzend, lockend, bis zum schieren Bildwitz, an der Grenze zur Karikatur, Giulio Pippi hat seine vatikanischen Liebesgraffiti keinesfalls vergessen.

Und der Gonzaga-Spross und der vatikanische Pornograph waren sich einig?

Federico der Heißblütige findet in Giulio einen Gleichgesinnten, sie sind fast gleich alt, von gleichem ungestümem Temperament, beides können, alles können, alles für die Liebenden von Mantua!

Für wen?, fragt Raffa.

ENDLICH ELEA

Schließlich der Saal mit dem Hochzeitsmahl von Amor und Psyche auf der Insel Kythera, Giulio Romano muss dem Gesicht der Psyche die Züge von Isabella Boschetti geben, mag die gestrenge Mutter Venus alias Isabella d'Este noch so toben und auf die Heiratspflichten pochen, Maria Palaiologa! Margherita von Montferrat! Giulia d'Aragona! Erben zeugen, die dynastischen Pflichten hochhalten, was soll so ein schlichtes nichtiges Wäldchen … Zuletzt die Brautleute, sie liegen auf einem goldenen Bett, tänzelnd über ihnen die Wollust, ihre geflügelte Tochter, orgiastische Trunkenheit und erotischer Taumel, Giulio Romano lässt es schäumen und spritzen …

Lust ist alles, du hattest sicher recht mit deinem *Love Hotel* der Renaissance …

Wenn du willst, ja, Lust lag in der Luft, der Humanist Marsilio Ficino, Zentralkomitee der Renaissance, Neoplatoniker, von der Liebe besessen, hatte von Florenz aus die VOLUPTAS, die im Mittelalter verfemte Lust, rehabilitiert und eine Theologie der Freude entworfen, ihre Tempelfiliale siehst du hier vor deinen Augen, alles spricht von der Lust als höchstem Gut und vollkommener Glückseligkeit, aber nicht im Paradies, sondern hier unten, in der irdischen Liebe, selbst in der flüchtigen Ekstase, im Augenblick schierer Lust, die ein Vorgeschmack sein soll auf die unendlichen himmlischen Freuden … und Platon, einer der Paten und Patrone der Renaissance, soll ihm helfen bei der Revolution der Moral und Inthronisierung der Lust, nimm noch Epikur und Lukrez dazu, dann hast du die Dreierherrschaft der Propheten.

Aber wie lange hält man es aus im Freudentempel? Wie viel Lust erträgt der Mensch? Wann wird die Spielwiese zum Lustgefängnis?

Raffa beginnt sich nach schlichter grauer Betrübtheit zu sehnen, nach perfekter Melancholie und gottverdammter Traurigkeit meinetwegen, nur nicht mehr das lustpeitschende Bacchanal dieser Fresken, nicht mehr das immer schneller drehende Karussell der Sinne, das Taumeln unter den Gewölben, sondern ein ohnmächtiger schrundiger Alltag, nur zurückprallen in die gemeine, nichtige Zeit.

Siehst du, wir halten es nicht mal eine Stunde in der Renaissance aus!, sagt seine fremde Führerin. Wir sind zu unbegabt dafür …

Und dann endlich, im letzten Teil ihres Rundgangs, endlich *Der Sturz der Titanen,* Giulio Romanos gigantisches Wand- und Deckenfresko, eine Wucht der Zerstörung, als wollte er nach dem goldenen Hochzeitsmahl von Amor und Psyche das fatale Finale zeigen, alles stürzt ein, berstende Säulen, gewaltige Steinquader fallen auf die Titanen, zerschmettern die riesigen Leiber, gemalte Schmerzensschreie, verdrehte Glieder, die ganze Maßlosigkeit von Giulios Malerei, noch einmal Selbstüberbietung, ja, Lust und Absturz …

Da hast du es wieder, dein Erdbeben!, sagt Lorena spöttisch zu Raffa.

Und wie endeten der Herrscher und sein Hofmaler?

Sie stürzen bald ebenso, bald nach der Erhebung Federicos zum Herzog von Mantua 1530 durch Kaiser Karl V., endlich erfüllt sind die ehrgeizigen Träume der Markgrafen Gonzaga, der Stadtpalast muss erweitert werden, er ist am Ziel, aber schon ein Jahrzehnt später ist der Herzog tot, vierzig Jahre alt, und bald auch sein tollköpfiger Hofmaler und Alleskönner, als Künstler will er ewig leben, überall seine Spuren hinterlassen, den alles überstrahlenden Gonzaga-Glanz in die Köpfe der Menschheit pflanzen, er stirbt mit sechsundvierzig Jahren an einem Fieber. Beides können. Alles können. Verlassen ist der Tempel der Lust. In seinem Todesjahr 1546 erreicht ihn noch der Auftrag aus Rom, die Leitung am Ausbau des Petersdoms zu übernehmen, Giulio Pippi zögert, sein Tod nicht.

Raffa legt den Kopf in den Nacken, staunt ins Gewölbe hinauf, wo Zeus über die Titanen triumphiert, und darüber noch die aberwitzige gemalte Kuppel, der ultimative Triumph der *Sotto-in-su*-Perspektive. Er wendet sich um – Lorena ist verschwunden.

Ihr letzter Satz hallt noch in seinen Ohren:

Da hast du es wieder, dein Erdbeben! Dein Erdbeben …

Er geht suchend und um sich blickend noch einmal zurück auf dem Weg, den sie genommen haben, mitten durch Amors goldenes Hochzeitsmahl, durch den Prunksaal, wo der Pferdenarr Federico Gonzaga seinen vier Lieblingspferden in Lebensgröße ein Denkmal hat pinseln lassen, sogar ihre Namen sind bekannt … *Battaglia … Dario … Morel favorito … Glorioso*, auf gemalten Simsen stehend wie Pferdegötter, die bewundernden Blicke der Betrachter, herauf zu ihnen, gnädig entgegennehmend, unglaublich *wirklich*, Ausgeburten purer Vitalität, die prächtigsten Pferde, die je auf der Welt herumgaloppiert sind, dann durch den Saal des Sonnenwagens mit seinem nacktarschigen Lenker, durch den Raum der Salamander- und Wäldchen-Embleme, zurück zu Ovids Menschenzoo.

Keine Spur von Lorena. Spielt sie Verstecken mit ihm? Will sie gefunden werden oder lieber verschwunden bleiben? Spielt sie Wäldchen, das sich im Wäldchen versteckt?

Menschen verschwinden so leicht in Mantua. Er tritt hinaus in den Säulenhof. Keine Spur, kein Hauch von Lorena. Wieder wird ihm klar, wie wenig er von ihr weiß. Es sind erst ein paar Tage, aber er bekommt sie nicht zu fassen, sie entgleitet ihm jedes Mal neu. Er will schon verwirrt aufbrechen, allein zurückgehen in die Stadt, der Weg wäre leicht zu finden.

Da tritt sie hinter einer Säule hervor und presst sich von hinten eng an seinen Körper, er vermutet wenigstens, dass sie es ist, er kann sie nicht sehen, spürt nur ihren Wärmeschatten, zwei Punkte zwischen seinen Schulterblättern, die ihn heftig umschlingenden Arme. Sie sagt kein Wort. Er will sich zunächst gar nicht wehren, das Spiel nicht verderben, wozu, es macht Spaß, es ist ungewöhnlich, von einer Frau von hinten so umarmt zu werden. Er hebt nur die Augen auf zum Gewölbe des Säulenpatios. Er will sich schließlich doch aus der Umklammerung befreien, sich langsam umdrehen, lass dieses Spiel, ist ja gut, ich habe verstanden. Vielleicht sogar ihre Lippen suchen, für einen Renaissancekuss. Aber sie lässt ihn nicht los, der Klammergriff wird ungemütlich, beinah verzweifelt, fast gewaltsam. Wie gut, dass keine anderen Besucher da sind. Der Tempel scheint verlassen.

Was ist mit dir? Wo warst du? Was meinst du mit …

Sie sagt kein Wort. Stumm gehen sie hinaus. Erst auf dem Grün, aller Renaissance entflogen, wendet sich Lorena nach Raffa um:

Wir schaffen es nie, die Liebenden von Mantua zu werden! Sie werden uns immer überlegen sein. Sie haben die Liebe mit sich begraben.

Lorena ist wie verwandelt, die verschwiegene Trauer kehrt in ihre Augen zurück, in ihr stummes Lächeln, als sei alle Magie zerbrochen, als seien alle gerade noch gefeierten Fresken übermalt.

Wir waren zu zweit eine Stunde in der Renaissance, dann gingen wir verloren und finden uns jetzt wieder, was ist schon dabei? Jedes Wäldchen ist ein Labyrinth …

Sie nähert ihre Lippen den seinen, hält kurz vor seinem Mund an.

Als sie im Parkcafé vor dem Palazzo Te in der Sonne sitzen, die gerne jeden Tag Renaissance spielt, und eine gefüllte Piadina essen, Rohschinken, Mozzarella, Rucola, spricht Lorena erstmals von ihrer Schwester.

Eleonora … ich habe eine Zwillingsschwester … Eleonora, Elea für Freunde, sie arbeitet hier in der Gegend bei einem Adligen, auf dessen Landgut, als Verwalterin oder Mädchen für alles, sie bestellt Handwerker, vergibt Aufträge an die Gärtner, fährt mit dem Koch zum Einkaufen. Auch sie hat studiert, hat einen Master in Tourismusmanagement, die einzige Arbeit, die sie gefunden hat, war diese Mädchen-für-alles-Stelle, weitab vom Tourismus, es gibt dort keine Touristen. Wir wohnen nicht zusammen, sie hat ein Zimmer draußen, auf dem Gut des seltsamen Conte, aber wir treffen uns manchmal hier in der Stadt.

Lorena erzählt, dass sich ihre Schwester in letzter Zeit seltsam benehme, etwas vor ihr verberge. Seit je hätten sie beide alles geteilt, es gebe eigentlich keine Geheimnisse zwischen ihnen.

Wir sind Zwillingsschwestern, verstehst du, wir sind uns sehr nah, haben unsere kranken Eltern abwechselnd und gemeinsam gepflegt, haben sie bis zum Sterben begleitet, das schweißt noch mehr zusammen, wir sind ein zweites Mal Zwillinge geworden.

Eleas Verhalten sei beim letzten Mal sehr auffällig gewesen, zuerst ungewöhnlich schweigsam, habe sie dann nur ausweichend geantwortet, bedrückt, die Stirn in Falten, den

Blick manchmal anderswo, wenn du verstehst, was ich meine. Es war, als werde sie in die Enge getrieben, erpresst … als dürfe sie nicht sprechen.

Was ist das für ein Adliger, bei dem sie arbeitet?

Ein merkwürdiger Kerl, sehr reich, kultiviert, hat angeblich eine wertvolle Kunstsammlung in seiner Villa, einen sonderbaren Stab von Bodyguards, vor denen Elea sich fürchtet. Er war fünfmal verheiratet, doch die Frauen verschwanden immer wieder rasch aus seinem Leben, als wären sie nur Statistinnen in einem Film. Man munkelte, er sei ein Blaubart, die rasche Folge seiner Heiraten sei mehr als verdächtig. Aber man konnte ihm nichts nachweisen. Dann war da noch eine Geschichte mit einer Frau, die zeitweilig dort auf seinem Landgut arbeitete, ich weiß nicht, als was. Irgendetwas ist vorgefallen mit ihr. Elea weiß nicht einmal ihren Namen, es war vor ihrer Zeit.

Nur ein Graf und nur Gerüchte?

Gerüchte sind zählebig, du weißt ja, wie schnell sie sich verbreiten, wie lange sie haften. Jedenfalls gibt es eine Menge Gerüchte um den Conte, aber das will noch nichts heißen. Sobald einer nicht lebt wie die anderen, macht er sich verdächtig, sie vermuten irgendwelche schmutzigen Affären, Perversionen, schwarze Messen, abscheuliche Sachen.

Könnten wir Elea nicht einmal dort besuchen? Vielleicht hat Manu versucht, diesen Mann zu kontaktieren, er ist immer irgendwelchen Bildern hinterher, vielleicht, um seine Bilder zu sehen? So etwas könnte ihm einfallen.

Ausgeschlossen, ein Großteil von Eleas Arbeit besteht darin, Unbefugte vom Besitz des Conte fernzuhalten, nur die notwendigsten Einsätze von Handwerkern und sonstige Dienstleistungen zuzulassen. Elea ist geradezu mit seiner Abschirmung beauftragt, deshalb hat er sie auch eingestellt. Aber sie sagt, dass es in der Villa Räume gebe, zu denen nicht einmal sie Zugang habe, die Anzahl ihrer Schlüssel ist beschränkt. Auch im Keller gebe es einen immer verschlossenen Raum, irgendeine Werkstatt, aus der merkwürdige Geräusche dringen.

Vielleicht ist er doch ein Blaubart? Vielleicht stapelt er dort die Überreste seiner Ehefrauen?

Lass das ... sie sagt, sie habe gehört, dass es früher regelmäßig Feste und Empfänge auf dem Landgut gegeben habe, bis zu jener Geschichte mit der namenlosen Frau. Sie soll die Geliebte des Conte gewesen sein, wurde gemunkelt, ihr Ehemann soll sie aus Eifersucht in einem Wutanfall erschlagen und die Treppe hinuntergestoßen haben. Jedenfalls hat man den prügelnden Gatten zwei Tage später in einem Geräteschuppen an der Landstraße, wo er sich versteckt hielt, aufgefunden. Elea hat über die Handwerker und Gärtner gute Kontakte, sie hörte, er sei mit einem merkwürdigen Pfeil niedergestreckt worden, klingt das alles nicht absonderlich und abstrus?

Sie gehen schweigend zurück in die Via Leon d'Oro. Der Tempel der Lust liegt in ihrem Rücken, die Renaissance war ein kurz aufblitzender Traum, der flimmernde Wirbel des Erzählens hat Lorena verlassen. Raffa scheint es erneut, als ginge er neben einer Fremden durch eine fremde Stadt. Aber Elea könnte wissen, was niemand sonst weiß.

ROSE, REBE, BROMBEERSTRAUCH

In der Nacht nachdem Raffa und Lorena durch den Palazzo Te gestreift sind, hat Manu einen Traum. Er sieht ein Eselchen durch die Glastür von der Halsbruchterrasse in sein Zimmer treten, nicht grau und struppig, wie es sein Traumblick erwartet hätte, sondern aus Gold, tatsächlich aus Gold. Es hatte sogar eine nicht unangenehme Menschenstimme, sagte, es komme aus Madauros, und erzählte drauflos. Manu wollte lächelnd die Hand heben und einwenden, er kenne die Geschichte, sie erinnere ihn an eine andere, an ein zauberhaftes Märchen. Aber er konnte keinen Finger rühren.

Psyche lebt also mit zwei Schwestern in einem prächtigen Königsschloss, sie ist eine perfekte Schönheit, scharenweise kommen sie herbei, um sie anzubeten, als sei sie eine neue Venus. Es gibt einen regelrechten Schönheitstourismus, Gruppenreisen, Sonderangebote, das Wunder zu sehen. Keiner besucht mehr die Heiligtümer der Venus in Paphos, Knidos oder auf Kythera, keiner opfert mehr, wie es sich gehört, die Tempel verfallen, die Altäre erkalten, die Priesterinnen werden arbeitslos.

Venus ist empört. Ich soll mit diesem sterblichen *Girl* Anbetung und Verehrung teilen, mein himmlisch reiner Name soll in den Staub getreten werden? Die Göttin sinnt auf Rache, Psyche soll sich in den abscheulichsten Mann der Welt verlieben, und husch-husch wird sie auf einem hohen Berg ausgesetzt. Von dort trägt Zephyr sie mit seinem Windmaul in ein blühendes Tal, wo das Mädchen in einen tiefen Schlaf fällt. Beim Erwachen findet sie sich in einem glänzenden Palast wieder, wo gerade ein Festmahl vorbereitet wird, jedoch niemand zu sehen ist.

Alles wird jetzt unsichtbar, im Dunkeln erscheint der Bräutigam und warnt Psyche, wenn sie der Versuchung, ihn mit ihren Augen zu sehen, nachgeben sollte, werde sie ihn für immer verlieren. Hier ist eine Blindenschule der Liebe, denn selbstverständlich lieben auch Blinde, sie sind darin sogar Meister, lieben Melodie und Modulationen einer Stimme und was der verfeinerte Tastsinn ihnen schenkt, es gibt keine sehbegabteren Finger.

Und Manu weiß noch im Traum, dass er, der vom Sehsinn so abhängig ist, die Blinden schon immer bewundert.

Verleitet von ihren bösen Schwestern, wird Psyche das Verbot übertreten, sie stacheln sie an, den jede Nacht zu ihr kommenden geheimnisvollen Beischläfer endlich in Augenschein zu nehmen. Er muss ein Monster sein, wenn er sich nicht zeigen will, sagen sie, hässlich und ekelerregend, mörderisch entstellt.

Psyche nimmt eine Leuchte und ein Rasiermesser und nähert sich dem Bett. Endlich sieht sie ihn, endlich! Sie ist gerührt und bewegt, ihre Augen sind glücklich. Endlich spürt sie nicht nur die seidige Haut des Geliebten, die sanfte Verräterhaut, sie bricht endlich aus ihrem allnächtlichen blinden Lustgefängnis aus.

Fasziniert von Amors verführerischer Gestalt, vor lauter Bezauberung und Verwirrung, lässt sie heißes Öl aus ihrer Lampe tropfen, tropf-tropf, es trifft ihn an der Schulter, worauf Amor erwacht und aufspringt, den Skandal erkennt und schnurstracks in weite Ferne verschwindet.

Was muss Psyche alles durchmachen, um Amor wiederzugewinnen! Ignoto weiß es, die Liebenden von Mantua wissen es, Manu, der sich seit Jahren nach Laure sehnt, weiß es. Niemand weiß es. Niemand kann es ahnen.

Die zornige Göttin befiehlt, das Mädchen Psyche gefangen zu nehmen, sie wird jetzt dem öden Trott aus Kummer,

Trübsinn und Niedergeschlagenheit ausgeliefert. Und muss vier Proben bestehen, bestimmte Samenkörner aus einem Haufen herauslesen, wie gut, dass sie Helferinnen unter den Ameisen hat, eine Wollflocke aus dem glänzenden Fell gewisser Schafe herauszupfen, ein Schilfrohr wird ihr beistehen, sie muss Wasser aus dem Höllenfluss Styx schöpfen, und auch hier gibt es Hilfe, sie muss in die Unterwelt hinab, um in einem Gefäß, gut verschlossen, ein Stück von Proserpinas Schönheit heraufzubringen ans Tageslicht.

Wieder tut Psyche das Falsche: Sie verstößt gegen Proserpinas Verbot und öffnet das Fläschchen, dem eine schreckliche Müdigkeit entströmt und sie einschläfert wie schlimme Barbiturate. Jetzt liegt sie da wie tot in einem goldenen Dornröschenschlaf ... Aber Amor findet Psyche schließlich, er ist aus der Jungsteinzeit zurück, und seine Geliebte wird durch Zeus' Vermittlung in den Himmel transportiert und erlangt dort tatsächlich Unsterblichkeit. Amor hat einen Köcher voller Pfeile mit Feuersteinspitzen mitgebracht.

Das goldene Eselchen verabschiedet sich. Es muss vor dem Morgen zurück sein in Madauros. Manu liegt auf seinem Lazarusbett und erwacht allmählich herauf in den Tag.

Der Conte hatte an jenem Abend jeden Einwand mit einer schroffen Handbewegung abgewehrt.

Und was ist mit der vom Christentum inspirierten Kunst, wollen Sie die auch über Bord werfen?, murmelt Manu mehr, als dass er es laut aussprechen würde.

Der Conte schreit jetzt wie ein Besessener:

Ein hirnverbrannter Dummkopf, wer das täte, ein kopfloser Idiot. Mantegnas toter Christus in der Pinacoteca di Brera in Mailand, nichts erschüttert mich wie er! Welche Würde der Verlorenheit, diese ungeheuer verkürzte Perspektive, die raubtierhaft auf den Liegenden fährt. Es fehlt ihm einzig die wahre Seitenwunde, ein geliebtes Wesen, das ihn begleitet, sich neben ihn legt. Ach, hätte er die Liebenden von Mantua gesehen, er hätte sterben wollen wie sie! Waren Sie in Giottos Scrovegni-Kapelle in Padua, man müsste ertrinken dürfen in seinem Blau, in diesem besternten Gewölbe. Ich habe das Sehvermögen eines Raubvogels, wissen Sie ... ich bin ein guter ... war ein guter Bogenschütze, verstehen Sie, meine Augen ...

Was soll das Sehvermögen eines Raubvogels ...

Und die unendliche Zartheit eines kleinen Bildes, an dem in Padua viele achtlos vorübergehen, weil sie einen so kleinen Mantegna gar nicht erwarten, es ist erst seit 2007 im Eremitani-Museum ausgestellt, seit dem Jahr der Entdeckung der Liebenden von Mantua, das kann kein Zufall sein, nein, es ist ein Zeichen. Ich weiß, woher es stammt ... Eine *Madonna della tenerezza* – eine Madonna der Zärtlichkeit. Mutter und Kleinkind, vergessen Sie, wer der Kleine ist, eine Ikone absoluter Mütterlichkeit, die beiden Wangen zart aneinandergeschmiegt, welch feine Linien schreibt die Liebe in die beiden Gesichter, ich habe nie Kinder gehabt, meine fünf Ehen blieben kinderlos, haben Sie vielleicht ... Auch die Liebenden von Mantua blieben, Berichten zufolge, die mir vorliegen, kinderlos. Wozu Gesichter fähig sein können! Ein Meister, wer noch im Kleinformat wie nebenher die Vollkommenheit erschafft ... haben Sie das gesehen, es ist alles nicht weit von hier?

Verzeihen Sie bitte, Signor Conte, wie hätte ich mir das alles ansehen können, wenn Sie mich nach drei Tagen Aufenthalt in Mantua entführen lassen? Lassen Sie mich gehen, und ich werde zurückkommen und Ihnen berichten. Ihr Enthusiasmus inspiriert mich, aber er ist mir schleierhaft, wie können Sie diese Kunstwerke feiern und gleichzeitig die Religion, die sie inspiriert hat, so herabsetzen?

Das ist das große Rätsel, dass eine so unvollkommene … eine so verkommene Religion solche Werke hat inspirieren können, ich verstehe es nicht, es muss eine große Täuschung sein, eine Verwechslung. Gern würde ich Ihnen die kleinen Renaissancemeister zeigen, die … Luisa restauriert hat, es ist leider nicht möglich.

Was haben Sie gegen die christliche Religion, wenn sie solche überwältigenden Werke inspirieren kann?

Ich bin früh darüber erschrocken, dass die Christen nicht jeden Sonntag erschrecken über die in der Tiefe kannibalisch gemeinte Kommunion, erschrocken über die Darstellung der unendlichen Möglichkeiten des Schmerzes in der Kreuzigung, erschrocken über die Feier der Folter in den Martyrien der Heiligen. Unterbrechen Sie mich nicht, sonst verliere ich den Faden … Ach ja, dass das reglose Ballett der beiden Liebenden im steinzeitlich mütterlichen Erdreich stattfindet, ist ja notwendig, alle Vorstellungen von Wiedergeburt sind an diesen warmen Mutterschoß geknüpft, Sie erinnern sich doch, wie Tristan und Isolde beigesetzt wurden?

Sie wurden *fast* miteinander bestattet … *fast* nebeneinander, nicht wie die Liebenden von Valdaro, jedenfalls nicht der eine in den Armen des andern. König Marke überquert das Meer, wenn ich mich recht erinnere, findet die beiden toten Liebenden in der Bretagne, bringt ihre irdischen Überreste nach Tintagel, lässt sie in zwei Gräbern bestatten, zur Linken und zur Rechten der Apsis einer Kapelle.

Sie kennen vielleicht sogar die verschiedenen Versionen der Geschichte. Verstehen Sie jetzt, warum ich Sie habe herkommen lassen, hierhergebeten habe?

Ein ironisches Lächeln huscht um Ignotos Mundwinkel.

Betäubt und hierher entführt, machen Sie sich nichts vor, ich will meine Freiheit wieder.

Das war der Irrtum, er hätte sie zusammen bestatten sollen, im selben Grab, wie *unsere* Liebenden. Aber die Natur korrigierte seinen Fehler, der König pflanzte nämlich auf Isoldes Grab einen Rosenstrauch, auf Tristans Grab einen Rebstock, noch während der Nacht wuchsen sie, mischten ihre Zweige und Blätter, verwuchsen völlig und waren unzertrennbar oberhalb der Erde, in der Luft, das ihr Luftgrab wurde.

So steht es bei Eilhart von Oberge, in Bédiers Nacherzählung ist es ein Brombeerstrauch, der über die Kapelle wächst und sich in Isoldes Grab einsenkt. Die Diener schneiden den Strauch weg, am folgenden Tag ist er von neuem gewachsen, unbändig grün, und überwuchert wieder Isoldes Grab. Dreimal noch versucht man ihn zu zerstören, er wächst immer wieder nach. Man hinterbringt es dem König, und der verbietet, den Brombeerstrauch fortan zu beschneiden. Tristan und Isolde enden also in einem gewaltigen Brombeerstrauch, oder, wenn Sie lieber mögen, in einem Strauchgemisch aus Rose und Rebe.

Die Moleküle sind nicht tot, sagt der Conte mit glühenden Falten, sie treffen sich unterirdisch, lassen Rosenstrauch und Rebe oder meinetwegen den Brombeerstrauch oberirdisch sprießen, die Moleküle begegnen sich noch in der Erde, sie begehren sich noch immer, finden den Weg zueinander.

Es gibt bestimmt noch andere Varianten der Beisetzung Tristans und Luisas! wirft Manu mit einem triumphierend schelmenhaften Lächeln ein.

In Ignotos Pupillen feuern jetzt Lichtgeschütze aus Zorn und Begeisterung. Seine Hand presst einen Messergriff.

Vielleicht ist das postume Beisammensein aber doch nur eine Illusion?, fügt Manu noch hinzu, als der Conte Atem holen muss. Vielleicht ist die Einsamkeit noch im Tod unser wahres Schicksal?

Und der Glöckner von Notre-Dame? Sie erinnern sich an das letzte Kapitel von Victor Hugos Roman, es heißt … Quasimodos Hochzeit. Esmeralda ist bereits hingerichtet worden, die kleinen Leute schneiden sie vom Galgen ab, bringen sie ins Kellergewölbe von Montfaucon, zwei Jahre später findet man zwei merkwürdig ineinander verschlungene Skelette, die Frau trägt noch ein paar weiße Stofffetzen und eine Halskette mit einem leeren Seidenbeutelchen. Das andere ist ein männliches Skelett mit verkrümmter Wirbelsäule, Kopf zwischen den Schulterblättern, ein Bein kürzer als das andere. Der Hals ist nicht gebrochen, es handelt sich also nicht um einen der Gehenkten, der Bucklige war ins Kellerverlies gekrochen, um mit Esmeralda eine späte Hochzeit zu feiern, und blieb in ihren Armen bis zu seinem eigenen Tod. Als man ihn vom Skelett, das er umarmt hielt, trennen wollte, zerfiel er zu Staub. Das sind würdige Nachfahren der Liebenden von Mantua! Meinen Sie nicht auch?

Manu war einzig überzeugt vom unbelehrbaren, irreparablen Wahnsinn Ignotos, der zweifellos über genügend kriminelle Energie verfügen würde, sich selbst mitsamt den Steinzeitskeletten und allen Hausbewohnern in die Luft zu jagen. Er aß nichts mehr, bat um nichts als seinen Abschied.

ASCHERA

Auch wenn es ihm unangenehm oder sogar widerwärtig war, mit dem Conte irgendwelche Passionen zu teilen, musste Manu sich eingestehen, dass für ihn das 2007 aufgetauchte jungsteinzeitliche Paar ein Antrieb gewesen war, dem Sinn einer verlorenen Liebe auf die Spur zu kommen. Sie waren sozusagen der patente symbolische Vorwand. Denn es gibt keine Liebe ohne Erinnerung.

Hier, in der Villa des Conte, vermutlich unweit von Mantua, gab es nach Jahrtausenden noch sichtbare Überreste einer Liebe: Zwar nur deren Knochengerüst, aber in der richtigen Anordnung, in vorstellbarer Ganzheit, zwei Skelette zweifellos existiert habender Körper, die sich geliebt hatten, die zusammen gestorben waren oder wenigstens in kurzem zeitlichen Abstand.

Er hört ihre Stimme, Fetzen von Gesprächen flackern durch seine Nacht, begleitet vom flüsternden Chor des Espenlaubs. Laure schrieb damals an ihrer religionsgeschichtlichen Magisterarbeit oder *Maîtrise* und arbeitete manchmal tagsüber, manchmal abends, je nach Bedarf, als Kellnerin im Café Maupassant. Wenn er nach einer langen Nacht seinen Taxijob erledigt hatte, schlief er bis gegen Mittag oder ein Uhr, setzte sich dann manchmal mit seinem Notizblock oder einem Buch ins Café, natürlich nicht ins Maupassant oder jenes daneben, sondern gleichsam unauffällig ins übernächste, um unbemerkt zu bleiben. Er tat jedenfalls so, als ob er in einem Buch läse, notierte sich absurde widersinnige Sätze, blinzelte jedoch verstohlen zu Maupassant hinüber, um Laure zu sehen, ihre flinken Gesten, ihr

Lächeln, ihren stummen Ärger über lästige Gäste. Ihre Beine, ihren anmutigen Gang, ihr rot-weißes Kostüm. An dieser Schürze hingen seine Augen. Ein Wunder, dass der Beobachter immer unbeachtet blieb. Oder die Beobachtete ließ es ihn wenigstens glauben.

Und er muss an Laure und ihre Gespräche über die Frau an Jahwes Seite denken, an Aschera, die ihm ihre Brüste darbot.

Wa-a-a-as, der namenlose alleinige Gott hatte eine Frau? Das kann doch nicht wahr sein!

Laures leuchtende Augen, als sie ihm zuhauchte:

Selbstverständlich hatte Gott eine Partnerin, bis ins siebte Jahrhundert vor null wurde sie als Ehefrau Jahwes verehrt, was meinst du, wozu es die tausend weiblichen Tonfiguren und Inschriften in Gräbern gab, in denen *sie* angerufen wurde? Sie standen gemeinsam im Jerusalemer Tempel, sie waren ein schönes Paar, eine magische Zweisamkeit, von der man die Augen nicht wenden konnte. Erst bei der Reform des Königs Joschija im Jahr 622 wurde sie samt dem Gefolge ihrer Dienerinnen aus dem Tempel geworfen, Jahwe war jetzt ledig und phänomenal allein.

Ich dachte immer, sein Merkmal sei von Anfang an die Einzigkeit oder Alleinigkeit gewesen …

Erst nach der Zerstörung des ersten Tempels durch Nebukadnezar, erst im babylonischen Exil begann sich die religiöse Inbrunst auf den Einen und Einzigen zu konzentrieren, das Bilderverbot war ein Begleiter im Exil, nur das Exil hat den Monotheismus auf dem Gewissen, nur das Exil hat die fünf Bücher Mose geschrieben.

Sie hatte eine bestürzend natürliche Art, mitten im Gespräch auf die Toilette zu gehen, die Tür ließ sie offen, sie pinkelte seelenruhig, als sie von der Frau an Gottes Seite sprach, riss ein Blatt Toilettenpapier ab, ohne im Geringsten in ihrem zarten Redefluss aufzuhören, die Prozedur schien einfach zu bedeuten: Wegen so eines kleinen Geschäfts unterbreche ich jetzt meinen Gedanken nicht, sie rührte mich, verzeihen Sie diesen beschränkten Ausdruck, wollte Manu sagen, aber niemand sonst war in seiner Zelle.

Er lag auf einem verschlissenen Steinzeitsofa tief in der Vorvergangenheit und hörte ihr gebannt zu.

So herrisch männlich, wie man immer annimmt, ist der Besagte eben nicht, beim Propheten Hosea gibt er sogar einmal zu bedenken: Ich bin Gott, kein Mann! Einzig das jahrtausendealte Monopol der Männer, über Gott zu reden, ist die Ursache dafür, dass Gott ausschließlich als Mann vorgestellt wurde, aber das kann sich ja wieder ändern, sagte sie und warf ihm einen Blick zu, von dem er nie wieder losgekommen ist. Jahwes Weiblichkeit versuchte sie zu beweisen, aber mit welcher lächelnden Gewissheit. Oder die allmählichen Verluste seiner weiblichen Aspekte. Oder das Verschwinden der Frau an seiner Seite.

Wir leiden noch immer unter diesem Verschwinden, unter diesem Verlust, wir sind Waisenkinder, verstehst du, wir sind seither verwahrlost, und Jahwe selbst schluchzt in seiner Einsamkeit und Obdachlosigkeit und sehnt sich nach ihr. Und weißt du, was 1975 passiert ist?

In jenem Jahr, sagte sie, habe ein Archäologe, an dessen Namen er sich nicht mehr erinnert, auf halbem Weg zwischen Gaza und Eilat mitten in der Wüste die Ruinen einer Karawanserei mit dem Namen *Kuntillet Adschrud* aus der Zeit um 750 entdeckt, unter den Inschriften auf Vorratskrügen und an den Wänden fand sich, das war, glaub es mir, eine Sensation, eine Segensformel, die *Durch-Jahwe-und-Aschera* lautete, sie wurden also gemeinsam angerufen. Bis dahin hatte man Aschera nur als Partnerin Baals gekannt, des Gegenspielers von Jahwe, er muss sie ihm also irgendwann ausgespannt und sich an die Seite gestellt haben. Noch im achten Jahrhundert standen in Judäa in jedem Haus Figuren einer weiblichen Gottheit mit diesen stark betonten Brüsten, man nimmt an, dass es Aschera war, als Partnerin, Beisitzerin, wer weiß, Beischläferin Gottes. Erst das Exil in Babylon hat auch sie verbannt. *Baby Alone … in Babylone,* denk an Gainsbourg.

Und weißt du was, sagte die süße Teetrinkerin durch den aufsteigenden Dunst, nach der Rückkehr aus dem babylonischen Exil, in dem Jahwe seine Einsamkeit als Wunde pflegte, tauchte sie wieder auf, mit erkennbar erneuerter Kraft. Jetzt hieß sie *Chochma,* Frau Weisheit, sie erschien als lachende Partnerin, als scherzende Weisheit, die den Schöpfergott in seinem Tun animiert und bei Laune hält. Sie verkörperte die heitere Lebenslust, das Lächeln, den erotisch gefärbten Scherz, von patriarchalischen Auslegern wird sie zum lallenden Kleinkind bagatellisiert, aber sie war eine Frau, glaub mir, eine neue und starke Aschera.

Und du möchtest sie in deiner Arbeit bestimmt zurückhaben …

Wenn Religionen keine weibliche Korrektur bekommen, verrohen sie, verstehst du. Nimm Isis, die die verstreuten Leichenteile des vom gewalttätigen Bruder Seth ermordeten und in Stücke gehackten Osiris einsammelt, ihn zusammenflickt, sich liebend auf ihn setzt und mit ihm das Horuskind zeugt. Maria, die süße Maria, Schutzmantelmadonna und *Madonna lactans,* die ihre Aschera-Brüste zum Stillen reicht, die man anflehen und anbetteln kann. Aschera-Isis-Maria, ohne die weibliche Seite wird jede Religion abstumpfen … oder auch verblöden, je nachdem.

War es nicht auch Laure, die ihm erklärt hatte, dass es in der Sprache der Bibel kein Wort für Glück gebe, aber sechs Wörter für Freude? Ist das nicht wahnsinnig? Keine Vorstellung von anhaltendem Glück in der Verfassung der Menschheit. Freude ist etwas, das kommt und geht, nimm sie, halte sie eine Weile, lass sie ziehen. Die Nichtigkeit des Glücks, die Richtigkeit möglicher Freude.

Laures weibliche Begründungen der Religion suchen wieder Manus Träume heim, er hört ihre Stimme in seiner Zelle, die Religionen glauben irrigerweise, sich gegen ihre Verweiblichung schützen zu müssen, also unterdrücken sie Eros und Schönheit, Lebensfreude, Rausch und Bilder, Musik und Tanz, den respektvollen Austausch mit der Tierwelt. Die Verrohung im ewigen Religionskrieg ist nur möglich, weil die Alleinherrscher unter den Göttern keine Partnerinnen mehr haben und keinen Sinn für Küsse. Wenn sie sich nur einmal ein wenig vergessen könnten … Und Laure zeigte ihm gleich darauf, worauf es ankommt.

Er träumt oft von Laure, die ihn schließlich verlassen hat, von ihrem eigensinnigen Leben aus Lust und Lernen. Ja, er hatte viel von ihr gelernt, sie hatte immer wieder mit leisem Triumph ihre Funde und Einsichten in die Rue Daguerre mitgebracht, sie liebten sich und lasen in ihrer eigenen Blindenschrift den bis auf weiteres unentschlüsselten Text ihres Lebens. Nicht ausgelernt zu haben bedeutete, nicht ausgeliebt zu haben. Sie war eine Komplizin, eine Verbündete, bis zu dem Tag …

Magma ist der Moment, Eros die Einladung, die Zeit zu vergessen, heilsame Blindheit, die süße kleine verdammte Ewigkeit. Erst mit dem dürren Wort Fortpflanzung kommt das Zeitbewusstsein zurück, der Zyklus von Geburt und Leben und Tod. Trieb ist der Trick der Natur, wie Ignotos einstiger Held Schopenhauer behauptete, um uns zur Fortpflanzung zu bewegen, ob du willst oder nicht. Wir haben nicht viel zu melden, wir sind Ausgetrickste.

Ich will mich nicht länger dagegen wehren, sagte sie eines Tages nach dem Café Maupassant, sie erzählte von einer verständnislos tickenden Uhr, du aber willst nicht in das Spiel eintreten, ich fühle es doch, du willst hier irgendwo am Rand der Mitte der Welt deine Beobachtungen anstellen und ab und zu die Zeit vergessen, wenn es dir passt. Aber auch du erliegst einem Trick, glaub mir.

Laure wollte keine Zeitvergessenheit mehr, sie wollte jetzt und hier und später, dass aus der Zweiheit eine Dreiheit würde. Die vollkommene Zweiheit zwischen Aschera und Maupassant, den Katakomben, der Rue Daguerre und dem Riesen Isoré interessierte sie nicht länger, sie war unterwegs zu einer anderen Einheit in der Zweiheit, und wenn Manu nicht mitkam, würde er sie verlieren.

Sie wollte keine Zeitlosigkeit, überhaupt keine Losigkeit mehr, sie sagte, sie wolle im Gegenteil nur noch das Verschlungensein mit dem Leben, und vielleicht sei der Alltag heilig, nicht die Magie. Eine Aschera, die nur ihre Brüste darbietet, war ihr nicht genug, sie wollte sie zu ihrem besten Zweck benutzen. Manu brachte seine heillose Kindheit vor, für sie war es nur ein Vorwand. Er fand in einer täglich gelebten Zweiheit das ideale Verhältnis, sie wollte sie zur Dreiheit erweitern, mit offenem Ausgang, warum nicht, fügte sie hinzu, ein Quartett der Verschworenen?

Aber Laure versuchte nicht einmal, ihn zu überzeugen. Sie sagte nur: Du bist nicht der Idiot deiner verunglückten Kindheit. Wenn die Zweiheit für dich alles ist, dann reicht dir auch die Einheit aus. Sei eben du selbst, das genügt vielleicht. Sie war erschreckend gelassen, sie wusste es bereits, sie hatte ihre Entscheidung längst getroffen. Kein Streit, nur ein Aufbruch, sie knallte nicht einmal die Tür, sie zog sie leise hinter sich zu. Aber dieses lautlose Geräusch dröhnt seit Jahren in seinen Ohren.

ER JAGT DEN ROTEN LÖWEN

Manu beginnt, die Unterscheidung von Tag und Nacht zu verlieren. Das Licht täuscht ihn, lässt Erscheinungen vor seinen Augen flimmern, über deren Wirklichkeit er sich nicht sicher sein kann. Wenn er erschöpft in der Zelle auf das Bett sinkt, tun seine Augäpfel weh, die Lider schmerzen … Haben die farbigen Säfte mit dem Tanz der Bilder zu tun, die er immer frisch auf dem Beistelltischchen neben seinem Schreibtisch vorfindet? Unsichtbare Hände erneuern sie, der Vorrat scheint endlos. Ist es der kardinalsviolette Saft, der ihn den Tag verlieren lässt? Er schmeckt süßsäuerlich, nach Passionsfrucht. Er sehnt sich nach Wasser, nach dem einfachsten Wasser, das er in den Karaffen und Gläsern nie vorfindet.

Er beugt sich immer öfter über das kleine Waschbecken im winzigen Nebenraum mit Toilette und Dusche, hält seinen Mund unter den Hahn, schlürft das simple Nass. So viel Durst hat kein Mensch. Aber ist es so rein, wie er glaubt? Auch dem Wasser kann man Zusätze verpassen, die ihn zum Narren machen. Das Wichtigste war, den klaren Verstand zu bewahren.

Es war ungefähr zwei Wochen – oder schon drei? – nach seiner Verschleppung. Die Zeit verhöhnt ihn mit ihren Sekundentagen und Wochenminuten. Er hatte sich vorgenommen, wie Robinson Crusoe Kerben in den Stamm zu ritzen, Striche in ein Notizheft zu setzen, doch zweifelt er an seiner Disziplin, oder sind es wiederum die Säfte, die seine Zählfähigkeit zersetzen? Noch nie hat er ein vernünftiges Verhältnis zu Zahlen gehabt, Fatalito gegenüber behauptete er schon damals, ihm fehle eine Gehirnhälfte, ebenjene, die für Zahlen und ihre Gespenster zuständig ist. Jedenfalls wollten sie in seinem Gehirn nicht heimisch werden. Die Zeit verlässt ihn.

Er flüchtete zu den Geistern der Renaissance, die fasziniert waren von Magie, Kabbala, Astrologie, Alchemie. Er hatte für den Rest der Nacht fiebrig in alchemistischen Schriften geblättert, er war geblendet vom Sonnenglanz oder *Splendor Solis,* er pendelte wie eine Biene zwischen *Donum Dei* und *Aufsteigender Morgenröte.* Warum hatte Ignoto so viele von ihnen? War er der Nachfahr der Alchemisten, ein greiser Goldmacherlehrling?

Auch Manu war in jener Nacht zum *Großen Werk* aufgebrochen, selbst schließlich ein Adept, um dem Geheimnis der Liebenden von Mantua auf die Spur zu kommen. Er will die Ursubstanz, die *Prima Materia* der Liebe entdecken, er schlürft nachtlang das Trinkbare Gold in Ignotos Bibliothek, das *Aurum Potabile* der alten Alchemistenträume. Er jagt nachtlang den Roten Löwen, um aus dem irdischen Dreck einer jungsteinzeitlichen Grablege das Gold der neuen Liebesreligion zu schöpfen.

Ein Buch faszinierte Manu besonders, vielmehr seine Abbildungen. Es war das *Rosarium Philosophorum* von 1550, das Exemplar, das der Conte besaß, ließ ihn nicht mehr los, er wendete behutsam die Seiten, blätterte voraus und zurück, weil er plötzlich glaubte, im Merkurbad die beiden prächtigen Liebenden von Mantua in enger Verschlingung schwimmen zu sehen, sie waren auf jeder Seite erkennbar. Die Transmutationsalchemie wird im *Rosarium* als Vereinigung zweier Menschen dargestellt, Bilder von Zeugung, Schwangerschaft und Geburt waren eine verblüffende Maske für die alchemistischen Operationen.

Die Alchemisten nannten es ganz offen KOITUS, eine bestechend einleuchtende Analogie. Es geht um die letztmögliche Vereinigung der Gegensätze, wir müssen uns mischen, meinten sie, die Einzelheit erbringt nur sich selbst, ein Einzel, nicht das Neue. Aus zwei Prinzipien durch Zeugung ein drittes zu erschaffen ist das Naturgeheimnis, das die Alchemisten in der Retorte nachstellen wollten, der Ofen ist der Mutterschoß, die Retorte ist die Matrix.

Ja, die seltsamen alchemischen Vorgänge paarten sich hier zu seiner Verwunderung mit erotischem Geschehen in lodernden Bildern. Das männliche und das weibliche Prinzip der Natur, die sich unaufhaltsam anziehen in ihrer Gegensätzlichkeit, kennen keine Decke zur Verhüllung, weder Zweige noch Blätter noch ein Kleidungsstück. *Nacket vnd bloß vnd gewaschen* sollen Mann und Frau sein, es herrscht die pure Nacktheit der Gegensätze, darauf der Beischlaf in einem Gewässer, Pool-Sex von König Sol und Königin Luna. *O Sol / du bist uber alle liecht zu erkennen / So bedarfstu doch mein als der han der hennen.* Die Sonne, aber männlichen Geschlechts, braucht den Mond, aber weiblichen Geschlechts, wie der Hahn die Henne. Alchemie als Begattungsritual des kosmischen Hühnerhofs, halluzinatorisches raumgreifendes Universal-Kamasutra.

Nur hatten die zentralen Akteure des Paarungsgeschehens, Sol und Luna, im Deutschen eben das verkehrte Geschlecht: die Sonne, der Mond, die Sprache selbst hatte eine alchemische Geschlechtsumwandlung hinter sich, die Sprache ist der wahre Hermaphrodit, das öde Zweiparteiensystem der Geschlechter wird in der Alchemie – als sei es in der Poesie – erschüttert oder durchgeschüttelt.

Über dem Bild die Inschrift CONIVNCTIO SIVE COITUS, Vereinigung oder Beischlaf, das Paar vereinigt sich im Wasser, sie werden zu einem Wesen mit zwei Köpfen unter der einen Krone, eine Körperseite ist weiblich, die andere männlich, sie zeugen ein zweigeschlechtliches Wesen, den Hermaphroditen, der auf den folgenden Abbildungen im Quecksilberbad liegt und seine beiden Köpfe am einen Hals und seine beiden Geschlechtsorgane geradezu triumphierend zwischen den Beinen präsentiert. Die Vereinigung von Sol und Luna trägt also endlich Frucht, ihr Kind, genannt der Philosophische Merkur, wird geboren, es ist ihr Schwefel-und-Quecksilber-Kind.

Doch das ist noch lange nicht das Ende, einmal ist keinmal, das königliche Paar kopuliert mehrmals im Philosophischen Bad, dann wiederum liegt es im Sarg und fährt darauf geflügelt und von einer Feuer-Aureole umgeben durch den erstaunten Himmel, wiederholte Destillations- und Sublimationsprozesse führen schließlich zur Veredelung und Transmutation der Materie. Der Roman könnte hier so einiges auf sich beziehen, denkt Manu, noch nie hat jemand seine sieben Romane alchemistisch gelesen ...

Die Königin ist die weiße Phase des Werks, ALBEDO, in der die schwarze Materie, NIGREDO, weiß gewaschen wird, durch Feuer kommt es zur Rötung der Materie, RUBEDO. Der König steht für die rote Phase des Werks und für die Vollendung, im Reich dieses Herrschers lebt es sich fröhlich und unbeschwert, zu seinen Füßen stehen die jungen Männer oder Adepten lachend im Feuer.

Manu lacht jetzt selbst auf, lacht über sich und eine Liebe, an deren Verlust er selbst schuld ist. Er steht lachend im Feuer des Romans. Er hat das liebende Königspaar von Sonne und Mond schon einmal gesehen, es ist lange her, auf der Plattenhülle eines Sängers. Es war damals noch eine schwarze Scheibe, klar, eine schwarze Sonne wie in der Schrift *Splendor Solis.*

Jene alte schwarze LP-Scheibe ging auf als Schwarze Sonne in der rauen, narbigen Stimme des Sängers, die den Buchstaben in Erregung und Emotion verwandelte. Denn auch in der Stimme liegt das Trinkbare Gold der Alchemisten. Die Zunge ist ein Bär, sie wälzt sich taub im Mund als ihrer Höhle. Und Manu erinnert sich, wie er den Kopf auf Laures weißen Bauch gelegt hatte, sein Ohr am Nabel, um dem Sänger zu lauschen. Neue Haut für eine alte Zeremonie, sie liebten sich in einer schwarzen Lawine. Als sie in die Rue Daguerre hinaustraten, schneite es wie an den Polen der Welt, Schnee ist Schnee, aber wenn es in dieser Stadt schneit, glaubt man sich auf einem anderen Stern. Sie gingen zum Friedhof Montparnasse und lasen wieder den Grabspruch des peruanischen Dichters, der im Pariser Schnee umkam: Ich habe so viel geschneit, damit du schlafen kannst.

Er hielt die Alchemisten damals für irre Zauberer, erst seine Gefangenschaft in der Bücherkammer des Conte hat ihn zum Adepten gemacht. Sie waren auf dem Holzweg, aber voller Vorahnung. Die Umwandlung unedler Metalle in Gold war mit ihren Verfahren zwar unmöglich, weil sie sich einzig in der Elektronenhülle der beteiligten Atome abspielten, aber im Prinzip nicht völlig undenkbar. Die aufgebotenen Energien waren nur millionenfach zu klein, erst kernphysikalische Verfahren machten es möglich, weil sie auf den Atomkern zielten. Wenn sie das geahnt hätten … Im Kern also war der Rote Löwe gefangen. Aber es reicht schon, lange genug zu träumen, um ans Ziel zu kommen. Die Liebenden von Mantua haben sechstausend Jahre lang geträumt, bis sie an die Erdoberfläche kamen.

Manu blickt vom *Rosarium* auf und sieht im nächtlichen Fenster das Gesicht einer jungen Frau auftauchen, der

Schein ihrer Lampe erhellt kurz ihre Züge, ihre beobachtenden Augen, ihre Nase nahe am Glas, dann duckt sie sich weg. Gab es da draußen eine schmale Galerie, auf der sie stand? Eine Leiter? Ach was, Manu glaubt an eine Halluzination, die alchemistischen Bücher müssen ihm dieses Bild geschickt haben. Als sie noch einmal auftaucht, steht er dennoch auf vom dicken Eichentisch und tritt ans Fenster. Er kann im Dunkeln da draußen keine Galerie, keinen Balkon sehen, nur die Umrisse der Pappeln und Espen. Er muss sich getäuscht haben. Da draußen war niemand. Er hat hier oft das Gefühl, sich zu täuschen, genarrt zu werden gehörte zur Luft, die er atmete.

Er glaubte, den Schlüssel zu den Liebenden von Mantua gefunden zu haben. Das waren die beiden doch auf den Seiten des *Rosarium Philosophorum*, sie und keine anderen: die liebende Vereinigung der Gegensätze, die Auflösung des Einzelnen, um gemeinsam das höhere Gold der Liebe zu erschaffen, aus dem irdischen Dreck zur einzigen Erleuchtung zu finden, die im Leben möglich ist, in der Liebe. Der alchemistische Prozess der Perfektion der Materie ist die Suche nach der *quinta essentia*, dem fünften Element des Lebens, das nur die Liebe sein kann. Die Liebenden von Mantua waren ekstatische Alchemisten, das war ihre nackte Wahrheit. Vereinigt euch, liebt euch bis zum Schluss. *Zusamen fliessen man vnd weib.*

Manu fahndete also nach der SOLUTIO PERFECTA, der perfekten Lösung. Laut der Schwefel-Quecksilber-Theorie müssen die beiden geläuterten Substanzen so gemischt werden, dass daraus die perfekte Materie, das so genannte Rote Elixier, entsteht. Nur das könnte auch die perfekte Lösung für den Roman aus Erdbebenzone und Liebe sein.

In den Nächten späht er nach der Chymischen Hochzeit. Die Liebenden von Mantua schwammen nicht im Quecksilberbad oder Philosophischen Bad, sondern in ihrem jungsteinzeitlichen Lehm, brandeten an unter dem noch unentstandenen Fabrikgebäude in Valdaro, nach sechstausend Jahren in letzter Minute geborgen von Elena Menotti.

Ihr Geschlecht war nicht mehr zu erkennen, es hatte sich aufgelöst, die Liebenden von Mantua lassen mit bloßem Auge, also ohne DNA-Brille, nicht mehr erkennen, wer der Mann, wer die Frau war, ihre zuständigen Organe sind verwest und verdunstet. Oder: Sie sind beides zugleich und keines von beidem. Skelett-Hermaphroditen. Nein, der Hermaphrodit der Alchemisten hat beide Geschlechter, die Liebenden von Mantua haben KEINES MEHR. Die Tyrannei des Geschlechts ist abgeschafft, sie sind nur noch die Nachfahren des Geschlechts, nur die Abkömmlinge eines früheren Wesens. Nur die Zuneigung bleibt sichtbar, die letzte zärtliche Geste, nichts anderes mehr, und das ist genug. Sie waren nur noch zwei Menschen, die sich umarmten, sich zulächelten. Als Botschaft an die Nachgeborenen, als Symbol der Vereinigung der Gegensätze. Sie waren die PERFEKTE LÖSUNG.

Manu erwacht aus seinem Alchemistentraum und stammelt deutlich auf Französisch die Worte: *Je cherche l'Or.* Ich suche das Gold. Denn das Unbewusste schreibt nicht unklug mit. Natürlich meinte er »schreit«.

LUISA

Beim nächsten Abendessen mit Ignoto, vielleicht beflügelt und befeuert von einem seiner exquisiten Weine, holte der Conte weiter aus und erlaubte Manu von der abgewandten Seite des Mondes her Einblicke in sein dämmriges früheres Leben. Manu wehrte sich gegen alle vermeintliche Vertraulichkeit, die in seiner Situation das Gefährlichste war. Vertraulichkeit war die größte Täuschung, er wies sie schroff von sich. Keine Nähe zum Entführer, kein Stockholm-Syndrom in der Nähe von Mantua. Er war eine Geisel, sonst nichts. Der Conte hatte bereits offen bekannt, was er tun würde, wäre er von Einsatzkräften eingekreist.

Er sagte beiläufig, dass er mit der Offenbarung der Liebenden von Mantua einen neuen Herzschrittmacher bekommen habe, genauso sagte er es … Herzschrittmacher! Also hört Manu ihm noch einmal zu und verscheucht den Gedanken an die schon einmal ausgesprochene Drohung.

Ich war fünfmal verheiratet und wurde fünfmal geschieden, eine katholische Karriere, werden Sie sagen, die Kirche mag so etwas nicht, der Erlöser gewiss auch nicht, aber ich kenne seine Ansichten nicht. Meine Ehen waren eine fünfmalige Katastrophe. Erst als *sie* hier heraufkam, Luisa, bekam ich eine Ahnung davon, was Liebe sein könnte. Sie werden sagen: so spät. Ja, spät ist sie gekommen, Luisa, als hätte sie sechstausend Jahre gebraucht.

Bitte ersparen Sie mir …

Warum hat sie den Weg nicht früher gefunden? Warum begegnen wir uns zu den unmöglichsten Zeiten, im Dunkeln, wenn keiner sehen kann, in der falschen Jahreszeit, an völlig undenkbaren Orten? Vielleicht hatten sich unsere Wege längst gekreuzt, vielleicht in Mantua, warum haben die Füße nicht angehalten, warum haben die Augen in eine andere Richtung geschaut, wir verpassen uns viel zu oft, verstehen Sie. Der richtige Moment ist das wahre Geschenk, aber es kommt nicht häufig. Wir sind zerstreut, wir sind abwesend, wir sind nicht bereit. Aber das Leben lässt sich durch uns nicht aufhalten. Die anderen Frauen waren ein Umweg, eine Zeitverschwendung, sie suchten weiß ich was, Luxus und das leichte Leben, den zwecklosen Überfluss. Ich brauchte etwas anderes, ich suchte eine Restauratorin für die Bilder eines kaum bekannten Mantuaner Meisters, der mit mir dieses Haus bewohnt.

Der Conte sinnierte vor sich hin, als ob er zögerte, ein Geheimnis zu enthüllen. Jetzt, wo ausreichend Stille gewesen wäre, wagte Manu nichts zu sagen.

Sie kam, lauschte den Details meines Auftrags, ging still an die Arbeit. Ich bat, im Raum bleiben zu dürfen, doch sie hat mich weggeschickt, höflich, aber bestimmt, es kam für sie überhaupt nicht in Frage. Nein, meine Arbeit und ich brauchen keinen Zeugen. Sie würden nur stören. Darauf habe ich sie aus einem Nebenraum beobachtet, durch ein Loch in der Wand, das wohl schon meine Vorfahren benutzt haben, um das zügellose Geschehen im Auge zu haben. Ich hielt den Atem an, wenn ich sie bei der Arbeit sah, und ich schaute ihr stundenlang zu, spürte keine Müdigkeit, ich war wie in Trance, in einer stillen, reglosen Trance, ich wagte nicht zu atmen.

Wollen Sie mir das wirklich erzählen, Signor Conte, ist es nicht zu privat? Es hat doch mit den Liebenden von Mantua nichts zu tun, bitte verschonen Sie mich mit den Details Ihres Privatlebens.

Wenn es besonders heiß war – in der Po-Ebene kann es

sehr heiß werden, glauben Sie mir, und die Mücken wissen, was sie an uns haben –, fuhr sie sich mit einem Tuch sanft über den Nacken, ihre Bluse war geöffnet, unter die entzückenden Erhebungen und manchmal sachte zwischen die Schenkel, und diese Gesten einer Frau, die sich allein und unbeobachtet glaubt, waren von einem solchen Zauber wie alle Dinge, die sie mit ihren Fingern tat. Diese ruhige Hand, die sorgsam bedachten Bewegungen, ihre stille Meisterschaft haben mich verführt, verstehen Sie. Gibt es so etwas wie eine Magie der selbstvergessenen Konzentration, eine Verzauberung durch die präzisen Bewegungen zweier Hände?

Ich glaube, Ihre Restauratorin geht mich wirklich nichts an. Es ist mir unangenehm, die Details Ihrer Beobachtungen zu erfahren. Ich bin kein Voyeur.

Wir sind es alle. Wir lieben es zu beobachten, wir lieben es, ungesehen zu bleiben. Wir sind es alle. Na ja, sie war auch als Frau sehenswert, ein tänzerischer Schritt, kein Model, aber nein, keine perfekte Schönheit, aber voller ... Natürlichkeit ... und Anmut. Die Schöpfung des Mannes war nur die Stümperei eines inexistenten Gottes, ein läppischer erster Versuch, erst die Erschaffung der Frau könnte an den Geschmack Gottes glauben lassen, wenn man sich zum Glauben entschließen könnte.

Ich dachte, Sie kommen längst ohne aus ...

Ihre Augen hell und offen, voller Erwartung, inniger Neugier ... Schönheit ist nicht das Thema, aber doch das richtige Wort im richtigen Maß, manche Frauen sind zu schön, um wahr zu sein, zu viel des Guten bricht der Schönheit den Hals. Frostige Models, wissen Sie, sind Lichtjahre entfernt von der Schönheit, wandelnde Kühlschränke, denn der makellose Körper bedeutet eine Verleugnung der Kunst. Die gleißende Schönheit ist ein Fallbeil, sie schafft sich selbst ab, wirkliche Schönheit aber ist eine wundersame Zumutung, die Verlockung des kleinen Makels. Nichts Statuenhaftes also, kein Traum aus Stein, wie Baudelaire es nannte: Ich bin schön, o ihr Sterblichen, wie ein Traum aus Stein. *Je suis belle, ô mortels! comme un rêve de pierre* ... Aber die Anmut, ja, viel eher als Schönheit, ich liebe das deutsche Wort – Anmut. Schöner als Liebreiz oder Grazie. Anmut, ja. Ihre Hände schienen meinen Mantuaner Meister zu liebkosen, den kaum einer kennt.

Wovon sprechen Sie nur? Können wir nicht endlich ...

Wenn es heiß war, öffnete sie mit einer anmutigen Geste ihre Bluse, und die Umrisse ihres Körpers, die ich von meinem Versteck aus nur ahnen konnte, machten mich verrückt. War das Ende ihres Arbeitstages gekommen, schob sie ihre Bluse zurück in ihren Rock, machte ihr Haar zurecht und trat aus dem Zimmer, als ich wie zufällig auf sie zukam. Ich bat sie, öfter zu kommen, ich war süchtig nach ihrer stillen, stummen Arbeit, den anonymen Rundungen, die mich an Renaissancegestalten erinnerten, ja, Bellini, Parmigiano, Raffael, bitte nicht Botticelli, nicht zu perfekt, vollkommene Schönheit erschlägt den Blick, nur die winzigen launischen Fehlerchen der Natur erschaffen den wahren Reiz.

Ihre Erzählung kann nicht hierhergehören ... was hat Ihre Restauratorin mit den Liebenden von Mantua ...

Ich bedrängte sie nicht, aber wir wurden Liebhaber oder besser Liebende, wie absichtslos, es geschah ganz von selbst, als ob keiner es gesucht hätte. Die Passion der kleinen Meister, die sie restaurierte, verband uns. Glauben Sie nicht an die Macht von Sex und Ekstase, es war etwas anderes, glauben Sie mir, zwei meiner Exfrauen konnten mich rasend machen vor Begehren und Lust. Nein, hier war es anders ... eine augenblickliche Vertrautheit war zwischen uns, kaum dass sie den Raum betrat. Nur ein Lächeln, rasch ausgetauschte Blicke, dieses komplizenhafte Einverständnis, Momente völliger Innigkeit … Sex bedeutet Tyrannei, er ist eine Versklavung freier Menschen, und wir waren sehr frei in unserem Umgang, manchmal lagen wir nur stumm auf dem Bett, sprachen kaum, ließen nur unsere Hände wandern, ohne den Blick vom andern zu wenden. Wenn sie mich ansah, fühlte ich augenblicklich eine große … Besänftigung, ja, das war es, alles Zurückliegende, alle Irrtümer waren überwunden, abgelegt. Es blieb nur diese Besänftigung. Diese stille Innigkeit ihres Blicks … Manchmal wieder sprachen wir stundenlang, fragen Sie mich nicht, worüber, es spielte keine Rolle mehr. Bis sie sich einmal zu sehr verspätete. Ihr Mann schöpfte Verdacht, er war wild vor Eifersucht, dachte sich weiß Gott was, ein Dummkopf und Alkoholiker. Es war ihr selbst ein Rätsel, wie sie sich mit diesem groben Mann hatte zusammentun können. Als sie einmal ausblieb, hatte ich eine dunkle Vorahnung, ich schickte jemanden in die Stadt, um Erkundigungen einzuholen. Ich erfuhr also, dass ihr Mann sie erschlagen hatte, mit einem Schürhaken, er hatte sie die Treppe hinuntergestoßen, war ihr nachgelaufen und hatte mit dem eisernen Haken auf sie eingeschlagen, bis … Ich kann prügelnde Männer nicht ertragen … Wie er umgekommen ist, ob er sich selbst gerichtet hat, entzieht sich meiner Kenntnis. Jedenfalls gab es keinen Prozess. Ich war wild vor Wut und Trauer, auch diese Trauer war neu, wie die Empfindung der Liebe neu gewesen war. Meine Geschiedenen waren wie weggewischt aus meinem Gedächtnis, aber *ihr* Bild verfolgt mich Tag und Nacht. Dann kam das Jahr 2007, in Valdaro wurden die beiden Liebenden ausgegraben, und ich wusste sofort: Sie hatten etwas mit mir vor. Sie riefen mich zu sich. Die Archäologen haben sie geborgen, ich aber wollte sie retten. Für Luisa.

Manu war leise aufgestanden, er wollte sich diese intimen Bekenntnisse nicht mehr anhören, er war nicht gemeint. Er war nur die Geisel.

Ignoto spricht weiter vor sich hin, er scheint seinen Aufbruch gar nicht zu bemerken, und als Manu schon bei der Tür steht, blickt er sich noch einmal um: Der Conte spricht weiter, seine Augen sind nach innen gekehrt, er ist ein Blinder voller Bilder, seine Gesichtsfalten bewegen sich fragend und zögernd, die Erinnerung entwickelt ihre unversöhnliche Eigenmacht, sie braucht schon keinen Zuhörer mehr.

Als Manu die Tür des Esszimmers öffnet und sich befreit glaubt, trifft er auf das grinsende Gesicht Salvatores, der ihm mit dem Kinn die Richtung anzeigt. Er steht wieder unter Bewachung, auch als er die Tür zum eigenen Zimmer – was heißt eigenes Zimmer? was gehört ihm hier? – hinter sich schließt. Nichts gehört ihm hier, vielleicht nicht einmal sein eigenes Leben.

BALZAC ODER DIE MONOGAMIE

Jetzt war es Manu, der sich im gleichen Moment, als Raffa in der Via Leon d'Oro das Rauschen des Magmas, seinen Alarm hört, weitab – aber wie weit vom Zentrum Mantuas, vom Nabel der Rotonda? – an ein Gespräch mit Laure erinnert. Sie sprach von der im Grunde haarsträubenden Jämmerlichkeit des Liebesaktes ...

Nur Männer können sich auf seine Wenigkeit etwas einbilden, behauptete sie, diese abstruse Verkeilung, mag sie auch akrobatische Elemente enthalten, ein armseliges Hin-Her, das bizarre Gestöhne und Geröchel, die verzerrten Gesichter, die Zuckungen der Körper.

Und das Auge hat gar nichts damit zu tun?

Ach, komm, dieses seligblöde Starren auf phänomenal unansehnliche Organe, schrumpelige Spalten, krummdreiste Verlängerungen, ihre wirklich alberne halluzinogene Traurigkeit. Das menschliche Schamgefühl verdankt sich sicher nicht einem moralischen, sondern eher einem ästhetischen Urteil: Das kann doch nicht sein Ernst gewesen sein, der Schöpfer hat uns damit verhöhnt, hätte er sich nichts Besseres, Schöneres, Eleganteres ausdenken können? Was für ein Pfusch, nichts Raffiniertes, nur Behelfsmäßig-Notdürftiges. Es sieht wirklich sehr nach Provisorium aus.

Was willst du denn, dem Produzenten eine Design-Optimierung nahelegen? Eine gefällige Nachbesserung?, fragte Manu amüsiert über das delikate Thema. Aber Laure fährt fröhlich fort ...

Mit Blick aus dem Weltall genau wie aus dem Gesichtswinkel der Schönheit ist es eine plumpe, unbedarfte Inszenierung, eine lachhafte Performance. Wie lässt sich nur das irre Faszinosum des Aktes erklären? Eine Liebe-Macherei, Machwerk einer unzimperlichen Natur, sieht doch wohl eher nach Irrtum der Evolution aus. Dieses Gerüttel und Geröchel, das in den kleinen Tod mündet, die wiederkehrende Tristesse nach dem Fest, die banale Schläfrigkeit. Der Glanz der Umarmung wird rasch zum Flittergold, zum permanenten Betrug. Er hätte sich gefälligst was anderes ausdenken können.

Ihre lächelnde Brandrede zu hören, ihre gespielte Empörung inszeniert zu sehen war herrlich. Und sie war noch nicht zu Ende …

Der Mann, sagte sie, ist von Natur aus ein idiotisches Wesen, zuckungsweise gesteuert von trüben Trieben, was soll der ganze Erektionszirkus, seine dumpfe Schwanzwütigkeit, der ruckelnde Begattungsmotor? Und weißt du was, er versteht so wenig von der Frau, dass er sich eigentlich nur verbessern kann, wir müssten etwas anderes erfinden, überleg mal …

Laure sagt es in seiner Erinnerung zwischen zwei entzückenden kleinen Spielen, die ihr wer weiß von wo zugeflogen waren. Sie konnte heftige Reden führen und dann doch unters Laken kriechen, sich anschmiegen, allerlei mit ihm und dem und allem anstellen. Vielleicht war es ihre Kunst, beides auszuhalten.

Deshalb hat sich der Mensch den Tanz ausgedacht, sagte sie, das andeutende Sich-Wiegen in der Welle von Musik und Bewegung, die Begegnung der Augenpaare, die sanfte Umschlingung, kein Gerüttel, ein gemeinsames Umfangensein von Unsichtbarem. Ein tanzendes Paar – welche Überzeugungskraft, welche Geschmeidigkeit, welche samtene Anziehung. Ein liebemachendes Paar … welche Nichtigkeit dagegen.

Ach, weißt du, wirft Manu in der Erinnerung ein, ich finde auch diesen andern Tango nicht schlecht ...

Wie sagte einer, der es wissen muss ... die Begegnung ist die eigentliche entscheidende erotische Pantomime. Er gehört doch zu deinen paar Lieblingen, du hast es oft genug gesagt.

Sie läuft im Traum nackt zur chaotischen Bücherwand, holt flink den richtigen Band und zitiert es genüsslich noch im Bett wie ihm zur Strafe:

Es ist in keinem Augenblick das Sinnliche so seelenhaft ... das Seelenhafte so sinnlich ... als in der Begegnung ... hier ist ein Zueinandertrachten noch ohne Begierde ... eine naive Beimischung von Zutraulichkeit und Scheu ... die Begegnung verspricht mehr ... als die Umarmung halten kann.

Manu murmelt vor sich hin, wenn er die Sätze jetzt wieder hört, er glaubt tatsächlich Laures Stimme zu hören, die im Wachtraum noch immer ihren Gedanken ausspinnt, ohne dass er ein weiteres Wort sagen könnte, er ist ganz Ohr, ein plötzlich stummer Träumer, Laure lallt, er hört ihr Echo, sie lallt auch von den Liebenden von Mantua, die sie doch zu Manus Zeiten noch gar nicht kennen konnte, es war zu Beginn des neuen Jahrhunderts. Die Liebenden schliefen noch sieben Jahre. Der Träumer wundert sich am meisten.

Nur wer über das jämmerliche Spektakel lachen kann, sagt sie noch, ist wirklich frei. Gefalle dir in der Ausübung, wenn dir nichts Besseres einfällt, aber lache darüber. Es ernst zu nehmen lohnt sich wirklich nicht. Und sie sagt im Traum auch: Manchmal glaube ich, die Liebenden von Mantua *darüber* lächeln, wenn nicht lachen zu sehen. Weil sie es hinter sich haben und nun von keinem Trieb gepeinigt den steinzeitlichen Ewigkeiten zärtlich entgegendämmern. Das ist das wahre Paar ... das über den ihm auferlegten

Kopulationszirkus lachen kann. Schau dir die Bilder an: Sie lachen doch! Sie lachen doch!

Laure entfernt sich selbst lachend im Traum.

Manu erwacht, es ist warm und es ist Nacht, vielleicht tiefnachts, aber er hat keine Uhr, nur das Rascheln des Espenlaubs da draußen, das keine Zeit anzeigt, nur seine pflanzenhafte Ewigkeit. Und Manu erinnert sich an ein anderes Gespräch, mit Raffa in Paris, es muss vor der hässlichen Eifersuchtsszene wegen Laure gewesen sein. Es ging um Balzac und die Monogamie. Er sprach von Madame Hanska, von Balzacs viel zu spätem Glück. Und Raffa höhnte:

Ausgerechnet Balzac! Der Dickbauch und Betörer mit seinen Dutzenden Geliebten unter den vermögenden Gönnerinnen. Fällt dir kein anderer ein?

Manu holte damals, genau wie letzte Nacht in Ignotos Bibliothek, Balzacs *Cousine Bette* hervor, er hatte das Zitat ohne Mühe wiederfinden können, weil ein blaues gefaltetes Blatt genau dort eingelegt war:

… Hortense war die Frau … und Valérie war die Geliebte … viele Männer wollen diese beiden Ausgaben von demselben Werk besitzen … obwohl es ein gewaltiger Beweis … der Unterlegenheit eines Mannes ist … wenn er es nicht versteht … seine Frau zu seiner Geliebten zu machen … die Abwechslung auf diesem Gebiet … ist ein Zeichen der Impotenz … die Beständigkeit wird immer das Genie der Liebe bedeuten … sie ist das Indiz einer unermesslichen Kraft … jener Kraft, die den *Dichter* ausmacht … man muss alle Frauen in der seinen finden …

Sag mal, spinnt der nicht?, fragte Raffa damals. Wir sind doch nicht monogam wie ein schwachsinniges Entenpärchen, das ist die größte Illusion. Außerdem habe ich keinen Ehrgeiz, in dieser Angelegenheit ein Dichter zu sein, das überlasse ich gerne dir, wenn du magst. Träum du weiter von der Allereinzigeinmaligsten, von Laure meinetwegen, aber du wirst sehen, dass das Leben anders entscheiden wird. Es ist ohnehin zu kurz für Monogamie …

Manu will noch einwenden:

Aber dann kam Madame Hanska. Balzac hätte es geliebt, mit ihr zusammen ausgegraben zu werden …

Balzac hatte anderes zu tun, sagt der abwesende Raffa in diesem schmerzlich imaginären Gespräch.

Raffa behauptet jetzt in Manus Ohr, er habe im Tagebuch einer Dichterin den Satz gefunden: Ist es nicht gleichgültig … mit wem man schläft auf Erden … da man doch unter der Erde … ohnehin mit jedem schlafen wird … der zufällig da ist …

Und Manu wendet gegen den seit Tagen abwesenden Raffa ein:

Aber das war ja das Geheimnis der Liebenden von Mantua! Sie schliefen nicht mit irgendwem, sondern waren in dieser Umarmung ganz aufeinander bezogen, sie waren aneinander gebunden, weil sie sich binden lassen wollten. Sie verachteten alles Zufällige.

Und Raffa will ihm entgegnen:

Woher willst du das denn wissen? Vielleicht war es keine pathetische Allzeitbindung, vielleicht waren es zwei Zufallsbekannte, die sich unter der Erde getroffen haben, wie die Dichterin meint, zu einem kurzen, keuchenden Stelldichein. Ohne Danach, ohne Folgen, verantwortungslos ekstatisch. Ich liebe alle Liebe, Gelegenheit macht Diebe … Ein jungsteinzeitlicher *One-Night-Stand!*, hört er Raffa hallend und lallend rufen.

EISCREME-KABBALA

Der Conte hatte recht, die Bibliothek war nicht mehr an ihrem Ort. Manu hörte ihn noch sagen, sie sei in letzter Zeit sonderbar geworden, eine Unruhe treibe sie um, sie sei eine Wanderratte, sie verstreue die Bände in einem merkwürdigen Fieber, sie verkörpere das wahre Chaos, das uns belauere.

Ungläubig tastete er sich noch einmal im Dunkeln zurück, zählte die Türen ab, aber es war nichts zu machen. Sie war nicht dort, wo sie war. Also noch einmal von vorn, Tasten und Bangen, verschlossene Türen oder offene, aber vor leeren Räumen. Was sollte das? Eine so große Bibliothek lässt sich nicht innerhalb eines einzigen Tages verpacken und versetzen, der Glaube mag Berge versetzen, aber eine Bibliothek?

Manu wollte nicht sofort aufgeben, er wäre erst recht ein Schiffbrüchiger gewesen nach diesem Verlust, erst das Fehlen von Büchern würde seine Zelle zur Hölle machen, seinen Verstand zerrütten und seinen Willen, die Freiheit wiederzusehen. Denn das ist die magische Brühe, die leuchtende Bücher ihrem verwunderten Leser einflößen: das unstillbare Verlangen, frei zu sein jenseits der Buchstaben. Dieses Glück lässt sich nicht aufschieben, nicht verhindern. Er findet sie später nachts doch noch, hinter einer völlig unbekannten Tür, als sei nichts geschehen. Er war nicht nachtragend, und sie offenbar auch nicht. Bald hörte er sie hinter seinem Rücken seufzen, schnurren, ihre Wärme verströmen. Aber sie war auch nicht mehr dieselbe.

Mantua ist ein Ort der Kabbala. Mantua ist ein Magnet. Sie kommen von dort, sie wollen dorthin. Kleine Phalanx der

Schriftgelehrten, kleine Truppe der Kabbalisten, von denen der Conte so zahlreiche Zeugnisse in seiner Geheimbibliothek hortet. Was suchte er bei ihnen?

Jochanan Alemanno, Mantua ist die Stadt seiner Jugend, er geht nach Padua, Chirurgie zu studieren, erlangt den Doktorgrad, rares Privileg, schon früh hat er Kontakt zum Gonzaga-Hof, wo er einmal den blinden Nürnberger Musiker Conrad Paumann hört und so bewegt ist von der Schönheit der Melodien, dass er fast ohnmächtig wird, sterben will er mit dieser Musik im Ohr, sie ist der Schlüssel zum All, wer weiß, zum namenlosen Gott, er genießt die Gastfreundschaft von Händlern und Aristokraten in vielen Städten Italiens, bereist die Welt, besucht das Heilige Land und die griechischen Besitzungen der Republik Venedig, lebt mehrere Jahre in Florenz, befreundet mit Giovanni Pico della Mirandola, der sich als erster christlicher Denker für die Kabbala interessiert und auf dessen Bitte er einen Kommentar zum *Lied der Lieder* schreibt, in dem er Kabbala und Philosophie vermählen will, Schriftgelehrter ohne feste Position und finanzielle Sicherheit, Chirurg des gelehrten Kosmos, nach dem Tod des erst dreißigjährigen Renaissancephilosophen Pico im Jahr 1494 kehrt er nach Mantua zurück, MANTUA FELIX, immer zurück ins glückliche Mantua, Mantuamagnet, mehrere Maultiere tragen auf ihrem Rücken seine reiche Bibliothek, Manuskripte und Exzerpte aus seltenen kabbalistischen Schriften, auf seinem Lebenswerk, einer Sammlung von philosophischen, astrologischen, mystischen, literarischen Ideen, prangt der Satz Petrarcas *Arm und nackt ist die Philosophie,* das Werk trägt den Titel DER UNSTERBLICHE (Chai ha-Olamim), das Wissen um das Geheimnis der Schöpfung führt zur Unsterblichkeit, Worte besagen den magischen Sieg über die Gesetze der Natur, die Kabbala ist der Schlüssel zu allem, Mantua heißt der Ort, wo die Kabbala bald ein- und aus geht.

Jehuda Chajat, die Vertreibung der Juden durch Isabella die Katholische im Jahr 1492 bringt kostbaren Kabbala-Import von Sepharad nach Mantua, mitten im Winter, auch Spanien kann klirrend kalt sein, muss Chajat mit zweihundertfünfzig Flüchtlingen ein überfülltes Boot besteigen, irrt vier Monate lang übers Mittelmeer, oft ohne Nahrung und Wasser, viele Gefährten sterben auf der Irrfahrt, unter ihnen seine Frau, auch seine Frau!, es sind die *Boat People* von damals, einem Meer des Hungers und der Gefahren ausgesetzt, in Ufernähe im Morgengrauen manchmal Fischer, die Sardinen gegen Goldmünzen aufs Schiff werfen, und sie essen gierig die Fische mitsamt Köpfen und Gräten roh auf, an gewissen Tagen kauen sie nur die Ärmel ihrer Mäntel, schließlich auch Bücher, um den Hunger zu überlisten, die Pergamenthandschriften aus zarter Lämmchen- und Kälberhaut, Ezechiel hilft: Du Menschensohn … sagte Gott … iss, was vor dir ist … iss diese Buchrolle und gehe hin … und rede zu dem Hause Israels … da aß ich … und es war in meinem Munde … so süß wie Honig, das Boot ist kaum seetüchtig, das Mittelmeer kennt Winterstürme, bis neun Meter hohe Wellen, Chajat ist überzeugt, dass die Kabbala ihn überleben lassen wird, sie gehen an Land, endlich, nach so viel Irrfahrt, der Boden schwankt unter den Füßen, in ein nordafrikanisches Gefängnis geworfen, wird er gegen ein enormes Lösegeld, das lokale Händler vorschießen, freigelassen, er muss jedoch seine zweihundert Bücher als Pfand zurücklassen, um zu überleben, arbeitet er als Tagelöhner, macht Mühlsteine drehen und schläft in einem Erdloch, das er sich selbst gegraben hat, die Kabbala aber schläft in seinem Innern einen stärkenden Schlaf, endlich kommt er frei, erreicht das Königreich Neapel, findet den Weg nach Venedig und von dort nach Mantua, wohin denn auf Erden, wenn Jerusalem verloren ist? bis ans Lebensende überzeugt, dass er Entkommen und Überleben seinen kabbalistischen Studien verdankt, er läuft von Ort zu Ort und sammelt jedes noch so kleine Fragment des *Sohar*, des Hauptschatzes der sephardischen Kabbala, das *Buch des Glanzes* aus dem goldenen dreizehnten Jahrhundert ist für ihn allen anderen Schriften überlegen, ein Kompass am Himmel der Schöpfung, das erzwungene Exil verstärkt noch sein mystisches Streben, Mantua ist der Ort des idealen Exils, wenn schon Exil, dann Mantua, süßes Jerusalem des Exils.

Nach jeder blühenden Hochzeit folgt der Zwang, Papst Julius III. befiehlt 1553 die öffentliche Verbrennung des Talmud, zwei Jahre später erlässt Paul IV. die Bulle *Cum nimis absurdum* und befiehlt die Einrichtung von Ghettos in den dem Papsttum gehörenden Städten, brennt das Buch, brennt der Baum, sie verstecken talmudische Texte also in anderen Büchern, um sie zu retten, im *Bet Josef* des Josef Caro, das Buch ist Versteck des Buches, kleine süße Mantuaner Matrjoschka, Mantua als Stadt der fiebrigen Drucker, was einmal mit beweglichen Lettern gedruckt wird, ist schwer zu beseitigen, der heilige Gutenberg wusste es, nicht alles ist brennbar, also lieber versteckt in der großen weiten Sichtbarkeit der Welt, die Inquisition hat viele Augen, aber nicht alle verstehen es, die Zeichen zu deuten, im Jahr 1557 beschließt der christliche Drucker Vincenzo Conti, in Mantua den *Sohar* zu drucken, gegen die Konkurrenz drüben in Cremona, der Mantuaner *Sohar* ist nicht aufzuhalten, er verströmt seinen Glanz in ganz Italien, in Osteuropa, in Safed, Galiläa.

Dann kommt genau von dort, gegen Ende des Jahrhunderts, aus dem Osten neues Licht von der Kabbala des Isaak Luria nach Mantua, geboren 1534 in Jerusalem, Gewürzhändler in Ägypten, geht 1569 nach Safed, in die Stadt der Kabbala, stirbt dort schon 1572, hinterlässt kein geschriebenes Wort, ein Sokrates der Kabbala, doch seine Schüler ernten den Glanz von seinen Lippen, verbreiten die Lehre auch in Norditalien, Israel Sarug schmückt sie aus, erweitert sie, alle Tradition webt an der Tradition, weiterweben, weiterleben, die Kosmogonie des Isaak Luria kostet Manu mehr als eine Nacht, wie viele Nächte sind schon vergangen, wie viele werden folgen in seinem Verlies mit Terrasse und Espenlaub?

Isaak Lurias Lehre vom ZIMZUM, von der Selbstkontraktion des allgegenwärtigen und unendlichen Gottes zum Zwecke der Weltschöpfung, damit die Welt endlich stattfinden kann, er will sich von sich selbst zurückziehen, zu einem Punkt ohne Ausdehnung werden, Rückzug und Selbstbeschränkung, das ist seine Große Tat, Verzicht des Punkt-Gottes auf die eigene Allgegenwart, um die Schöpfung zuzulassen, ihr Gegenwart einzuräumen, Gott macht sich dünn oder verschwindend klein, aparter Winzling, um der Welt und dem Menschen Platz zu machen, damit sie sich ohne ihn oder fern von ihm entfalten können, mach dich klein, damit die Welt groß wachsen kann.

Der von Gott geräumte Raum, was für ein schöner Traum, im entstehenden Weltraum aber gibt es Gefäße göttlichen Lichts, Restposten des Göttlichen, es kommt zum Bruch der Gefäße, der die Entstehung von Unordnung, Leiden und Bösem erklärt, aber Gott ist auch Reparatur-Instanz, für die Heilung, genannt *Tikkun*, werden die nach dem Bruch im Raum verstreuten Lichtreste gesammelt und zu neuen Lichtkonfigurationen geordnet, die spirituelle und erotische Vereinigung von männlichen und weiblichen Kräften der Gottheit stabilisiert eine neue Ordnung. *Tikkun* ist Vereinigung und Neuordnung in Liebe, das kosmische Zusammenfügen aller Scherben, alles Zerbrochenen. Gott ist der letzte Alchemist. Gott träumt jetzt von den Liebenden von Mantua. Laure ist endlich zurück in seinem Leben.

Die Welt stellt eine Schutthalde dar, unter deren Trümmern sich verborgene Funken göttlichen Lichts befinden. Wie schrieb Noma, der in der Normandie ertrunken ist, in einem seiner Gedichte: Ich habe Glücksfälle … für dich erfunden … Unglücksfälle … Abbruchhalden … da liegst du … rostfrei … inmitten aller Herrlichkeiten … totgeglaubter Zufallsparadiese.

Manu muss im Traum dieses Licht auflecken, aufläppeln. Vielleicht ist es in den Gedichten wie in Gefäßen aufgespart. Manu ist lichtverdutzt und lichtverdroschen. Lichtregen … Lichtlagen … Gelage … Lichtlache … lachen lecken … Pfütze des Lichts … Lichtlefze lechzt Lichts.

Zimzum. Zimzum. Zimzum. Summsummsumm, die Bienen-Kabbala.

Gott oder Mensch? Es ist offenbar kein Platz für alle beide. Damit Gott in die Welt zurückfinden könnte, müsste sich der Mensch aus ihr zurückziehen, sich also davonstehlen. Er denkt aber nicht daran, hat keinen Sinn für Selbstkontraktion und Selbstbeschränkung. Zwar zerstört er sich und seinesgleichen und die Weltnatur, aber an seinen Rückzug mag er nicht denken. Die erneute Allgegenwart Gottes ist also ausgeschlossen. Gott schüttelt den Kopf. Er hat sich so sehr kontrahiert und konzentriert, und dann dieses Desaster ... Das kann es doch nicht gewesen sein. Zimzum, Zimzum, die Zeit ist um. Für alle beide.

Als Manu sein Notizbuch zuschlägt, erschrickt er über das Geräusch. Als sei ein Gefäß zerbrochen. Er sehnt sich nach Mantua, nach dem Vorabendgeplapper auf den Plätzen. Er denkt daran, dass Chiara ihn gewarnt hatte, bevor er nach Mantua fuhr: Du wirst sehen, die Stimmung ist moros, *Cara Italia* ist aufgezehrt von Berlu-Lepra, Mediensumpf, Finanzskandalen, dem Flüchtlingsproblem, das aus Afrika herüberflutet, der kaputten Zukunft. Und Manu fand allem zum Trotz diese verwirrende strahlende Vorabendfröhlichkeit, die er als Gegenwartskunst bezeichnen möchte, *La Crisi*, laut Raffa die Gattin Terremotos, wird virtuos versteckt oder überspielt. Schwatzen kostet nichts, das elastische Auf- und Abgehen ebenso wenig, später ein Drink, aber das Wichtigste ist trotzdem das leuchtende Palaver.

Kann sein, dass ein Freund ihn später zurechtweisen wird: Du blinder Idiot, die Depression liegt im Süden, der Norden prasst noch ein wenig auf dem Rücken des Südens. Oder spielt Mantua nur besonders gut die Sorglose?

Er liegt auf seiner Zellenpritsche und denkt an die jungen Gesichter, die ihm im Abendlicht plötzlich entgegenkommen, all diese aberwitzig hübschen italienischen Frauen, und die herrliche Abfolge von phonetisch luxuriösen Plätzen, von der Piazza Sordello bis zur Piazza Broletto, wo es in der Loggetta, zu Füßen des hochaufragenden, aber vom Erdbeben stark mitgenommenen Stadtturms, gleich neben dem froh in der Nische thronenden Vergil, er kann es beschwören, das beste Eis der Stadt gab.

Wenn das Leben ein Roman aus Eiscreme ist, spielt er in Mantua. Manu weiß in seiner Gefangenschaft genau, dass der Gedanke auf immer und ewig frivol ist, wie es Gedanken eben sind. Das Leben besteht nicht aus Eiscreme, mehrmals hatte er aufgepinselte Botschaften in der Stadt gesehen: MANTOVA SENZA LAVORO SENZA FUTURO. Mantua Ohne Arbeit Ohne Zukunft. Das klang nicht nach Lust auf Eis.

Aber Manu sehnt sich nach Mantua, aus dem er nach wenigen Tagen entführt wurde. Er versucht sich die blumigen Eisaromen in Erinnerung zu rufen, als streckte er wie ein Ertrinkender die Hand nach einem Strohhalm aus, als ob in diesen sinnlos poetischen Aromen irgendeine Rettung für einen vom Leben Abgeschnittenen aufgehoben sein könnte. Nur schon die italienischen Namen vor sich herzusagen war die Feuerwehr für Manu. *Pompelmo rosa.* Rosa Pampelmuse. *Pesche alla piemontese.* Pfirsich Piemonteser Art. *Pannacotta con fichi caramellati.* Pannacotta mit karamellisierten Feigen. *Sbrisolona*, nach diesem Mantuaner Mandelkuchen, Symbol für Licht und Wiedergeburt, was für eine brisante Brise zwischen den Zähnen! Aber bitte sehr: *Pistacchio Sicilia.* Sizilianische Pistazie. Oder *Gianduia antica.* Die ganze Antike ist zum Schokoladeneis mutiert. Vergil in Ekstase, und seine Migräne ist vergessen. Und in der Luft fließt blasses blaues Eis. Aber die Warnung gilt, überall: Ein Hauch nur – und weg ist das göttliche Eis!

Im erträumten Jenseits steht Gott als Eisverkäufer oder besser Eisverschenker, denn Kleingeld wird es dort nicht mehr geben, Kreditkarten werden nicht angenommen, Gott ist nach seinem fabelhaften ZIMZUM ein stolzer Bargeldloser, und er teilt jeder der ankommenden Seelen ein die Geschmacksnerven reizendes Eisaroma mit italienischem Namen aus, bevor er dieselben Seelen dem Jüngsten Gericht überantwortet, wo sie mit Sicherheit zum größeren

Teil von groben Fallschirmspringerstiefeln zermalmt werden. Aber die Seele kann sich nicht beklagen, sie hat noch einmal kurz vor Torschluss das süße Eis des Erdenlebens gekostet, voller Wehmut und Ekstase, und ja: *Dio parlava italiano.* Gott sprach Italienisch. Wie soll man sich Sorgen um Italien machen, solange es seine Sprache gibt? Dieses Gestöhn uralter etruskischer Kontrabässe und Brummelgeigen, kurz vor dem Verhallen Thymian und Rauch, Klänge vom sanften Wirrwarr im Wind flirrender ledriger Olivenblätter, mit Engelsstimmen versetzt, eine Musik wie von Giotto und Fra Angelico, wenn die nicht Maler wären. Es gibt nun einmal keine Vergleiche, für nichts und wieder nichts.

Nach dem ZIMZUM war er milder geworden, er schob die Eissorten wie Rosenblätter in die *conos* und *coppettas*, steckte mit leichter Hand eine hauchdünne zarte Waffel auf den Gipfel und ein Löffelchen in die köstliche Eismasse und überreichte sie mit der generösen Geste des *Grand Seigneur* den verstörten, vom langen Weg und dessen Strapazen gebeutelten Seelen.

Also koste sanft, schlucke mit geschlossenen Augen deine *Pesche alla piemontese* und dann AB IN DIE HÖLLE mit dir, du unwürdige, nichtsnutzige Seele, die du geglaubt hast, es könne ewig so weitergehen mit dir, italienisches Eis auf der Zunge, italienische Laute im Ohr, du hast dich getäuscht, Verehrteste, das Leben im weiten, leeren Land des Paradieses wird kein Zuckerschlecken sein, hier geht's lang, nur nicht drängeln, es ist Eis für alle da und genügend Raum in der Hölle des Himmels, fragt besser Dante nach dem untersten Kreis. *Solo una pallina per ognuno.* Eine einzige Kugel für jeden. Hat er wirklich Kugel gesagt? Und diese Kugel wird dich durchbohren mit ihrer geballten Wehmut, du wirst seufzen vor Heimweh nach dem eigenen

Bett, hier gibt's nur Massenlager oder Einzelverriegelung, hier ist der Himmel von Guantánamo, hörst du, lasst alle Hoffnung fahren, ihr, die ihr eintretet. Es war wichtig, den klaren Verstand zu bewahren. Schluss mit dieser Eiscreme-Kabbala!

MANTUA DREI

SCHLAFMOHN DER STEINZEIT

Das war das höchste Ziel: den Augenblick für den Abschied selbst zu bestimmen, den letzten Akt der Freiheit zu vollziehen, den Trank einzunehmen, sich noch einmal gegenseitig in die Augen zu schauen, dann den einen Arm unter den Kopf des andern zu legen, den zweiten Arm auf die Schulter, dann die Augen zu schließen. Die Trostlosigkeit eines ungleichzeitigen Sterbens hatte die Liebenden von Mantua zermürbt.

In einem bestimmten Moment seines Zellendaseins wusste Manu, dass die Liebenden freie, selbstbestimmte Selbstmörder waren. Aber war so ein Tod nicht mit schrecklichen Krämpfen und unvorhersehbaren Schmerzen verbunden? Also bei Einnahme der Schwarzen Tollkirsche, *Atropa belladonna,* dieses Nachtschattengewächses mit dem schönsten Namen der Welt, oder bei der Blausäure, die sich in der Bittermandel verbirgt, oder bei dem Gift aus dem Fingerhut, *Digitalis,* den es nach dem Abschmelzen der Gletscher dort gab. Vielleicht Schlafmohn, *Papaver somniferum*? Aber wuchs der in der Po-Ebene, gab es diese Mohnsorte in Oberitalien? Afghanistan, ja, Myanmar, Laos, Nordthailand, Goldenes Dreieck, ja, aber Mantua?

Keine Spur eines Krampfes oder Kampfes in diesen Gesichtern, keine Verzerrungen ihrer zweisamen Körper, sie sind ruhig, als wären sie gerade eingeschlafen. Sie hatten die richtigen Pflanzensäfte aufgespürt, die neolithische Revolution war auch eine pharmakologische, sie hatten den Stein der Weisen gefunden, den gemeinsamen Tod zum richtigen Zeitpunkt, sie waren die Meister ihres Schicksals, sie hatten den Augenblick selbst gewählt. Perfektes Glück, nicht mehr lernen zu müssen, nach dem Abschied des einen allein zu leben, allein zu sterben. Die höchste Kunst!

Ja, ihre fortdauernde steinige Botschaft meinte auch: Es gab damals vielleicht dieses genaue Glück, sie hatten in das heitere Zucken der Sterne geblickt ...

Raffa höhnt deutlich in Manus Ohr:

Neolithikum-Kitsch! Ja, das Wasser war sauberer, es gab in ihm mehr Fische als heute im chemikalienverseuchten Po samt Nebenflüssen, es gab mehr Vogellaute, den Käuzchenruf und heller leuchtende, vom irdischen Smog ungefilterte Sterne. Aber es gab sicher kein Steinzeitidyll ... es herrschte Nahrungsmangel, Kälte, es gab erbitterten Streit und sture Feindseligkeit, Futterneid ebenso wie Stich- und Stoßwaffen, die Menschheit war so permanent heillos wie heute und irgendwann. Also leg deine Steinzeitbrille ab, Manu, du träumst ja, die Menschen starben jung, sie brauchten sich um ihre spätere Gebrechlichkeit nicht zu kümmern, das Leben brach ihnen früh genug den Hals. Deine Liebenden starben, noch bevor sie zwanzig waren.

Die Erde hat den Menschen nie gebraucht. Und noch etwas: Sie werden dir nicht antworten, sie sind stumm. Versuch nicht, ihnen zu erklären, dass viertausend Jahre nach ihnen eine zweitausend Jahre während Kultur entstehen wird, in deren Zentrum das Symbol eines gefolterten Menschen steht, eines ans Holzkreuz genagelten Erlösers. Sie werden dich für einen Wahnsinnigen halten, wenn du ihnen erzählst, die Welt sei erlöst. Sie wussten besser Bescheid ...

Alle vorgeschichtlichen Überreste führen uns vor, wie wenig mitteilsam sie in Wahrheit sind. Vielleicht ist die Archäologie nur eine schöne Illusion, die Welt vor der Schrift bleibt eine stumme Welt, schwer zu deuten, jene Welt kommuniziert nicht mit uns, sie tauscht keine Gesten aus, sie hebt keine Hand zu einem Winksignal, ihre Botschaften sind undeutlich, undeutbar. Sie sieht uns verwundert an, rätselhaft, unvergleichbar, fern. Erst die Schrift verändert die Welt, und auch sie ist oft nicht mehr lesbar. Sie können sich nicht einmal über uns wundern. Und wir wundern uns zurück.

Und Manu will einwenden:
Aber sie hatten doch wenigstens … ihre Liebe. Dieses rosige Nichts, diese Minimalration an irdischem Glück, einen herrlichen Brotrest, die Lust auf der Zunge, die Haut unter der Hand.
Und Raffa der Zweifler hat wieder einen Einwand:
Und dann sollen sie nach der Pflanze gesucht haben, die ihnen das Glück schenken sollte, solches Glück zu beenden, sich abzuschaffen, sich wegzuträumen? Es gibt hier nur einen, der träumt! Ich möchte wetten, sie wurden durch Pfeile erlegt!
Was es zu verstehen gab, glaubt Manu, hatten sie schon begriffen, bevor das Rad erfunden war. Die Liebe machte sie klein und doch unwahrscheinlich groß. Das auf der linken Seite liegende Individuum war eine Frau, Körpergröße 1 Meter 49, das Individuum rechts war ein Mann, Körpergröße 1 Meter 46. Aber ihre Idee übersteigt ihre geringe Körpergröße.

Der Conte hatte Manu an jenem Abend gefragt, ob es nützlich sein könnte, den beiden jungsteinzeitlichen Menschen Namen zu geben, um ihre Individualität hervorzuheben, ihre einzelne und gemeinsame Menschlichkeit. Sollte die Frau vielleicht Barbarina heißen wie die Tochter der Gonzaga, jene auf Mantegnas Gemälde? Wie könnten wir den Mann taufen? Bitte keinen jungsteinzeitlichen Schnalzlaut, kein Zischgeräusch, keine neolithische Phantasiephonetik.
Manu lehnte jede Taufe ab:

Aber nein, im Gegenteil, sie sollten namenlos bleiben wie der unbekannte Soldat, der im Ersten Weltkrieg ausgegraben wurde. Es sind zwei heitere Liebesheilige, namenlos und allmenschlich, lächelnde Märtyrer, denen die Pfeilspitzen nichts mehr anhaben können, die sich im letzten Augenblick noch einander zuwenden, liebend und fürsorglich, auch wenn ihre umarmende Geste keine Welt mehr verspricht. Namenlose unbekannte Champions der Liebe, verpaart für immer, steinzeitlich jung, für immer zu zweit, nicht mehr zu trennen ohne die Zerstörung der ganzen Grablege, nicht aufzutrennen, es sei denn an den Schädelnähten der Welt.

Schon in der nächsten Nacht fand er in der Bibliothek des Conte eine *Enzyklopädie der psychoaktiven Pflanzen*. Es waren merkwürdige kleine Zettel eingelegt, offenbar hatte hier jemand Rezepte notiert, und in Manu dämmert ein Verdacht. Er musste sofort an die seltsamen Farben der Säfte denken, die man ihm jeden Tag hinstellte. Aber er fand in dem Buch auch die Lösung. Nein, nicht Afghanistan, sondern Oberitalien! Er blätterte fiebrig in dem pharmakologischen Band:

1. Mohn wurde nicht, wie oft fälschlich angenommen wird, in Asien kultiviert; seine Heimat liegt in Mittel- und/oder Südeuropa (Grey-Wilson 1995).

2. Bereits im Neolithikum wurde in Oberitalien, der Schweiz und Süddeutschland Mohn angebaut. Er wurde als Nahrungs- und Rauschpflanze genutzt (Hoops 1973, Hartwich 1899).

3. Die Entdeckung der Opiumgewinnung liegt nicht – wie oft fälschlich vermutet – in Südostasien, sondern im steinzeitlichen Mitteleuropa im Bereich des Bodensees oder in der Provence (Hartwich 1899, Seefelder 1996).

Kraut des Vergessens, Pflanze des Glücks mit ihren Tränen des Mondes, Tränen der Aphrodite – so nannten sie den Milchsaft aus der Kapsel des Schlafmohns. Symbol für den prophetischen Traum, für Telepathie, hellsichtigen Wahn, Blicke, die durch Wände gehen. Die Liebenden von Mantua sind das Opium für spätere Träumer.

Manu hatte damals an der Rue de la Tombe-Issoire davon geträumt, mit Laure so aus dem Leben zu gehen. Als sie aufwachten, wischte Laure alle Pläne mit einem entwaffnenden Lächeln beiseite, das besagen wollte: Du spinnst ja, wir sind noch lange nicht dort, das Leben will noch ganz andere Dinge von uns. Aber Manus Traum kehrte beharrlich wieder. Nur nicht loslassen müssen, verschlungen bleiben, untrennbar ineinandergeschoben, ich weiß nicht, wo du beginnst, du weißt nicht, wo ich ende.

Wenn dann in Hunderten von Jahren ... Ausgräber unser Viertel offenlegen ... möchte ich gern dass sie mich wiederfinden ... als Teil von dir für immer, fest umarmt ... verschüttet von der neuen Asche ...

Als er 2007 die ersten Bilder der Liebenden von Mantua durch das Netz gehen sah, durchfuhr es ihn wie ein Blitz. Das war es! So müsste man gehen dürfen – und sich gegenseitig in der Umarmung erhalten bleiben. Und den Tag erwarten.

Wir bleiben als knittrige Kippe ... als Spuckfleck im Schatten ... unter der Bank wo das Licht ... keinen Strahl hinschickt ... und werden in Umarmung mit dem Dreck ... die Tage erwarten ... zu Humus gepresst, als Bodensatz, als schlichte Schicht ...

Das Allerschwierigste war, gemeinsam den richtigen Zeitpunkt zu finden. Der eine würde sagen: Es ist noch zu früh. Der andere: Es ist gerade jetzt die richtige Zeit. Der eine meint: Es ist schon fast zu spät. Der andere: Wir werden den besten Moment schon noch finden.

Die Liebenden von Mantua aber hatten den richtigen Zeitpunkt gefunden, auch wenn sie erst knapp zwanzig waren, kein hohes Alter selbst zu ihrer Zeit der zähen Bedrohungen, sie hatten den besten Moment erwischt, genau darin lag ihr unnachahmliches Genie. Und die Botschaft ihrer verschlungenen Skelette.

Im Akt des gemeinsamen Abschieds war es möglich, die Souveränität über die Zeit zu gewinnen. Wer es vermag, Ursache und Wirkung zu verkehren, ist ein Meister über die Zeit. Die Mutter, die mich geboren hat, sagen die Alchemisten in seinem Ohr, wurde durch mich zur Welt gebracht. *Die muter die mich hat gebered / Durch mich ward si geborn uff erdt.* Es gibt kein Opium der Erlösung – das ist der wahre Trost. Enden wir trostlos, aber liebend, hauchte Manu gegen das nächtliche Fenster.

Er wusste, wie leicht unser Gehirn zu beeinflussen war, durch Säfte psychoaktiver Pflanzen, durch elektromagnetische Felder, durch Rausch und Tanz. Ja, unser Gehirn ist ein Spielball auch für Geräusche und Musik, für die Sprache, dieses unbekannteste der Rauschmittel, das es im Neolithikum schon gab. Die Liebenden von Mantua kannten bereits die Pflanzensäfte, die ihnen eine schmerzfreie Reise ins Jenseits schenken würden, und sie kannten die Magie der Sprache. Sie nahmen und gaben sich den Saft, sie stammelten die richtige Formel. Und der Zauber wirkte. Sie brauchten nicht mehr von Pfeilen durchbohrt zu werden.

Als Manu in seine Zelle treten will, hat er ein Gebirge zu überwinden. Salvatore liegt als rosaroter Haufen vor seiner Tür. Im Schein der Taschenlampe erkennt er dessen groteske Verkleidung, ein Ballettröcklein, ein rosa Tütü, darunter eine grobe, wollene rosa Unterhose, in der seine stämmigen schwarzbehaarten Beine stecken. Was soll diese Verkleidung? Ist das ein stummer nächtlicher Maskenball? Als Manu den Schein der Taschenlampe über die behaarte Ballerina streifen lässt, hin und her, bemerkt er, dass Salvatore ein Messer im Rücken stecken hat. Salvatore – tot? Manu erschrickt, oder es ist nur ein halbes Erschrecken und das Gefühl einer halben Befreiung. Das rosa Tütü ist an dieser Stelle tiefrot gefärbt. Warum hat die robuste Tänzerin ihr Leben lassen müssen? Einen solchen Bewacher wünscht sich jede Hölle. Soll Manu schreien? Die anderen Bewacher alarmieren, die namenlos unten in der Halle dösen? Würde der Verdacht auf ihn selbst fallen? Er schläft unruhig, von einer toten Tänzerin bewacht.

EIN FADENSCHEINIGER REST VON GOTT

Raffa, vielleicht längst abgereister Freund, ich werde diesen
Brief morgen unauffällig von meinem Balkon segeln lassen,
hoffe, ein Angestellter des Conte werde ihn aufheben, ein
Gärtner, ein Lieferant, ein zufällig auftauchender Handwerker, und ihn in den nächsten Postkasten werfen. Es
wird in der Via Leon d'Oro nicht so viele Hausnummern
geben, wo Studio-Apartments zu mieten sind.

Eine Briefmarke habe ich nicht, Du wirst Strafporto
zahlen müssen. Wir zahlen alle dauernd Strafporto für un-
verlangte Sendungen und Situationen, haben wir vielleicht
unser Leben bestellt, unsere Versäumnisse und Irrtümer?
Ich stehe in Deiner Schuld, gib mir diesen winzigen Kredit
bis zu meinem Wiederauftauchen, an dem ich nicht zweifeln will. Es ist meine letzte Möglichkeit, glaube an meine
Flaschenpost. Ich träume von einem Hubschrauber, der
über meinem ziegelroten Ausguck in der Luft anhalten
wird wie eine nervöse Libelle und das rettende Seil zu mir
herunterlässt.

Ich bin sein Gefangener, ich wurde in Mantua entführt
und auf sein Landgut gebracht, hier gehen merkwürdige
Dinge vor sich, ich durchschaue nur weniges, auch wenn
mir nicht alles entgeht. Du wirst Dich wundern, meine
Helfer sind bizarre Alchemisten und versprengte Kabbalisten. Ich sehe Dich langsam den Kopf schütteln, halb
mitleidig, halb ärgerlich, Du wirst mich für verrückt halten
und diesen Brief für eine Zumutung. Ich habe keinen Zugang zum weltweiten Netz, ich bin von allem abgeschnitten, ohne Telefon, Du bekommst meine verzweifelten
Morsezeichen. Es scheint alles absurd und von einer wilden

Phantasie erfunden, und doch ist alles, wie ich es Dir beschreibe. Ich bin sein Gefangener. Mein Bewacher liegt tot vor meiner Tür. Der Conte droht, das ganze Anwesen in die Luft zu sprengen, mitsamt den Liebenden von Mantua.

Ja, Du liest richtig, ich habe sie gesehen, zum ersten und einzigen Mal in Wirklichkeit, nicht auf Bildern, hier, in einem Raum dieser Villa. Es war keine Halluzination. Oder ich versuche mich davon zu überzeugen, dass es keine war.

Du hattest recht, ich bin an allem selbst schuld, ich hätte nicht hierherfahren dürfen, Mantua ist nicht Laures Ort, was habe ich hier zu suchen? Ich weiß, das alles klingt verwirrt, doch ich bin ganz klar im Kopf, glaub mir. Sie flößen mir hier irgendwelche farbigen Säfte ein, aber es gibt Momente, wo ich so klar bin wie nie ... Ruf die Polizei, benachrichtige das Archäologische Museum im Castello di San Giorgio, die wunderbare Ausgräberin der Liebenden heißt Elena Maria Menotti, auch sie wird das vermisste Skelettpaar verzweifelt suchen. Aber wo bin ich? Eine Adresse gibt es nicht. Ringsum nur Pappeln und Espen.

Manu zerknüllt den Brief, war es nicht dasselbe, wie wenn Kinder *An den Weihnachtsmann* auf einen Umschlag schreiben und den Brief mit ihren Wünschen in den Kasten werfen? Dann kramt er das Papierbällchen aus dem Korb und schreibt den Brief von neuem ab, diesmal entschlossen, ihn von der Terrasse segeln zu lassen.

In der Bibliothek steht ein großer Eichentisch. Wenn Manu nächtelang dort biwakiert, sinkt sein Kopf manchmal auf die Platte oder auf seinen angewinkelten Arm oder auf einen Alchemisten, der ihm als Kopfkissen dient. Wer schläft und träumt, öffnet großzügig die Tore, bietet den Geistern, die ihn umgeben, freien Zugang. Wo ist der Traumgenerator? Aber natürlich: die Bibliothek!, schießt es durch Manus Kopf. War nicht vor kurzem ein Philosoph mit Melone aufgetaucht, um ihn unsichtbar zu machen für seine Bewacher? Die Schlüssel der Träume lagen in der Bibliothek verstreut. Sie war es, die Kontakt zu seinen Erinnerungen aufgenommen, dort Bilder abgepflückt und sie ihm in die Zelle geschickt hatte. Sie war der denkende Ozean aus *Solaris*, dem einzigen Science-Fiction-Roman, den er je gelesen hatte, der Ozean, der Kelvin eine reinkarnierte Harey in die Raumstation schickt. Wo sonst sollte sich der Ozean in dieser Villa befinden? Oder vielleicht im Heiligtum der Liebenden von Mantua? Waren sie es, die seine Gedanken und Gefühle lenkten, ihm Bilder schickten, wie er sie vorher nie zu träumen gewagt hatte? Er ist ein Gefangener des jungsteinzeitlichen Liebespaars, er ist eine Geisel ihrer Ewigkeit. Er sitzt in der Falle, in einer bedrohlich goldenen Falle.

Unerklärliche, isolierte Geräusche aus unbekannten Quellen umgaben manchmal nachts das Anwesen. Wie ein Eisentor, das vom Wind bewegt wird und in den Scharnieren kreischt. Schlagende Fensterläden. Dann ein Gurgeln und Kurbeln wie von fernen Heizungsrohren.

Er erwacht, steht auf, öffnet eines der beiden Fenster und lauscht hinaus. Auch da draußen herrscht Gespräch, aber nicht von Vögeln, die müssen alle schon schlafen. Es kommt von den Bäumen. Endlich begreift er den Ausdruck »Zittern wie Espenlaub«. Die Blätter an ihren langen Stielen sind keine stummen Zitterer, sie mimen Erregung, sanften Aufruhr. Ja, es müssen die Zitterpappeln da draußen sein, die beim kleinsten Windhauch nächtelang lispeln, säuseln, tuscheln, zischeln. Liebesdialoge? Kleine Zänkereien? Blindes Gestammel, das schon die Liebenden von Mantua in der Po-Ebene gehört haben müssen, wenn sie im Sommer draußen schliefen, hinaufschauten zum rätselhaft zuckenden Firmament, sich bei den Händen hielten und schwiegen. Ihr Schweigen ist das Nobelste an ihnen.

Manu versucht, nicht verrückt zu werden auf dieser Raumstation in der Nähe von Mantua, wo eine neue Religion entstehen soll.

Gab es nicht schon viel zu viele Religionen? Die Welt erstickt an ihnen. Und enden sie nicht alle irgendwann in grässlichen Blutbädern? All die Kriege, Kreuzzüge, Massaker, Enthauptungen, Steinigungen, Verstümmelungen, alle im Namen eines einzigen barmherzigen Gottes begangene Schandtaten! Wir haben unserem allgütigen Gott versprochen, keinen Ungläubigen am Leben zu lassen. Mord als Gottesdienst, das war seit Ewigkeiten das Programm einer pervertierten Religion. Aber pervertieren sie nicht alle früher oder später? Zu viel Religion bedeutet zu viel Gewalt und Zerstörung. Weniger wäre mehr.

Manu ekelt sich vor jeder Form von Gewalt. Angeblich ist sie tief im Menschen angelegt, aber sie gehört dort nicht hin, sie ist ein Irrtum, sie ist des Menschen unwürdig. Folter … die letzte Verwerflichkeit, ein niederträchtiger Poker mit den unendlichen Möglichkeiten des Schmerzes. Ignotos zärtliche Steinzeit-Religion beginnt ihm einzuleuchten, denn sie umfasst auch eine Verdammung der Gewalt, die einzig in Form von steinernen Pfeilspitzen symbolisch in der Grablege verblieben war.

Aber mutieren nicht alle Religionsgründer zu Inspiratoren von Massakern? Wie lange würde es dauern, bis auch Ignoto zum Totschläger würde, zum Blutvergießer, er, der selbsternannte Begründer einer neuen Religion der Liebe? Was Manu nicht wusste, nicht wissen konnte: Er saß bereits allabendlich einem Mörder gegenüber und lauschte dessen wirren religiösen Phantasien.

Gott erschreckt den Menschen gern mit der Horrorvorstellung seiner Abwesenheit. Ob Nichtexistenz, Zerstreutheit, Gleichgültigkeit, Abwesenheit – alles eins. Ist es Gott, der den Menschen träumt, oder Letzterer, welcher den Höchsten …

Und Manu weiß in jener Nacht nach einem weiteren dieser exquisiten Abendmahle nicht, ob er selbst Ignoto geträumt hat oder noch träumt, oder der Conte einen wie ihn. Ist das nicht die Frage in jedem Universum oder Roman: Wer träumt wen? Und die Liebenden von Mantua, träumten sie von Manu? Findet uns, was wir suchen?

Aber war alles ohne Gott nicht noch schlimmer? Müsste es nicht auf allen Himmelskörpern des Universums wenigstens einen Krüppel-Gott geben, einen müden Abklatsch Gottes, der das schlimmste Chaos mit seinem gekrümmten Zeigefinger verhindert? Einen fadenscheinigen Rest von Gott, der dennoch ein letztes Fädchen in der Hand hält …

Und dann ist bereits der übernächste Morgen. Manu steht auf und tritt entschlossen auf die steinerne Terrasse. Er will mit der Hand durch sein Haar fahren, da sie ihm außer dem Mobiltelefon auch einen Kamm abgenommen hatten. Er blickt hinab und traut seinen Augen nicht: Unten auf dem Vorplatz stehen die beiden Wächter, sie rauchen und scherzen. Auch Salvatore ist da, der kleine Bullige, den er mit einem Messer im Rücken vor seinem Zimmer gefunden hatte, schamlos feixend, dem Schönling Püffe austeilend, auch mal auf den Boden spuckend. Was soll das, er hatte ihn doch im rosa Ballettröckchen genau gesehen. War der Mord nur inszeniert? Aber da war doch eine ganze Lache von Blut, Salvatores Gesicht war entsetzlich, schmerzverzerrt, starr.

Hatte er den Toten nur gespielt, aber wozu? Um ihm, Manu, dem Bewachten, Angst einzujagen, um ihm als Pseudo-Leichnam zu drohen? Um sich über Ignotos Gefangenen lustig zu machen? Pass nur auf, es kann dir ergehen wie mir, irgendwann liegst du hier auf den Fliesen, mit einem Messer in der Brust. Aber das Blut, das Messer? Jedes Theater hat solche Dinge im Requisitenraum oder im Kühlschrank. Sie glauben doch nicht, auf der Bühne werde wirklich gestorben. Die Welt liebt ihr Theaterblut.

Vielleicht war es auch Salvatore, der ihm tote Vögel auf die Terrasse warf, schon dreimal hat er kleine Vogelleichen gefunden. Salvatore – der Fallensteller, Meisenmörder? Manu will sich auf der Balkonterrasse nicht zu erkennen geben, duckt sich hinter die Brüstung, um das Gespräch der beiden zu belauschen. Vielleicht war daraus etwas über seinen Aufenthaltsort zu erfahren. Aber es half nichts, sein viel zu glattes Italienisch reichte nicht aus für einen aus lombardischen und piemontesischen Geröllbrocken bestehenden Dialog. Auch lag seine Terrasse zu hoch, und wie jeder Sprung unmöglich war, so auch ein Verständnis davon, was dort unten zwischen heftigem Auflachen und schmatzendem Ausspucken verhandelt wurde. Als seine schmerzenden Schenkel die Hocke nicht mehr aushielten, kroch er auf allen vieren vorsichtig zur Fenstertür und dann über die Schwelle in sein Zimmer zurück. Seine Bewacher hatten ihn da oben wohl nicht bemerkt. Vielleicht gibt es endlich eine Fluchtmöglichkeit? Er drückt leise die Türklinke, aber die Tür bewegt sich nicht. Sie ist von außen zugesperrt. Aber es gab keinen Zweifel: Salvatore war von den Toten auferstanden!

DIE SCHWIMMERIN

Auch Wasser gab es genug auf dem Landgut des Conte, nicht nur die auffallend geräuschhaften Bäume, Reiher beobachteten den nahen Bachlauf, Ibisse staksten durch die grüne Wiese. In einiger Entfernung, von Manus roter Terrasse gerade noch einsehbar, ein Pool von nicht einmal protziger Länge, dort sieht Manu einmal, es muss kurz nach Mittag sein, in der heiligen Siestaruhe, die alles im Haus in Watte zu schlagen scheint, eine junge Frau sich für ein Bad bereitmachen.

Wer mochte sie sein? Bestimmt war es keine der Frauen, von denen der Conte längst geschieden war und die, wie er selbst behauptete, völlig aus seinem Leben entschwunden waren, als seien sie dort nie gewesen. Und es konnte auch nicht die junge Restauratorin sein, von Luisas traurigem Ende hatte er ebenfalls erfahren. Oder war sie eine Wiedergängerin, die nach ihrem schrecklichen Tod nachmittags, wenn alles sich der Siesta hingab, noch einmal oder immer wieder hierherkam, um sich im Pool zu erfrischen?

Gab es doch eine neue Geliebte, die der Conte ihm verschwiegen hatte? Es war schwer vorstellbar bei Ignotos eisernem Witwertum. Noch einmal merkt Manu, dass er hier kein Recht hatte, irgendetwas zu wissen, der Conte war ihm keine Rechenschaft schuldig über seine Liebschaften, weder die vergangenen noch die gegenwärtigen, falls es überhaupt solche geben könnte bei dem Herrn, der sich darin gefiel, im asketischen Kult seiner Kunstwerke und wehmütigen Schmerz um die zu früh aus seinem Leben verschwundene Luisa zu verharren. Es gab schattenhafte Bewohner des Hauses, die der Gefangene nie zu Gesicht bekam. Unsichtbare Arme und Hände.

Außer der jungen Frau war niemand auf dem weiten Gartengelände zu sehen. Das Haus war wie ausgestorben, nur die plötzliche Erscheinung dieser Frau war ein bescheidener menschlicher Rest des Alltagsbetriebes auf diesem abgeschiedenen Landgut. Manu blieb wie gebannt auf seiner roten Backsteinterrasse stehen, versuchte seinen Umriss im luftigen silbrigen Blättergewirr des Olivenbäumchens zu verbergen, das in einem Lehmtopf in der Ecke seines Ausgucks stand, ein Exilant aus Apulien, aus Bari oder Lecce, den es in die Po-Ebene verschlagen hatte und der nun mit ihm, dem Eingesperrten, hier auszuharren hatte. Was heißt Bäumchen, es überragte Manus Höhe um einen ganzen Kopf. Fast wie ein Mensch, sagte Manu vor sich hin. Manchmal sprach er stumm mit ihm, spürte eine stille Solidarität von diesem Olivenbaum herkommen, fand seine eigene Anhänglichkeit an diesen Prinzen aus Apulien schon lächerlich und dachte, er werde langsam verrückt in seiner Isolation.

Er dachte an das Gedicht eines amerikanischen Lyrikers, dessen Name ihm entfallen war. Es beschwor die Situation eines Gefangenen in seiner Zelle, der als einzigen Mitbewohner, als einzigen Gegenstand, als einziges benutzbares Gerät in seiner absolut nackten Isolation einen geladenen Revolver hatte. Wer schließt schon einen Gefangenen mit einer Waffe ein? In Einzelhaft für vierzig Tage mit nichts als einem geladenen Revolver. Die biblische Zahl vierzig kam ihm verdächtig vor, und er witterte eine verschüttete Parabel auf das menschliche Leben, diese irdische Einzelhaft oder Quarantäne, in der es dennoch einen Ausweg gibt, der sich schamlos anbietet, ein Mittel, um dem Leiden rasch und radikal ein Ende zu setzen. Einen Pseudo-Trost, mit dem sich alle Hoffnung auf Verbesserung der Situation in Sekundenbruchteilen wegblasen ließ.

Zu seinem einzigen Zeitvertreib in der Dunkelheit entlud er die Patronen, um sie wieder zu laden. Gut zehntausend Mal. Einmal steckte er alle sechs in den Mund, während er masturbierte vor Bildern erinnerter Pornos. Er nahm ihn als Kopfkissen, steckte ihn sich ins Ohr und anderswohin, spielte am Abzug herum. All das war Manu fetzenhaft im Gedächtnis geblieben. Von einigen Gedichten, die uns begleiten, bleiben nur verlorene Krümel, ein-zwei-drei Worte, eine Atmosphäre, ein kurzer Kälteschock oder ein umrissloses Gefühl. Aber an die Schlusszeilen erinnerte sich Manu genau und dankte dem Autor für seine illusionslose, bittere Wahrheit: Es ist möglich, toten, kalten Stahl zu lieben – wenn es nichts anderes gibt. *It is possible to love dead, cold steel – when that's all there is.*

Um nicht völlig zu verzweifeln, hielt er dieser absoluten Einsamkeit samt geladenem Revolver seine Luxushaft entgegen. Er hatte genug Nahrung, mittags wurde ihm ein Teller mit Salat und Käse in die Zelle gestellt, abends wurde er von einem Meister des Monologes zum Dinner gebeten. Er hatte ein Bett und eine Bibliothek, die sich zwar nicht immer am selben Ort befand, aber nach einem blinden Tasten im Dunkeln doch meistens wieder auffindbar war. Er begann dieses närrische Versteckspiel zu lieben. Er war umstellt und eingekreist, ja, gewiss, aber von Renaissancemalern, von einem Philosophen der Freiheit mit schwarzer Melone, der auf Bildern Charlie Chaplin glich, er hatte Romane von Balzac, die er liebte. Er war umgeben von glühenden Kabbalisten und Alchemisten. Und mindestens zwei Bewachern. Und er hatte in einem merkwürdigen Sanktuarium in diesem Haus zwei verehrte Mitbewohner: die Liebenden von Mantua!

Er hatte Schreibgerät, Notizpapier, einen Laptop zur

Verfügung, nur keine Verbindung zur Außenwelt, kein Internet, kein Telefon. Er war zurückkatapultiert in die Steinzeit vor dem rasanten Auftauchen all dieser schlaflosen Kommunikationsgeräte. Er konnte nicht digital ins Universum gleiten, er war in der Analogie der sprachlichen Bilder, der Höhlenmalerei, der simplen kleinen Schwanenknochenflöte, die im Gedächtnis tanzt. Im selben Moment schaukelten Boote aus Nordafrika über das unsichere, nicht mehr weinfarbene Meer nach Lampedusa, sie gingen unter in einem Meer aus letztem Elend. Nur weg von hier, und wenn es das Leben kostet. Was es tausendfach tat. Eine Luxushaft wird doch auszuhalten sein, sagt sein Gedächtnis zu ihm. Wenn man nur das Ende schon kennen könnte.

Und jetzt also tauchte aus dem Nichts eine junge Frau auf, ging mit leichten Schritten auf die Liege am Poolrand zu, legte ihr Handtuch darauf ab, eine durchsichtige Trinkflasche, eine orangefarbene Tube. Nein, nein, sie war nicht nackt, nicht einmal einen zweiteiligen Badeanzug trug sie, der den Blicken des Beobachters wenigstens den Bauch darbieten würde. Alles schien sorgsam bedeckt. Ein gewöhnlicher schwarzer Badeanzug mit grünen, nicht einmal grellgrünen Mustern oder Blumen darauf. Nichts, was im gewöhnlichen Leben draußen Anlass zur Erregung wäre, und doch ... war die ganze Erscheinung von solch einem die Phantasie berauschenden Reiz, von einer den Atem benehmenden Anmut, jede Geste, das sanfte Ablegen des Handtuchs, der vorfreudige Blick auf die türkisblaue Wasserfläche, der prüfend hineingestreckte Zeh, der Blick rundum, ob sie nicht jemand beobachtete.

Nein, keiner, niemand. Allein mit dem herrlichen Wasser. Die Erscheinung machte Manu träumen, diese sanfterotische Pantomime, das nur schwer zu erkennende Lächeln auf diesem Gesicht, das Manu sich unspektakulär schön ausmalte. Von dem platschenden Geräusch, das deutlich bis auf seinen verzweifelten Balkon und bis zum Versteck hinter dem Olivenbaum drang, wurde er aufgeschreckt. Die unbekannte Schönheit begann ihre Schwimmbewegungen, mit fast sprühender spürbarer Lust tauchte sie den Kopf unters Wasser, schwamm ein paar Längen hin und her und drehte sich auf den Rücken, vertraute sich selig dem Wasser an, bewegte nur leicht ihre Arme und Beine, hob den Bauch sachte an die Oberfläche, legte den Kopf in den Nacken und streckte das Gesicht komplizenhaft der Sonne entgegen. Nur so ließe sich alle verunglückte Kindheit abstreifen und vergessen. Nur schwimmend, nur allein. Nur das war die Kunst.

Sie fühlte sich ganz offensichtlich allein und unbeobachtet, sie schien die Rituale im Haus zu kennen, die Sicherheit, in dieser Stunde in Ruhe gelassen zu werden, schien absolut, und der ganze Vorgang scheinbar unertappter Intimität hielt Manus erregten Blick fest gebannt. Außer Armen und Beinen keine Körperstrecke, kein schmales Pfädchen, kein Winkel, keine Hautfalte entblößt, kein Schamhaar, und dennoch zittert der Beobachter vor diesem geschenkten Augenblick. Die unnackte, zahmbedeckte Verborgenheit schien plötzlich explodierend nackter als jede grelle Entblößung.

Solcherart sind die Spektakel, die eine fortdauernde, das Ende noch nicht kennende Isolation hervorbringt. In seinem Kopf lief ein leiser Film an, er stellte sich vor, wie sie nach dem Bad zu ihm heraufkäme, ins Zimmer träte, ohne anzuklopfen, das Haar noch nass, die Hände rüttelnd und mit dem Handtuch durch die Strähnen reibend, die Schenkel kühl, um eine wärmende, gelassen unheftige Berührung bittend. Worauf wartest du, so viel Zeit haben wir gar nicht, aber wir haben welche, komm jetzt, ich muss bald wieder gehen. Hände, Haut, Atem, Lippen ... kühl geküsst.

Als Manu wieder aufsah, war die Erscheinung verschwunden. Nur diese zehrende Wehmut, der Wunsch, es bleibe nicht bei der einen und einzigen Pantomime, blieben in ihm zurück.

Der Anblick der Schwimmerin hatte das Gefühl der Isolation, das Bewusstsein seines Gefangenseins, noch vergrößert und verschärft. Er versuchte, wenn er in der Stunde vor dem Abendessen auf dem Bett lag, nicht erschöpft, aber leise ermüdet von der Schreibarbeit, sich an die Gänge durch Mantua zu erinnern, an das Flanieren im Strom der Mitflanierenden, an verbummeltes Stundenglück. Er hatte sich noch nie so sehr nach Menschen gesehnt.

Wer nur war die Frau, die so leichthändig Besitz ergriffen hatte von dem Pool, der ihr wohl kaum gehörte? Manu hatte vor, jeden Tag bei etwa gleichem Sonnenstand auf die Terrasse zu gehen, hinter seinen Komplizen, den Olivenbaum, zu treten, und den Neubeginn der Pantomime abzuwarten. Schon am nächsten Tag war der Himmel verhangen, ein paar schüchterne Regentropfen waren auf dem roten Balkon zu riechen. Die Pantomime war abgesagt.

COLD SONG

In jener Nacht vibrierte das Zimmer, in dem Manu schlief. Er dachte zunächst an ein Erdbeben, Raffas Bericht hatte in ihm Antennen wachgerufen. Ja, das ganze Zimmer dröhnte und vibrierte. Ein Nachbeben, ein ganzes Jahr danach? Es waren die zitternden Sekunden vor dem Aufwachen. Es musste drei oder vier Uhr morgens sein, als er von dieser plötzlichen überlauten Musik geweckt wurde. Welcher Gott der Schlaflosigkeit beschallte zu dieser unchristlichen Uhrzeit das Anwesen des Conte? Manu sprang auf wie eine Feder, tastete sich bis zur Tür, öffnete sie nervös, sah und hörte seinen von den Toten auferstandenen Wächter Salvatore in seinem Sessel so laut schnarchen wie immer. Er schien nicht die geringste Lust zu verspüren, ans Aufwachen zu denken. Und Manu glaubte für einen Moment, dass er sich die Musik nur einbildete, vielleicht klang sie nur für ihn, vielleicht machte sein Gedächtnis Musik?

Er ging zurück zu seinem vor Unlust knirschenden Bett, aber die Musik dauerte fort in seinen Ohren, überdeutlich, fordernd und klagend. Hörte der Conte vielleicht im Untergeschoss seiner Trauer diese Musik, die Salvatore selig schnarchend überhörte und die er, Manu, auf beklemmende Weise wahrnahm, wahrnehmen musste?

Es war klar und deutlich Purcells *Cold Song.* Der Frostgesang eines von der Liebe alias Cupido auferweckten Eisungeheuers im dritten Akt der King-Arthur-Oper, so klirrend fremd, wie nur Eros selbst klingt, wenn er statt Pfeil und Bogen seine Stimme benutzt, um die Getroffenen zu unterwerfen, eine Arie, bei der es selbst einem Murmeltier eiskalt über den Rücken laufen musste. Manu dachte an eine Aufnahme von Klaus Nomi, die ihm nachging, die in seinem mitten im Mantuaner Sommer plötzlich winterlich angehauchten Ohr zitterte und keuchte. Was bist du bloß für eine Macht ... die mich von tief-tief unten auferstehen macht ... unwillig-langsam, bis ich aufrecht steh ... auf Betten von ewigem Schnee ...

Eros war die Macht, die auferstehen macht, die jedes noch so kalte Herz aufzutauen versteht. Und Purcells erschrockener Eisgeist will nichts anderes mehr, als in die Tiefkühltruhe seiner Erstarrung zurückzukehren ... weil die Liebe ihn verbrennt. Hörte Ignoto sein eigenes, durch die Liebenden von Mantua aufgetautes Herz? *What power art thou, who from below, / Hast made me rise unwillingly and slow / From beds of everlasting snow?*

Und dann die beharrlich wiederholte klagende Befehlsform: So lass mich, lass mich, lass mich, lass mich wieder gefrieren ... Lass mich, lass mich wieder zu Tode gefrieren! *Let me, let me, let me, let me, / Freeze again ... / Let me, let me, / Freeze again to death!*

Für Momente schien es Manu, als ob er die Bassstimme des Conte hörte. Sang er die Arie wirklich selbst, sang sein aufgetautes Herz? Jaulte er da unten im Keller zu dieser lauten Musik auf vor Schmerz? Wollte er endlich wieder zu dem Eisblock gefrieren, in den er sich nach Luisas gewaltsamem Tod verwandelt hatte ... bis zu dem Tag, als es den Liebenden von Mantua durch wundersame Magie gelang, ihn aufzutauen? Da gruben Archäologen dieses jungsteinzeitliche Skelett aus und schenkten ihm eine Idee, die ihn wärmte. Eine neue Religion der Liebe, von kalten Knochen erzeugt. Wenn das kein Opernstoff war!

Am nächsten Morgen, es war noch sehr früh, sieht Manu nach einer schlaflosen Nacht einen einzelnen Bogenschützen, der im Park seine Zielgenauigkeit prüft und übt. Sonst war noch kein Mensch oder Tier draußen. Manu beobachtet ihn eine ganze Weile, versteckt im Flirren der Olivenblätter auf der Halsbrecherterrasse. Der Mann zielt konzentriert auf irgendwelche seltsamen Götzenbilder, die aus der Ferne nicht zu erkennen waren, schießt und zerfetzt sie, aber kühl und gefasst, ohne Zorn und ohne Triumph. Eine strenge Übung eines offenbar sicheren Bogenschützen. Ein Pfeil nach dem anderen trifft zischend ins heiße Herz der Phantome. Als die Gestalt mit großen Schritten in Richtung Villa zurückkehrt und schon fast an der breiten Glasfront der Eingangshalle angelangt ist, beugt sich Manu leicht über die Brüstung, um zu erkennen, wer es sein könnte. Einer aus der Schar der auf dem Ölberg dösenden Bewacher? Ein fremder Unbekannter?

Manu sieht jetzt, dass der Schütze eine Maske trägt, eine Art Ledermaske mit einem lachenden Mund, vielleicht von irgendeinem lokalen Karneval oder aus dem nicht allzu fernen Venedig? Der Schütze will offenbar nicht gesehen, nicht erkannt werden. Manu beugt sich gewiss zu rasch vor und erzeugt von oben einen vagen Schatten, als er den Bogenschützen fixiert. Der Mann mit der Maske hebt den Kopf und erblickt den Beobachter ebenfalls, macht jedoch keine Anstalten, seine Maske abzunehmen oder rasch durch die Glastür zu treten. Vielleicht wollte er doch gesehen werden. In seinem erhobenen reglosen Kopf lag eine Drohung.

Manu lag jetzt wieder auf seinem Bett und suchte eingerollt wie ein vergrößerter Embryo endlich den Schlaf. Meist schlief er unbedeckt, die Temperaturen waren mild und nicht feindselig. Die Nacht mit dem *Cold Song* nistet noch in seinem Gehirn. Hatte er die überlaute Musik aus dem Untergeschoss und Ignotos Stimme wirklich gehört?

Oft hatte er hier Träume, einige Male auch Albträume, aber nicht durchwegs. Er hatte sich immer als begabten Träumer betrachtet. Vielleicht war es das Einzige, was er … beherrschte ist gerade nicht der richtige Ausdruck. Die bizarr versponnenen Relikte der Vergangenheit suchten ihn gerne heim, und er mochte ihre seltsam gemischte Gesellschaft und die fabelhaft unpassenden Epochen. Das Unbewusste spielte gern mit ihm, und die Zeit war auch *sein* liebstes Spielzeug. Laure, ungealtert oder merkwürdig verjüngt, schien begierig zu sein, auch hier immer wieder aufzutauchen.

Aber ist es nicht völlig verkehrt, die sogenannte objektive Wirklichkeit und den irrlichternden Traum streng voneinander zu trennen? Wir leben in Übergängen und Romanen, dachte Manu, in Tagträumen, unwahrscheinlichsten Wirklichkeiten. Unsere Wachwahrnehmung wird durch ständig einschießende Imagination beeinflusst. Eigentlich sind wir phänomenale Dauerträumer, für die Erkenntnis knallharter Realität ungeeignet. Objektive Wirklichkeit? Sie macht sich lustig über uns … Nie hat Manu so viel geträumt wie während des Schreibens an seinen sieben Romanen. Seine sieben Leben sind die siebenfachen Hüllen des Traums.

Die uralte Schamanenrolle, die es erlaubt, Zugang zur Geisterwelt zu gewinnen, hat im Roman endlich seine Renaissance erlebt. Alles wünscht Kontakt und Kommunikation. Niemand ist eine Insel. Unsere Gehirne lechzen nach Botschaften, nach Besuchen von längst Toten, nach schierer Hellsichtigkeit, telepathischer Kommunikation, nach der Freisetzung kosmischer Information. Vergangenheit und Zukunft existieren träumend vereint in der Gegenwart. Wir sind im Traum schon dort, und die Toten haben uns nie wirklich verlassen. Das Leben offenbart sich in der plötzlich hervorbrechenden Vision.

All das ausgerechnet in Mantua, wo Romeo träumte, er sterbe und Julias Kuss hauche das Leben in seinen Körper zurück. Er glaubte hier an einen guten Ausgang, an die Vereinigung der Liebenden. Es wird alles gut ... es wird alles gut ... so haarscharf knapp vor der Katastrophe, vor dem letzten von Shakespeare inszenierten Erdbeben in Verona. Manu liebt allein schon die schroffe Anweisung des 5. Aktes, 1. Szene: MANTUA. A STREET.

If I may trust the flattering truth of sleep, / My dreams presage some joyful news at hand ... Wenn ich der Schmeichelwahrheit meines Schlafes ... trauen darf, so deuten meine Träume ... frohe Nachricht bald ... ich träumte, meine Lady kam ... und fand mich tot ... seltsamer Traum, der einen Toten denken lässt ... und haucht mir Leben ein ... mit ihren Küssen ... so dass ich aufstand und ein Kaiser war ...

In Mantua, ausgerechnet in Mantua, wo Giulio Romano seine *Due Amanti,* seine *Two Lovers,* malte, die heute in Sankt Petersburg auf der Ottomane liegen, ausgerechnet in Mantua, wo derselbe Maler auf den Wänden des Palazzo Te Amor und Psyche beim Hochzeitsmahl luftig umschlungen auf die bequeme Liege zauberte, ausgerechnet hier hat das liebende Paar aus dem jungsteinzeitlichen Lehm endlich seine Auferstehung gewünscht. Das können doch keine Zufälle sein, Raffa! Geronimo! Fatalito! Jedes Orakel ist ein großes dunkles Brummen und Schnarren.

MANTUA. A STREET. Romeo träumt von einem guten Ausgang und taumelt in den Tod. MANTUA. A STREET. Wir sind in der Stadt der etruskischen Wahrsagerin. MANTUA. A STREET. Mantua hat mich verführt, entführt, denkt Manu, jetzt soll es mich auch wieder ausspucken und freilassen. Mantua!

Später wird Manu im Rückblick versuchen, das Ereignis zu bestimmen, mit dem alles ins Rollen kam, auf das unausweichliche Ende zudrängte. War es Salvatores erster Tod, die Entdeckung der Schwimmerin, der plötzlich überlaute *Cold Song* in der Tiefe der Nacht, der seltsame Bogenschütze im Morgengrauen, die Erinnerung an Romeos Traum vom guten Ausgang der Tragödie? MANTUA. A STREET.

EIN PHANTOM IN DER ARENA

Sie fahren mit Raffas geflügelter Rumpelkiste nach Süden, Richtung Parma, hinaus nach Sabbioneta, der von irgendeinem Neben-Gonzaga namens Vespasiano befestigten Idealstadt der Renaissance, kleines funkelndes Juwel inmitten der Ebene, wo die Fabriken geschlossen sind und eine illusionslose Gegenwart ihr OHNE ARBEIT OHNE ZUKUNFT als Plakat an den Himmel hisst. Im Herzogspalast stehen lebensgroße braune und schwarze Pferdestatuen aus Holz herum, mit forschenden Augen, die Raffa unverhofft wiedersehen wird. Ja, in einem seiner Träume ist der ganze Palast voller Pferde, und der Gast, der nicht weiß, wie er hierhergekommen ist, taumelt von Raum zu Raum unter den vorwurfsvollen Pferdeaugen.

Und dann Sabbionetas *Teatro Olimpico* mit seinem hohen Säulenhalbrund auf der Galerie, auf dem die versammelten griechischen Götter stehen und nachdenklich auf den Zuschauer herabschauen. Raffa sagt scherzhaft zu Lorena, er suche den Gott *Terremoto* und die Göttin *La Crisi* unter ihnen und könne sie nicht finden, kannst du mir helfen? Das Theater aber ist bis auf die Götter gespenstisch leer, als sie es besichtigen. Sie sind die letzten Touristen auf diesem Planeten.

Lorena scheint Vergnügen daran zu finden, Raffa an Plätze und Orte der Stadt zu führen, die er vor lauter Tunnelblick auf die Erdbebenschäden übersehen hatte. Als bedeute Mantua nur Erdbeben – Lorena schüttelt den Kopf und lässt ihr geheimnisvolles Lächeln sehen. Sie zeigt ihm auch das Bibiena-Theater in der Altstadt von Mantua, und an dem Tag, als sie diese gedämpfte Rokoko-Schatulle besuchten, gab es auch dort keine Menschenseele. Leere Theater sind so unheimlich wie Fingerhüte. Sie müssen voll sein, sonst sind sie eine lauernde Bedrohung. Lorena schaute hinauf und sagte, die Logen mit ihren kleinen Balustraden erinnerten sie an Bienenwaben, Raffa erinnern sie an Gräbernischen, an Katakomben. Lorena erzählt ihm, dass Mozart hier 1770 sein erstes Konzert in Italien gegeben habe, als er dreizehn war. Einmal, als Raffa den Blick zum Theaterhimmel hebt, merkt er, dass jemand von oben sie beide beobachtet, aus einer Loge des zweiten Stockwerks. Es ist also doch jemand da. Das Alleinsein ist eine Illusion. Schnell verschwindet der Beobachter hinter einer Säule. Vermutlich eine Reinigungskraft. Raffa schenkt dem Blick, der sie von oben trifft, keine besondere Aufmerksamkeit.

Und dann lädt Lorena ihn überraschend ein, in der Arena von Verona eine Oper zu sehen, Charles Gounods *Roméo et Juliette*. Sie hat von einem Freund, der dort als Beleuchter arbeitet, einfache unnummerierte Plätze geschenkt bekommen. Oben, auf den Steinrängen, die römischen Quader waren ihre Sessel, Lorena hatte zwei Kissen mitgebracht, Sandwiches, eine kleine Flasche Rotwein. Es war herrlich, es war ein Fest. Die Arena war gut gefüllt, sie genossen die Blicke hinab in die Schlucht, auf die vermögenden Opernbesucher.

Sie gingen eine Stunde früher hin, um die Atmosphäre zu genießen, um zu sehen, wie sich die teuren Plätze unten vor der Bühne mit Roben und Schleppen füllten, wie der rote Teppich zitterte vor Bedeutung und Erregung. Der Blick von oben war diesmal der Blick von unten. Aber die Richtung spielte jetzt keine Rolle mehr. Sie waren aufgeregt, Lorena aber merkwürdigerweise noch mehr als er, der Fremde. Sie ließ ihren Blick schweifen, suchte immer wieder eine bestimmte Stelle in diesem Rund. Raffa fragte:

Hast du jemanden dort drüben erkannt, eine Freundin, einen Bekannten?

Nein, nein, ich schaue mir nur all die Leute an.

Es war klar, dass nicht nur sie beide sich vor dem Schauspiel und während der Pausen wenigstens einen Bruchteil der tausend Zuschauer anschauen wollten. Die Arena war voller Blicke wie kreuz und quer fliegender Schwalben. Auch sie selbst wurden beobachtet. Irgendwessen Augen, Raffa spürte es, hefteten sich immer wieder auf die beiden Zaungäste auf den Beleuchterplätzen.

Sie saßen zu dritt in der übervollen und in Lorenas Augen zugleich gähnend leeren Arena. Ein Phantom war mit ihnen, schaute zu ihnen herüber – mit leichter Wehmut oder Empörung, vielleicht auch nur Resignation. Ich bin hier. Ich bin nicht mehr hier. Ich sitze neben dir.

Lorena war minutenlang wie abwesend, in einem eigenen Traum befangen, als ob sie sich erinnerte, schon einmal ganz in der Nähe, dort drüben, weiter rechts, mit jemandem gesessen zu haben. Der jetzt zu ihr herüberblickt. Raffa hatte den Eindruck, dass sie hier nicht nur die Musik hören, die Inszenierung genießen wollte. Sie suchte hier noch etwas anderes, einen Schatten, eine Erinnerung. Oder *jemand* anderen. Es gab keine Zeichen auf den groben Steinquadern, die Rückenlehnen wurden vom oberen Rang gebildet. Wie viele haben vor uns hier gesessen und Romeo und Julia gelauscht …

Es war, als ob Lorena die Atmosphäre einatmete, sie sog mehrmals auffällig die Luft durch ihre Nasenflügel ein. Sie war plötzlich verstummt, erschien ihm, als er sie von der Seite ansah, bizarr und fremd. Raffa hatte das Gefühl, er sei ein Stellvertreter in einer fremden Inszenierung. Plötzlich kam ihm wieder zu Bewusstsein, wie wenig er von ihr wusste, wie gut sie es verstand, auszuweichen, irgendein Geheimnis zu bewahren, das ihn allmählich doch beunruhigte. Er hatte sich vorgenommen abzuwarten, sie nicht zu bedrängen, eine solidarische Distanz zu wahren, doch jetzt musste er endlich etwas tun, um mehr über sie zu erfahren. Die Arena von Verona schrie nach einer Lösung.

Die Türme der Capulets und Montagues wurden herumgeschoben, hohe Metallgerüste mit mehreren durchsichtigen Etagen, auf denen sich Chöre gegenüberstanden. Prachtvolle rote und violette Kostüme flammten auf unter den Scheinwerfern. Ein merkwürdiges, Feuer speiendes Gefährt kam hereingerollt, ein Modell-Oldtimer mit ausfahrbaren Flügeln, mit dem Romeo eintrifft. Zwei Stunden zuvor hatte es geregnet, alle bangten, ob das Spektakel auch wirklich stattfinden würde. Jetzt schaute manchmal der Mond nachdenklich hinter dunklen Wolken hervor, Kerzen wurden hinter der Bühne von huschenden Schattengestalten auf den Steinrängen ausgelegt und verlöschten nach und nach.

Der Fünfte Akt, den Gounod sich eigenwillig anders ausgedacht hat. Die beiden Liebenden von Verona bekommen eine letzte gemeinsame Minute. Romeo hat das Gift bereits eingenommen. In diesem Augenblick erwacht Juliette aus ihrem todesähnlichen Schlaf. Noch einmal erinnern sich die beiden an die glücklichen Stunden ihrer Liebe. Ein Minuten-Zeitfenster. Dann verlassen sie gemeinsam diese Welt.

Aber da kommt die Überraschung. Romeo steigt wie ein Phönix aus der Asche. In der Inszenierung von Francesco Micheli nimmt der plötzlich erstarkte Romeo seine Juliette auf die Arme und rennt federnd kraftvoll mit einer fast unheimlichen, animalischen Geschwindigkeit aus der Arena.

Kein Gift der Welt kann ihn aufhalten. Das Publikum jubelt über diesen überwältigenden Schnelllauf und symbolischen Sieg über den eigenen Tod. Er rennt mit ihr ins Jenseits. Unglaublich schnell, er muss das oft geübt haben, sich im Fitnessstudio gestählt haben für diesen Parforcelauf hinaus aus der Lebensarena.

Lorena erwacht jetzt wie aus einer Hypnose. Sie ist wieder aufmerksam, lächelt Raffa zu. Sie ist seltsam erleichtert, als hätte ihr die Schlussszene mit diesem unerhörten, überraschenden Lauf eine Befreiung geschenkt. Schweigend gehen sie in den Menschentrauben zu den Treppen und zum Ausgang. Sie folgen der Menge auf die Piazza Brà.

Nach der Vorstellung sitzen sie auf der riesigen Piazza in einem der zahlreichen Restaurants. Es ist nach Mitternacht, vielleicht schon ein Uhr oder später, doch fast alle Plätze sind gefüllt. Sie bestellen eine Pizza für zwei, der Hunger ist kleiner als die Arena, Lorena war jetzt wieder aufgetaucht, sie wusste wieder, wer er war, sie schien die Atmosphäre auf der Piazza zu genießen. Der Schleier war abgefallen, sie war erwacht.

Plötzlich ein altes Männchen, das in die Hände klatscht und von der Arena herkommend den Herold spielt.

Signore, Signori! Hier kommt Giulietta!

Und die Sängerin Lana Kos geht mädchenhaft mit einem großen Blumenstrauß hinter dem greisen Kobold her. Die Leute erheben sich von ihren Plätzen, lassen ihre Pizzen und Pastateller einen Augenblick unbeachtet, lassen sich anstecken von so viel Begeisterung jenseits der Mitternacht, klatschen heftig in die Hände und rufen: Brava! Brava! Brava!

Giulietta nimmt den hundertfachen Applaus anmutig lächelnd entgegen und schreitet weiter in eines der Restaurants rechts von Lorena und Raffa, wo sie ein Souper im Kreis von Bewunderern genießen wird. Alle setzen sich, schütteln die Köpfe vor grenzenloser Belustigung.

Fünf Minuten später das gleiche Männchen nochmals, wieder in die Hände klatschend. Jetzt kommt Romeo aus der Garderobe geschritten: *Ecco Romeo!* Ein schöner, jugendlich wirkender Mann, der Sänger Vittorio Grigolo. Wieder stehen alle auf und applaudieren: Bravo! Bravo!

Raffa glaubt, noch einmal einer Oper oder einem Theaterstück beizuwohnen. Wahnsinnig, diese Italiener. Die Göttin *La Crisi* mag sie fest im Griff haben, aber nicht heute Abend. Heute gibt es nur Veronas ewige Lokalheilige Romeo und Giulietta, die jede Krise zerstäuben lassen, die lautstark und enthusiastisch gefeiert werden müssen, als könnten sie mit ihrem finalen Lauf nicht nur dem Tod, sondern zugleich der Pleite entgehen. Die Piazza Brà feiert brodelnd ihre Heroen. Alles andere zählt nicht. Natürlich sitzen hier die Roben aus der Arena und ein paar unverhofft mit geschenkten Plätzen versorgte entzückte Zufallsgäste, aber wer weiß, vielleicht auch die lallenden Bankrotteure, deren Fabriken man gerade geschlossen hat. Aber nein, das sind nicht sie. Es ist eine Verwechslung. Ein Abend der Verwechslungen. Das Leben selbst ist vielleicht nur eine Verwechslung. Von Anfang an ein phänomenales Missverständnis.

Sie fuhren mitten in der Nacht nach Mantua zurück, eine opernhafte Heiterkeit hüpfte zwischen ihren Gehirnen. Das Phantom hatte sich im Mondlicht aufgelöst. Aber in Raffas Hirn reift ein Plan.

ELEA ODER DAS MITLEID

Manu versuchte die Dinge auseinanderzuhalten, aber gerade das vermochte er immer weniger. Nichts war mehr zu trennen. Er steckte fest in seiner Zeitschleife, in der er zu träumen schien und dennoch von Augenblicken überwachen Bewusstseins überrascht wurde. Alles auf die bunten Säfte zu schieben, die der Conte ihm ins Zimmer stellen ließ, war zu einfach. Renaissance und Jungsteinzeit, die Erdbebenzonen des Lebens, Traum und Wachgebiet, Liebe und Religion, Kabbala und Alchemie mit ihrer SOLUTIO PERFECTA … all die Stränge verschlingen sich gegenseitig und werden bedrohlich untrennbar. Manchmal hielt er sich für eine Biene, die Ultraviolett als deutliche Farbe wahrnimmt, aber die Farbe Rot ist für sie – schwarz. Sie sieht mehr Farben als wir, aber sie ist rotblind. Überreiches Sehen, fette Träume, halbe Blindheit, wenn Rot fehlt. Manu glaubt die Trennungen zu verlieren.

Er träumt jetzt immer öfter von Laure, von dem einst möglich scheinenden gemeinsamen und geteilten Leben, das an seinem Blick auf die Liebe gescheitert war. Er hatte es lange nicht wahrhaben wollen, dass es für sie undenkbar war, in der Radikalverbundenheit der Zweizahl zu verbleiben. Sie entfernte sich von ihm, und er verpasste den entscheidenden Zeitpunkt, sein bisheriges Leben zu ändern. Sie schloss die Tür hinter sich und ließ ihn dort im Dunkel zurück.

Manu hatte von Laure geträumt, oder sie von ihm? Wer kann das so genau wissen. Er erinnert sich an eine bizarre Dichterin, die behauptete, dass zwei getrennte Menschen, die gleichzeitig träumen, sich im Traum begegnen können:

Das Frühjahr bringt den Schlaf ... komm schlaf jetzt ein ... wenn auch getrennt ... erfüllt sich's, schau ... alle Vereinzelung ... vom Schlaf vereint ... vielleicht sehn wir uns doch im Traum ...

Der Traum versammelt das Getrennte, Vereinzelte, Verstreute. Schlaf jetzt ein, damit ich dir im Traum begegnen kann. Aber sie ist blind, auch wenn er sichtbar, nicht unsichtbar wäre, könnte sie ihn nicht sehen. In welchen Meeren ... welchen Städten soll ... ich suchen jetzt ... (dich Unsichtbaren – ich, die Blinde!) ... ich lass dieses Geleit ... den Leitungskabeln, voll ... von Tränen ... mich an Telegraphenmasten bindend ...

Doch diese Folter ... ohne Ufer, Rand ... denn ich versichre dir ... beim Zählen mich verlesend ... dass alle ich in dir verliere, samt ... den irgendwann und irgendwo einst *Nichtgewesenen*!

Manu hatte Laure verloren und mit ihr alle Frauen. Aber wie sollte Laure verloren sein, wenn sie einmal da war. Wer wirklich liebt, vergisst erst spät. In den Liebenden von Mantua, die ihn in die Stadt der Gonzaga gelockt und ihm Entführung und Gefangenschaft beim Conte eingebracht hatten, versuchte er wenigstens das Skelett der alten Liebe aufzuspüren. Seine Liebe war vor sechstausend Jahren gestorben und wurde mit einer Klinge und zwei Pfeilspitzen bestattet.

Einmal schlägt Manu im Traum die Augen auf, da sieht er klar über sich ein herabgebeugtes weibliches Gesicht, das ihm direkt in die Augen schaut, während der matte Schein der Lampe über ihn streift, einmal hinauf, einmal hinunter. Wie war die Frau hier hereingekommen? Seine Tür wurde doch bewacht. Sie hat eine Taschenlampe in der linken Hand, kein grelles Licht, ein Tuch ist darüber gelegt, sie tropft nicht wie eine Öllampe, aber er erkennt, dass sie in der anderen Hand ein schmales, schlankes Messer trägt, eine geschwungene Klinge, vielleicht ein Rasiermesser. Merkwürdigerweise fühlt er sich nicht bedroht, als würde der Traum ihn beschützen.

Er spricht sie halb benommen, aber deutlich an:

Bist du es, Laure?

Nein, Elea!

Sagt sie und verschwindet sofort aus seinem Gesichtsfeld, indem sie die Lampe löscht. Geräuschlos fliegt sie aus dem Zimmer. Hatte sie ihn beobachtet, aber wozu? Jemandem beim Schlafen zuzusehen war ein Einbruch in seine Intimität, die Übertretung eines Gebotes, ungehöriger, als ihn nackt zu sehen. Der Schlaf macht verletzlich. Schlaf ist wie Scham.

Und warum hat die weibliche Erscheinung, die sich über ihn beugte, nur zwei Worte gesprochen, aber keinerlei Erklärung, nur eine Verneinung und ein Etwas, das ihr Name sein musste: ELEA! Manu kannte niemanden dieses Namens. Was machte sie hier in Ignotos Villa, des Erzwitwers und Erzpriesters einer neuen Religion der Liebe? Die einzige Frau, die er hier gesehen hatte, war … die Schwimmerin, die er wenige Tage zuvor in der Mittagszeit beobachtet hatte. Oder nein, da war noch ein Gesicht, nachts in der Bibliothek, das ihn vom dunklen Draußen aus beobachtet hatte und das er, über die Alchemisten gebeugt, für eine Halluzination hielt. Aber war es dasselbe Gesicht?

Elea! Manu nahm sich vor nachzuforschen, was das Wort bedeuten könnte. Es gab eine Stadt in Süditalien mit diesem Namen, sie hatte den Philosophen Parmenides hervorgebracht, und mit ihm ein Bündel schroffer Rätsel. Aber nein, es konnte auch eine Kurzform des Namens Eleonora sein. Oder kam er von Eleos, der Verkörperung des Mitleids? Jedenfalls war die Silbe dort intakt.

Die Gliedmaßen ineinandergeschoben, gekreuzt, verschlungen in einer letzten Umarmung. Die kleinen Grabbeigaben nichts Spektakuläres, nichts, was an Schmuck und Luxus oder höhere gesellschaftliche Stellung denken ließe: keine Prunkäxte, keine Keramik, keine ausgefeilten Gerätschaften, nur eine Steinklinge und zwei Pfeilspitzen aus Silex. Andere Dinge, Ledergürtel, Birkenrindengefäße, Gerätgriffe aus Holz ... wären aus vergänglichem Material gewesen. Keine Spur ist davon übrig geblieben. Nur Steinklingen, aber kein Schmuck. Nicht einmal der Traum von Gold und wertvollen Muscheln. Die beiden Liebenden waren gewöhnliche Menschen, kein Hauch von Oberschicht und Würdenträger. Zwei schlichte Individuen. Sie besaßen nichts als diese noch in der Haltung ihrer Skelette angedeutete Liebe, und auch die nur von fern noch ahnbar in den einander zugewandten Schädeln, in den zärtlich umfangenden Armen, in einem skizzierten Lächeln. Nicht Rang noch Reichtum, nur die simple Zeugenschaft ihrer Knochen, ihrer mineralischen Überreste.

Sie wurden falsch gebettet, Nord-Süd-Achse, wie eine menschliche Kompassnadel, in Dutzenden jungsteinzeitlicher Gräber war es anders, Ost-West-Achse, der Tote blickte der aufgehenden Sonne entgegen, die seine Glieder wärmen und auferwecken würde. Er blickte in eine Landschaft hinaus, die er auch dort wiedersehen wollte. Ein unterirdischer Balkon auf das gute Leben, auch wenn das vorherige kräftezehrend, kalt und nahrungsarm war. Aber das Bett hatte hier die falsche Richtung. Die Liebenden von Mantua waren die FALSCH GEBETTETEN. Sie würden keine Sonne jemals wiedersehen. Sie brauchten keine Sonne mehr.

Die Toten bettete man auf der Seite liegend mit angewinkelten Beinen, es wird als Schlafhaltung gedeutet – sich einrollen, einkugeln, um die Wärme zu bewahren, die Fersen möglichst nah an den Oberschenkeln oder am Gesäß, um kein Feuer zu vergeuden. Eine Sparhaltung, der Embryo macht es vor, wenn er der Geburt entgegenschläft, der Tote, wenn er dem neuen Leben entgegendämmert. Jeder Embryo ein jungsteinzeitlicher Toter.

Die Rache der Lebenden hat viele Skelette jener Epoche entstellt, Feinde oder Peiniger wurden zerteilt, der Kopf abgetrennt, zerborstene Knochen, eingeschlagene Schädel, sie wurden wie Abfall hinausgefegt, sie sollten nie als ganze Wesen im Jenseits ankommen, sie sollten die Krüppel des jenseitigen Lebens bleiben. Viele jungsteinzeitliche Bestattungen sprechen die Sprache der Gewalt, viele waren lieblose Entsorgungen. Nichts von alledem bei den Liebenden von Mantua. Ein schlichtes Monument der Zuneigung, das sich weit über den Tod hinauskatapultiert. Egal, dass sie falsch gebettet wurden. Wir träumen alle in die falsche Himmelsrichtung. Elea weiß nicht, dass sie Mitleid heißt. Er möchte sie noch einmal schwimmen sehen.

SALVATORES TODE

Es war dieselbe heftig ausspuckende Figur, die er kurz zuvor von seinem Ausguck aus einen Hund erwürgen sah. Manu wollte sich mit einem scharfen Zuruf einschalten, doch wusste er bereits beim Mundöffnen, dass er hilflos da oben stand auf seiner roten Zellenterrasse, auf seinem neolithischen Beobachtungsposten, ohne Macht, ohne Zugriff. Dass sein lautes Schreien kein wirksames Dazwischentreten wäre, sondern nur einen kleinlichen Aufschub bedeutete und sinnlos war.

Eine Lamelle aus Feuerstein kann rasiermesserscharf sein. Mit ihr kann die Befiederung der Pfeilschäfte bewerkstelligt werden, können die Federkiele halbiert werden. Ein Feuersteingerät kann schaben, schneiden, schnitzen, kratzen, hobeln und glätten. An einer Kante kann Sichelglanz sich bilden, wenn kieselsäurehaltige Pflanzenhalme geschnitten werden.

Oder täuschte er sich, war es nur eine heftige Liebkosung der Hände um den Hals des Hundes? Ein ruppiges verspieltes Schütteln, wobei das Tier seine speicheltriefende Zunge herausgleiten und baumeln ließ, war es mehr aus Lust und Zuneigung als aufgrund eines unvorhergesehenen Angriffs? Oder wollte Salvatore sein Spiel mit dem zutraulichen Tier treiben, es vorerst im Ungewissen lassen, dann nach und nach das Schütteln verstärken und den Griff schließen?

Feuersteinführende Schichten gibt es vielenorts in den südlichen Kalk-Alpen, etwa in den Monti Lessini östlich des

Gardasees. Von dort ist es nur ein Schritt hinaus in die Po-Ebene, wo ein Händler das Material anbieten kann. Beide Flächen der Pfeilspitzen wurden retuschiert. Es ist eine Rundumbearbeitung, also ein zweiflächiges Retuschieren. Mit einem Druckstab können Feuersteinklingen weiterverarbeitet, abgedrückt und geschärft werden. Der geschnitzte und geglättete Dorn im Inneren des Retuscheurs aus Eschenholz (Fraxinus excelsior) ist ein Hirschgeweihspan, der feuergehärtet wurde. Ein Präzisionsgerät zur Herstellung einer Vielzahl von verwendbaren Klingen.

Ist es so einfach, einen Hund zu erdrosseln? Manu konnte es sich nicht vorstellen. Die starke Halsmuskulatur eines in der Jungsteinzeit domestizierten Halbwolfs, der eiserne Lebenstrieb, der von jeher in jedem steckt, die ultimative Mobilisierung sämtlicher Kräfte, das letzte blindwütige Aufbäumen, um dem Ausgang zu entgehen. Und dann genügten ein paar entschlossene Menschenhände, die sich um den dicht bepelzten Tierhals legen?

Mit dem harten Arbeitskopf werden feine, muschelförmige Splitter von einer Rohklinge abgedrückt. So entsteht die gewünschte Klingen- oder Pfeilspitzform, so kann eine Schneide nachgeschärft werden. Feuerstein ist nicht das einzige Gestein, das für Klingen und Pfeilspitzen genutzt wurde. Auch erstarrte Lava eignet sich zur Verarbeitung, Obsidian, ein vulkanisches, durch schnelle Abkühlung der Lava entstandenes glasiges Gestein, das scharfe Bruchkanten bildet.

Nein, nicht die Hände, plötzlich fuhr der rechte Arm um seinen Hals, der mit der linken Hand gebildete Schraubstock schloss sich rasant mit der mörderischen Kraft des ganzen Körpergewichtes. Er drückte zu und brach dem Hund das Genick. Manu ekelte die schreckliche Routine, die in den raschen Hand- und Armbewegungen lag. Und welche unglaublichen Kräfte musste der bullige Salvatore haben, welche Erfahrungen im Zuschauen und kalten Töten?

Der Pfeilschaft ist aus dem Holz des Wolligen Schneeballs geschnitzt. Der Strauch bildet lange, gerade wachsende und sehr zähe Triebe. Sie werden entrindet und zum Einsetzen der Pfeilspitze eingekerbt, am anderen Ende noch einmal zum Einlegen der Bogensehne. Die Pfeilspitze wird mit erhitztem Birkenpech eingeleimt, Birkenpech, das so lange geschmort wird, bis sich ein asphalthaltiger Teer bildet. Das Einsetzen der Pfeilspitze muss rasch geschehen, kühlt der Birkenteer ab, wird er hart wie Glas.

Der Hund lag auf den Steinplatten, mehrere Minuten lang, bis sein Mörder eine Schubkarre aus dem braunen hölzernen Geräteschuppen geholt, mit beiden Armen unter den Hundekadaver gegriffen hatte und ihn dann, wiederum hemmungslos ausspuckend, hinter die Gebäude auf der rechten Seite verfrachtete, ohne sich auch nur einmal umzudrehen, ohne sich um irgendeinen Beobachter zu scheren. Salvatore schien sich seines Töterhandwerks sehr sicher zu sein.

Gedrillte Tiersehnen sind fest wie Nylon, ein sehr reißfestes Material. Die Wirkung einer geschärften Silex-Pfeilspitze ist absolut tödlich, aus einer Entfernung von dreißig bis fünfzig Metern können zielsicher Wildtiere wie etwa Braunbären erlegt werden. Der Pfeil hat hier bereits Fahrt aufgenommen. Die dreifache Befiederung am Schaftende ist äußerst wirkungsvoll. Sie versetzt das Geschoss in eine

Drehbewegung und stabilisiert den Flug. Die drei Federhälften für die Radialbefiederung verleihen dem Pfeil seinen tödlichen Drall. Die Feder muss von einem Wildvogel stammen, der jungsteinzeitliche Mensch hält sich noch kein Hausgeflügel. Schwarzspecht, Krähe, Dohle, Auerhahn, Waldrapp, Mönchsgeier? Die Auswahl an guten Federn ist wirklich nicht klein. Der Pfeil hat bereits Fahrt aufgenommen.

Es war nicht vorstellbar, dass das seine erste Tötung war, es lag im ganzen Vorgang eine erschreckend klare Übung und Erfahrung. Eine dumpfe Bedrohung ging vom Mörder Salvatore aus, eine spürbare Lust am Quälen und Zuschauen. Er wollte einen Hund sterben sehen. Vielleicht war er es auch gewesen, der Manu mehrmals tote Vögel auf seine Terrasse geworfen hatte. Pass nur auf, wenn du nicht spurst, wird es dir gleich ergehen wie diesen Tauben und Sperlingen.

Am nächsten Morgen lag Salvatore wieder vor Manus Tür. Er hatte diesmal nicht sein rosa Tütü an, sondern einen merkwürdigen weißen Überwurf, das Kleidchen eines kindlichen Messdieners, eines Erstkommunikanten oder eines Engels in einer Schüleraufführung, ein weißes Pelerinchen mit einem breiten durchbrochenen Schmuckband über den Schultern und einer entzückenden Spitzenbordüre am Saum, der über seinen groben Waden lag. Er hielt noch eine schneeweiße Kerze in der Hand, ein paar Wachstränen waren über seine Finger gelaufen und dort sanft erstarrt. Aus den Mundwinkeln floss Speichel, ein ganzer Fluss rann aufs Parkett. In seinem Rücken steckte ein Pfeilschaft in einem blutenden Hof. Salvatore war hinterrücks erlegt worden, aber von welchem Jäger? Der Pfeilschaft stammte aus einer neolithischen Requisitenkammer. Salvatore beherrschte offenbar das Spiel des Tötens und Getötetwerdens.

Manu hatte nicht vor, diesem Komödianten im rosa Tütü oder im weißen Messdienerkleidchen noch einmal auf den Leim zu gehen, tat einen großen Schritt über den Scheintoten hinweg, drehte sich um, gab ihm mit der Fußspitze einen sanften Rippenstoß, presste ein *Cazzo!* durch die Zähne. Noch einmal würde er sich nicht foppen lassen vom Bulligen, der offenbar seine theatralische Ader nicht ruhen lassen konnte und immerzu neue Inszenierungen seines dramatischen Ablebens veranstaltete. Soll er sich einen andern Dummkopf suchen, der ihm noch glaubt.

Manu wollte weiter bis zur Bibliothek vordringen, die er aber diesmal endgültig nicht mehr wiederfand. Er zählte dreimal die Türen und Räume – alles leer. Die Bücher hatten sich in Luft aufgelöst, oder ihr Wandertrieb hatte endgültig die Oberhand gewonnen. In welches Exil war sie gegangen?

Als Manu beim Abendmahl den Conte zuerst zum Mann im Messdienerkleidchen befragte, antwortete der lächelnd und ausweichend, Salvatore habe schon immer einen Hang zu Verkleidung und Inszenierung gehabt. In Mailand habe er als Kameraassistent bei zweifelhaften Filmen mitgearbeitet, er habe Tausende von menschlichen Kopulationen gefilmt und sei darüber albern geworden und schließlich übergeschnappt. Aus Mitleid habe er ihm wie einem alten Gaul ein Gnadenbrot in seinen Diensten gewährt. Aber seine Inszenierungen gingen jedem im Haus auf die Nerven. Salvatore sei schon hundertmal gestorben. Sein einziger Freund sei ein struppiger streunender Hund, der gelegentlich auf dem Anwesen auftauche.

Lassen Sie sich von ihm nicht täuschen, er wird im nächsten Augenblick auferstehen und an seine Arbeit gehen, sonst drohe ich ihm mit Entlassung. Salvatore ist unsterblich! Aber er ist in letzter Zeit ein bisschen zu neugierig geworden, er schnüffelt herum wie ein Hund in Dingen, die ihn nichts angehen, dringt in Räume ein, zu denen ihm der Zugang verwehrt ist.

Und noch eine Frage, Signor Conte. Wo nur ist die Bibliothek geblieben? Ich kann sie heute erstmals nicht mehr finden, an keinem der bisherigen Orte. Sie ist unauffindbar geworden.

Welche Bibliothek meinen Sie? Ich habe nichts von ihr gehört ... Die Evakuierten sterben zuletzt ... die Druckwelle würde ihre Herzen zu sehr erschüttern ...

Die Druckwelle? ...

Ja, ihr schlagendes Herz ... die Liebenden sind doch nach Hause zurückgekehrt, um zu sterben ...

Ich bitte Sie, die Liebenden von Mantua sind seit sechstausend Jahren tot.

Das glauben Sie, das glauben Sie ... ach ja, die Bibliothek ... sehr verstörend ... ungemein lebensnah ... ich höre noch ihr Atmen ... sie liebt es zu verschwinden ... sie zittern ja noch, ich kann es sehen ... keine Ahnung ... ja, wenn nicht ...

Es war der verwirrendste Abend seit Manus erstem Gespräch mit dem Conte, und es war wie eine Ankündigung unwiderruflicher Ereignisse. Die konfusen Brocken, die der Erzwitwer von sich gab, ließen nichts Gutes ahnen. Irgendwann stand Manu brüsk auf und ging erstmals allein in seine Zelle zurück. Er brauchte seinen Bewacher nicht mehr zu bewachen. Dort vor seiner Tür lag Salvatore noch immer, unverändert in seiner Pose des alt gewordenen Messdieners oder Erstkommunikanten mit seinem Wachskerzchen. In der Nacht hörte Manu Schleifgeräusche, als würde ein schwerer Teppich über das Parkett gezogen. Salvatore war am Morgen nicht mehr da. Das kleine Tümpelchen aus Speichel hatte einen weißen Umriss auf dem Parkett hinterlassen. Es war das letzte Zeichen vom bulligen Salvatore. Wenn es einen gibt, soll er ihm seine Ruhe geben.

Manu begann ihn sofort zu vermissen, als er von einem unauffälligen, blassen Bewacher mit gefühlloser Maske ersetzt wurde. Es war nicht einmal der Schönling Massimo, der im Hintergrund zu bleiben schien. Ein verwechselbares Gesicht, korrekt gekleideter Ersatzmann, vielleicht Sicherheitsfirma, roboterhaft, mechanische geschulte gestählte Bewegungen. Salvatore war doch etwas anderes gewesen, er hatte Stil, er war ein Filmstar, er erinnerte Manu an den stammelnden Mönch in Annauds Verfilmung von *Der Name der Rose*. Salvatore, Salvatore! Du getöteter Töter, piemontesischer Tiger, uralter Messdiener, rosa Ballerina, du erwürgter Hund. Gott habe deine Seele …

ALTAR, AMULETTE

Raffa beginnt am Abend in der Arena zu ahnen, was sich in Lorena abspielt. Auch er hatte das Phantom in Verona, das da drüben, ein wenig weiter rechts saß und zu ihnen herüberblickte, gesehen. Sie waren an jenem Abend zu dritt. Ihre plötzliche Traurigkeit, manchmal, mitten in Nacht und Liebe, war nicht einzig auf den Verlust ihrer Eltern zurückzuführen. Es musste etwas geben, das sie vor ihm verbarg. Sie wimmerte mehrmals im Schlaf wie ein verletztes Tier. Sie war nie dieselbe, ihr Geheimnis lenkte sie und ließ sie zitternd zurück. Sie spielte ihm etwas vor. Aber sie war nicht die Regisseurin dieses Stücks. Es wurde mit ihr gespielt.

Raffa nimmt sich vor, endlich mehr von ihrem Rätsel ans Licht zu holen. Er musste sein eigenes Verbot übertreten, er hatte einen Plan, für den er sich verachtete, aber es konnte so nicht weitergehen. Dass auch er sie einmal in ihrem Zimmer besuchen würde, lehnte sie schroff ab. Es sei ein völlig nichtiges, unscheinbares Zimmer, nur ein Biwak, nur für eine sehr begrenzte Zeit gemietet.

Er wartet also eines Abends, bis Lorena von der Arbeit kommt, ihre Ledertasche über die linke Schulter geworfen, sie geht zügig zur Außentür an der Via Leon d'Oro, sie kennt den Code, tritt ein. Er wartet inzwischen versteckt hinter der Ecke bei der Piazza Leon Battista Alberti, auf der Rückseite der Kirche Sant'Andrea, bis sie wieder herauskommt. Er versucht ihren Gesichtsausdruck zu erkennen, sucht Zeichen ihrer Enttäuschung zu lesen, aber sie schaut nicht nach rechts, hat sich bereits abgewandt und geht in Richtung Piazza Broletto. Er schleicht ihr in passendem

Abstand nach, folgt ihr wie ein entfernter Schatten durch die Straßen Mantuas bis in die Via Grazioli, wo sie durch eine Pforte tritt und nicht wieder herauskommt.

Er will sichergehen, dass sie auch in dem Haus wohnt. Vielleicht besucht sie dort Freunde, nicht jede Adresse muss ihr Wohnhaus sein. Am folgenden Abend ist er in seinem Apartment an der Via Leon d'Oro. Als sie auftaucht, sprechen sie noch einmal über Verona, nicht über die Oper und Romeos rasanten Lauf mit seiner luftigen Last auf den Armen, sondern über das köstliche Spektakel nach Mitternacht auf der Piazza Brà. Das knorrige Männchen, das die Leute zum Applaus aufforderte, die Bravo-Rufe, die ansteckende Begeisterung.

Am nächsten Abend war er wieder der Spion, den er hasste. Sie tritt in der Via Grazioli erneut durch dasselbe wuchtige Eingangstor, das sie mit beiden Händen aufschiebt. Er will endlich mehr wissen. Noch einen Tag später geht er nachmittags hin, zu einer Zeit, wo sie mit Sicherheit im Hotel sein muss. Er tritt in den Hof, geht bis zur Mitte und schaut hinauf zu den Fenstern und zum Himmel über dem Quadrat.

Da geschieht etwas Unvorhergesehenes. Eine ältere Frau, vermutlich die Pförtnerin oder Hausmeisterin, tritt aus einer Tür des Erdgeschosses in den Hof, wischt sich die Hände an ihrer Schürze ab, geht in seine Richtung – und ihr misstrauisches Gesicht hellt sich sofort auf, als er sich nach ihr umdreht. Sie beginnt gleich auf ihn einzureden:

Ah, Signor Alessandro, wie schön, Sie wiederzusehen! Wie war Ihre Reise, viel gesehen, ja? Die jungen Leute reisen um die Welt, heute hier, morgen dort, aber für uns ist es zu spät, was wollen Sie.

Und sie dreht sich zur Tür um und ruft: Luigi, komm raus, schau mal, wer hier ist, Signor Alessandro!

Und aus der Tür tritt Luigi, ebenso freundlich lachend wie seine *Moglie,* wischt sich mit dem Ärmel die Suppe vom Mund und streckt ihm energisch die Hand entgegen.

Nun darf Raffa keinen Fehler begehen. Offenbar glaubten die beiden alten Menschen, ihn zu kennen, eine gewisse freundliche Familiarität war zu spüren. Mit wem verwechselten sie ihn? Er war ganz bestimmt noch nie in diesem Hof an der Via Grazioli gewesen. Wenn er jetzt länger Italienisch spräche, würden sie ihren Irrtum erkennen. Den verräterischen Akzent, eine andere Stimme. Also beschränkt er sich auf ein maskenhaft freundliches Dauerlächeln, tut so, als würde er diesen Hof mit gerührter Freude im Blick ausmessen, wendet sich ab und wieder den Leutchen zu und lächelt, lächelt immerzu.

Ja, die Signorina wird sich freuen! Sie ist in letzter Zeit so bedrückt, wissen Sie, aber was erzähl ich da, Sie kennen ja die Geschichte mit ihren Eltern. Ach, wird sie sich freuen, dass Sie zurück sind! Sie wird uns nachher von Ihrer Reise erzählen. Wir schließen Ihnen gleich auf, die Signorina hat uns ja gebeten, Ihnen aufzumachen, wenn Sie zurückkommen. Bitte folgen Sie mir, sie selbst wird auch bald da sein.

Raffa folgt also der Pförtnerin, noch immer unablässig lächelnd, in den dritten Stock hinauf, lässt sich das Zimmer öffnen, das sie selbst nicht betritt, dankt der Signora höflich, die sich sogleich zurückzieht mit einer freundlichen Geste, einer sanft nach oben gedrehten Handfläche.

Er braucht noch kein Licht anzumachen, es ist Juli, aber viel gibt es hier nicht zu sehen, das Zimmer ist tatsächlich winzig. Ein ungemachtes Bett ... und Raffa erinnert sich sofort, wie Noma einmal sagte: Gemachte Betten haben mich nie interessiert. Was damals bei den alten Freunden fast zum Sprichwort wurde. Aus einer Kommode ragen

Schubladen hervor, Kleider sind nachlässig auf metallenen Kleiderbügeln auf ein fahrbares Gerüst mit schwarzen Rollrädchen gehängt. Schmuckloses süßes Chaos. Ein Höschen als Fahne auf der Antenne eines Radios. Tatsächlich, ein Biwak, Lorena hatte recht. Hier sah alles nach überhasteter Ankunft und möglichst rascher Abreise aus. Es roch nach Flucht und Flieder.

Nur ein Möbelstück fällt sofort auf. Der Kleiderkommode gegenüber gibt es noch eine Art Kästchen, niedriger als die Kommode, auf Armhöhe. Sofort muss Raffa an einen kleinen Altar denken: Mehrere Kerzen und Kerzenstummel sind darauf symmetrisch angeordnet, um sie herum Armkettchen, Statuetten, Amulette, eine Miniatur-Reproduktion der tönernen Gefäße der Qumran-Rollen, ein minoisches Täubchen, eine ägyptische Bastet-Katze, ein römisches Öllämpchen, eine kleine weiße Kykladenfigur, wohl archäologische Souvenirs. Muscheln, rote Kiesel, Karneol. Und mehrere Fotos, schwarz-weiß und farbig.

Er weiß selbst, dass er dazu kein Recht hat, und hebt eines zu sich heran. Verblüffung huscht auf sein Gesicht. Er sieht sich selbst, das war sein Gesicht, seltsam, wie kamen diese Fotos hierher? Vor Steinquadern, nachdenklich an einen Megalithen gelehnt, gegen die Sonne blinzelnd. Noch eines, er, Raffa, wie er, über die Schulter zurückblickend, auf einem Sträßchen in irgendeiner italienisch oder wenigstens mediterran anmutenden Stadt bergauf geht. »Valletta« stand auf einem Fährboot, »Sliema« auf einer Tafel bei einer Bushaltestelle. Es muss Malta sein. Aber Raffa war noch nie auf Malta, wenigstens das wusste er mit Bestimmtheit. Aber es war zweifellos sein Gesicht, dem er verblüfft auf dem Foto begegnete, oder *fast* sein Gesicht?

Wer war der nachdenkliche, in sich gekehrte Mann, der tatsächlich ungefähr sein Alter hatte und geradezu unwahrscheinlich ihm, Raffa, glich? Er hatte nur einen einzigen Bruder gehabt, der mit siebzehn verstorben war, und von einem Halbbruder wusste er nichts. Er glaubte nicht an Doppelgänger, spähte das Gesicht auf dem Foto aus, um irgendeinen kleinen Unterschied zu entdecken, der nur ihm gehörte. Wir glauben immer an unser unverwechselbares Gesicht, unsere Einzigartigkeit beruht nicht auf unsichtbaren Gen-Paketen, erstaunlichen Talenten oder verborgenen Fähigkeiten, sondern ist zählebig eingeschrieben in unser Gesicht. Wir sind ergebene Produkte früherer Generationen, aber unser Gesicht ist Gericht, pure Gegenwart, die reine Wirklichkeit, auch wenn das hier ein Traum sein sollte.

Auffällig war, dass der Mann auf keinem der Fotos lächelte, er wirkte ernsthaft, verschlossen, seine Augen waren von großer, unbezwingbarer Traurigkeit. Raffa wird sich augenblicklich bewusst, dass er dem Pförtnerpaar gegenüber die falsche Kommunikationstaktik, nämlich das Programm »lächeln, nur lächeln« angewandt hatte. Sie müssen sich über seine Wandlung gewundert haben, nachher, bei der Minestrone. Die Reise hat ihm gutgetan, werden sie gedacht haben.

Er bleibt eine ganze Weile hier, auch wenn es kaum etwas zu sehen gibt außer dem kleinen Altar. Er riecht an ihrer Wäsche, erkennt Lorenas Duft, dieses zweite unverwechselbare Merkmal. Er kehrt zu den Fotos zurück … und hat kaum Zeit, das eine Foto zurückzulegen, als die Türklinke gedrückt wird und Lorena im Zimmer steht, ohne die Tür zu schließen. Sie stößt einen kurzen Schrei aus, starrt mit aufgerissenen Augen auf den Ankömmling. Raffa sagt kein Wort, lächelt nicht, ein zweites Mal wird er den Irrtum nicht begehen, er macht keinen Schritt auf sie zu, bleibt ohne Bewegung vor dem kleinen Altar stehen.

Nach kurzer Erstarrung läuft Lorena auf ihn zu, wirft ihre Arme um seinen Hals, schluchzt und stammelt:

Ich wusste, dass du zurückkommst! Ich wusste, dass du zurückkommst! Sie haben mich belogen, es konnte nicht wahr sein, du bist nicht auf diese Art gegangen, nicht so, ohne Abschied. Sie haben mir den gefälschten Brief geschickt, ich erkannte sofort, dass es nicht deine Handschrift war. Ich wusste, dass du wiederkommst.

Raffa löst schweigend ihre Umarmung und blickt sie ernst und nüchtern an, sagt langsam und bestimmt:

Ich bin nicht Alessandro ... ich bin Raffa, erkennst du mich nicht?

In Lorenas Augen stand jetzt eine empörte Bestürzung.

Was ... du bist ... nicht ... wer ... bist ... du ... also ... du bist wiedergekommen ... es kann ... nicht ... sein ... wer ...

Raffa schiebt sie sanft zu dem Stuhl, der neben dem kleinen Altar steht. Sie spricht langsam, abgehackt, immer wieder in sein Gesicht blickend, als könnte sie es noch immer nicht glauben. Er erfährt vom Selbstmord seines Spiegelbildes, von Lorenas Selbstvorwürfen, weil sie nicht dort in Malta war, sondern in Mantua bei ihren Eltern, von ihrer schrecklichen Unfähigkeit, die Schatten, die auf Alessandros Seele lagen, zu verscheuchen, ihn aufzuheitern, zu trösten.

Er hatte es in ihrer Abwesenheit getan, es aber schon mehrmals mit seltsamen, sie verletzenden Andeutungen angekündigt. Zuletzt in Mantua, mehrmals kam er sie besuchen, das Pförtnerpaar schien ihn bereits zu mögen. Sie konnte es nicht glauben, sie standen mitten im Projekt, sie hatten wunderbare neue Ideen über die Funktion der neolithischen Tempelanlagen, sie arbeiteten Hand in Hand, sie verzweifelte, dass alles nichts nützte, dass er ihr entglitt, immerzu entglitt, dass er dort hinüberwollte.

Als du durch die Glastür ins Hotel tratest, glaubte ich sofort, Alessandro zu sehen, du gleichst ihm unwahrscheinlich, obwohl ... da ist etwas ...

Ich bin nicht er, ich werde nie er sein können, verstehst du? Wir sind nicht unverwechselbar, aber leider einzig. Und … wir kommen nicht mehr wieder.

Sie fuhr sich mit dem rechten Ärmel über das Gesicht, wischte die Tränen von der Wange.

Du musst jetzt gehen, ich muss allein sein.

Wenn du meinst … ich bin in der Via Leon d'Oro. Das Klopfzeichen genügt.

Und Raffa ging langsam zur Tür, drehte sich noch einmal um, sah sie reglos neben dem stillen Altar sitzen und wünschte, sie könnte den Grund für sein Mitleid verstehen.

TÖDLICHER DRALL

Der Conte hatte ihn in eine Zelle gesperrt, hatte über seine Zeit verfügt, als gehörte sie nur ihm, hatte ihn seiner kargen und unmaßgeblichen Freiheit beraubt. Und dann geht alles ganz rasch, so rasch, dass sich Manu nicht mehr erinnern kann, was an jenem Tag zuerst kam, was viel später. Die Zeit geriet ins Rutschen, oder vielmehr: die Zeitblase, in der Manu seit Wochen gefangen ist, platzt ohne Ankündigung, wie von einer neolithischen Pfeilspitze getroffen. Die dreifache Radialbefiederung versetzt das Geschoss in eine Drehbewegung und verleiht dem Pfeil seinen tödlichen Drall. Der Pfeil hat schon seit Tagen Fahrt aufgenommen, jetzt kommt es zum Aufschlag.

Manu erwacht im Morgengrauen, vielleicht fünf oder sechs Uhr? Er hat keinen Zeitmesser. Er war nicht eine Stunde zuvor wie so oft aus der Bibliothek in seine Zelle zurückgekehrt, denn es gibt keine Bibliothek mehr. Sie war endgültig unauffindbar geblieben.

Ein Gerumpel, Gestoße im Erdgeschoss, ein umgestürztes Möbel, hingeworfene Stühle. Kurze Schreie, Befehle, Glasscheiben, die zu Bruch gehen, metallisches Geklirr. Nein, es war kein Traum, Manu ist sofort hellwach, weil die heftigen Geräusche völlig ungewohnt waren. Morgens ist hier alles still und friedlich gewesen.

Dann klopft es energisch an seine Tür, ein Polizeibeamter in Zivil grüßt ihn mit einem Kopfnicken, hält ihm einen Ausweis unter die Nase, fordert ihn auf, sich sofort anzuziehen und ihm zu folgen. Sie gehen die Treppe hinunter, die Manu viel länger und gewundener scheint, als sein Gedächtnis wahrhaben wollte, ihn schwindelt plötzlich, er muss mit der rechten Hand die Wand suchen und sich von ihr leiten lassen. Sie steigen also lange hinab, Manu folgt dem Rücken des Beamten, er sieht die Eingangshalle hinter den hohen Verglasungen voller Menschen, Uniformierte und Beamte in Zivil, vielleicht auch bereits Gerichtsmediziner, oder kamen die später, in Manus Gedächtnis wird die Reihenfolge zerrüttet erscheinen, Fotografen, Spurensicherung, alles schreit durcheinander, gibt hektische Anweisungen, läuft mit rot-weißen Bändern umher, trennt ein Rechteck ab, hastet hin und her.

Im hinteren Teil der Eingangshalle steht der Conte, korrekt angezogen in dieser Morgenstunde, Hemd und Krawatte, aber mit Handschellen, den Blick zornig und empört auf die Eindringlinge gerichtet. Er schreit ungehalten:

Das Chaos! Das Chaos! Hinaus mit euch, ihr Undankbaren! Was stört ihr hier die Totenruhe, sie sind hierher zurückgekehrt, weil sie es so wollten und nicht anders, dass mir keiner Luisa anrührt, ich werde mich beschweren, ihr Halunken! Verräter! Verbrecher! Weg mit euch!

Dann psalmodiert oder schreit er vielmehr laut vor den entgeisterten Polizeibeamten lateinische Sätze aus einer Hoheliedpredigt von Bernhard von Clairvaux. QUI AMAT, AMAT ET ALIUD NIHIL NOVIT. Wer liebt, der liebt und kennt nichts anderes mehr! Und dann auch noch aus vollem Hals – AMO, QUIA AMO, AMO, UT AMEM. Ich liebe, weil ich liebe, ich liebe, um zu lieben.

Wenn es stimmt, dass in jedem Liebenden ein unheilbares Monster steckt und in jedem Religionsstifter ein möglicher Mörder, hat der Zufall als Regisseur die Szene gut gewählt.

Was war hier vorgefallen, warum sind all diese Leute am frühen Morgen in Ignotos Villa? Manus Blick gleitet im

Vorübergehen hinab, auf den Steinfliesen liegt ein menschlicher Körper, Manu geht ganz langsam, wie in Zeitlupe daran vorbei, es ist eine junge Frau mit entsetztem Gesicht, aus ihrem Mund rinnt Blut auf die ziegelroten Fliesen. Mitten in ihrer Brust steckt ein Pfeilschaft. Manu erkennt die Frau sofort, auch wenn er sie nur zweimal gesehen hat, einmal aus der Ferne, am Pool, ein andermal nur kurz in seinem Zimmer, nachts oder frühmorgens, in der Dämmerung, als er glaubte, Laure über sich zu sehen. Und vermutlich noch ein drittes Mal, aber das war nicht sicher, vielleicht nur eine Halluzination vor dem Fenster der erhellten alchemistischen Bibliothek. Aber sie ist es, kein Zweifel. Er möchte sich zu ihr wenden, niederknien, aber er wird sofort von dem Beamten weitergedrängt, in ein Nebenzimmer geschoben.

Seine Personalien werden aufgenommen, er muss erklären, wie lange er schon in diesem Haus ist, was der Anlass für seinen Aufenthalt sei. Aber offenbar wusste der Ermittler schon selbst einiges, Manus Erklärungen dienen nur zur Bestätigung, zu seiner Identifizierung. Der Beamte sagt noch:

Wir sind leider zu spät gekommen, um das Schlimmste zu verhindern. Ihre Befreiung verdanken Sie der jungen Frau da draußen. Sie hatte uns gewarnt, dass alles sehr schnell gehen müsse. Wir waren nur um Sekunden zu spät, es ist ein Unglück. Sie hat uns das Tor geöffnet, wir hatten präzise Zeichnungen und Aufnahmen von der ganzen Anlage. Manchmal kommen wir zu spät. Aber rechtzeitig für Sie! Nur ein paar Sekunden später, und alles wäre verloren …

Was meinen Sie damit?, fragte Manu, dem die ganze Ermittlung und Auflösung ohnehin sehr verspätet vorkam. Schließlich hatte er wochenlang hier ausharren müssen, bevor die Polizei auf seine Spur kam. Und hätte sie ohne Eleas Hilfe hier so überraschend eindringen können?

Der Beamte spricht langsam, fast feierlich:

Der Conte wollte alles hier in die Luft sprengen, bevor wir zugreifen würden. Er hätte wohl, ohne zu zögern, auch Sie umgebracht. Sie können sich nicht vorstellen, wie viel Sprengstoff hier gelagert wurde, wie leicht alles auf einen Knopfdruck hätte in die Luft fliegen können, das ganze Anwesen, die Sammlungen, alles hier. Wir werden abklären, wo der Sprengstoff herkommt. Doch zunächst, und das war Ihre Rettung, wollte sich der Conte an der jungen Frau rächen, er hat nur »Verräterin! Verräterin!« geschrieen, auch noch, als die Frau schon tot war. Es war eine Hinrichtung.

Sie hat alles veranlasst? Sie hat die Geheimnisse des Conte gekannt?

Sie verdanken Ihr Leben dieser Frau. Wir wissen, wer Sie sind. Die Schwester der Getöteten hat mithilfe eines Ihrer gemeinsamen Bekannten Auskunft über Sie und Ihren Verbleib geben können. Die Angestellte des Conte hat uns vor kurzem alarmiert, hat uns Zeichnungen und Pläne vorgelegt, wir wollten rasch zuschlagen, der Zeitpunkt war festgelegt, es musste im Morgengrauen geschehen. Die junge Frau, sie heißt übrigens Eleonora, hat uns noch das Haupttor geöffnet, die Glastür aufgeschlossen, aber wir konnten sie nicht mehr schützen. Sie ist uns entglitten …

Manu wollte mehr über die junge Frau erfahren, aber der Ermittler sprach schon weiter:

Der Conte lief aus dem großen Raum da drüben, stürzte sich auf sie und schoss aus kurzer Entfernung einen Pfeil auf sie ab, eine völlig ungewöhnliche Tötung, verstehen Sie, kein Revolver, kein harter Gegenstand, mit dem er sie erschlagen hätte. Ein Pfeil! Auch er ungewöhnlich, offenbar handgefertigt, mit seltsamer Befiederung. Ungewöhnlich. Wir werden alles abklären.

Der Conte hat selbst einmal gesagt, dass er ein guter Schütze sei. Wenn Sie aber …

Nur etwas schon jetzt: Können Sie uns erklären, was die beiden Skelette in dem Raum zu bedeuten haben, den wir gerade geöffnet haben? Wohl auch Opfer des Conte? Die junge Frau hat vermutet, dass auf dem Anwesen auch die Überreste seiner Ehefrauen gefunden werden könnten. Aber warum hat er sie auf so merkwürdige Weise aufgebahrt?

Manu schloss daraus, dass Elea das Sanktuarium nicht kannte. Vielleicht also hatte der Conte diesen Anblick nur mit ihm allein geteilt, als ein rares Privileg. Sie wusste aber gewiss von seiner Gefangenschaft und kannte die Gerüchte um die fünf Ehefrauen.

Ja, das kann ich … der Conte ist unschuldig am Tod wenigstens dieser beiden Menschen. Die beiden stammen aus der Jungsteinzeit und sollten eigentlich nicht hier sein. Sie gehören nicht hierher. Eine komplizierte Geschichte, aber ich kann Ihnen alles erklären.

Jungsteinzeit?

Der Beamte schaut ihn zweifelnd an, und vermutlich zweifelt er auch an Manus Verstand. Was soll das? Ein Verrückter, eine Villa voller Verrückter?

Ich kann Ihnen das erklären, sagte Manu noch einmal mit Nachdruck.

Wir werden alles zu Protokoll nehmen, werden alles absuchen, wer weiß, was wir hier noch finden. Hinter einem Schuppen haben wir einen verwesenden Hund gefunden, der Gestank hat uns hingeführt. Laut den Aufzeichnungen der jungen Frau, die uns eine Liste mit allen Bewohnern des Hauses vorgelegt hat, könnte es das Tier eines der Bodyguards sein. Der Hund soll sein Liebling gewesen sein, seine über alles geliebte Bezugsperson, verzeihen Sie den Ausdruck. Derselbe Wächter war übrigens Eleonoras ergebener Helfer, er scheint ihr gehorcht zu haben, eigentlich verdanken Sie Ihr Leben den beiden Menschen. Bisher haben wir den Wächter mit Namen Salvatore noch nicht finden können, er ist nicht unter den Verhafteten, aber wie gesagt, wir werden hier jeden Zentimeter absuchen. Übrigens schlief die ganze Meute der Bodyguards, als wir hier eindrangen, einen geradezu ansteckenden Dornröschenschlaf ... Hier ist Ihre Uhr, Ihr Mobiltelefon, bitte quittieren Sie mir die Rückgabe auf diesem Blatt.

Manu ist fast gerührt, diese simplen Geräte zur Zeitmessung und zur Kommunikation wiederzusehen, aus denen er sich normalerweise nicht viel macht. Aber jetzt hatten sie plötzlich einen blendenden Wert. Eine Zeit ohne Zeit ist wie nie gewesen, eine Zeit ohne Gespräch mit Vertrauten wie ein schepperndes Nichts.

Wir bringen Sie nach Mantua, in die Stadt hinein, ich selbst werde Sie begleiten. Bitte halten Sie sich noch ein paar Tage zu unserer Verfügung. Wir brauchen Ihre detaillierten Aussagen. Vielleicht sind hier noch weitere Morde geschehen. Wir werden alles prüfen.

Endlich freigekommen aus den Fängen des Conte Ignoto, kehrte Manu mit der seltsamen Empfindung nach Mantua zurück, auf magische Weise verjüngt aus der Zeitblase gefallen zu sein. Ein Embryo, der seine Gebärmutter nicht vermisst. Endlich frei! Niemand kann dieses Gefühl nachempfinden, der nicht selbst einmal aus einem Gefängnistor getreten ist, niemand diesen federnden Gang, die Lust zu atmen, die Beherrschung, die es braucht, um nicht irgendeinen Passanten oder eine Passantin zu umarmen, zu jubeln: Ich bin wieder da! Ich war nicht tot! Mantua ist eine wunderbare Stadt!

Er steigt selbstverständlich nicht mehr im *Marchese* ab, er entscheidet sich für das *Gonzaga* beim Durchgang zur Piazza Sordello.

Der Ermittlungsbeamte übergibt ihm bei der erneuten Vernehmung und Protokollaufnahme gegen Quittung seine Reisetasche und seinen Laptop. Eine junge Frau aus dem anderen Hotel habe die Tasche, die an ihrem Arbeitsplatz nicht bei den üblichen Fundgegenständen verwahrt worden sei, sondern in einem Kellerraum, wo sie wohl irrtümlicherweise hingelangt sei, der Polizei übergeben.

Außerdem kam ein Mann vorbei, der Ihnen offenbar bekannt ist, er hat diesen Brief für Sie abgegeben. Weitere Postsendungen, die im Hotel angekommen sind, finden Sie in der Seitentasche Ihres Gepäcks.

Manu nimmt den Brief ungläubig an und weiß sofort, dass er von Raffa ist, er erkennt noch immer die Schrift. Aber war er tatsächlich noch in der Stadt, gab es so viele Erdbebenschäden? Er hatte angenommen, Raffa sei längst abgereist.

Sie ist übrigens die Zwillingsschwester der toten Eleonora, der Sie Ihre Befreiung verdanken.

Haben Sie eine Adresse, eine Telefonnummer, damit ich mich bedanken kann? Ich möchte auch mehr über ihre Schwester erfahren.

Sie ist bereits abgereist, gegen unsere Anweisungen. Sie ist offenbar nach Malta geflogen. Aber wir haben ihre Personalien aufgenommen. Wir brauchen auch von ihr noch weitere Aussagen.

Kaum war Manu aus dem Gebäude der *Polizia criminale* an der Piazza Sordello getreten, riss er hastig den Umschlag auf. Es lag nur ein Zettel darin, eine simple Nachricht:

Morgen abend, 18 Uhr, bei der Rotonda di San Lorenzo. Aber diesmal kommst du, du Gauner, ja? Und sei pünktlich. Freue mich wie immer, dich wiederzusehen. Raffa.

Manu lächelte: Wie immer … der Witzbold …

Die Schwimmerin hatte Manu gerettet, hatte den blauen Albtraum einer unbefristeten Haft beendet, aber mit dem Leben bezahlt. Elea! Manu stellt sich vor, wie Elea in eine schwarze Plane gehüllt auf einer Bahre aus Metall abtransportiert wird, ein befiederter Pfeilschaft in ihrer Brust.

Die Gerichtspathologen werden eine merkwürdige taillierte Pfeilspitze aus Silex feststellen, die ihr Herz durchdrang und sie verbluten ließ, sie werden die Mordwaffe umständlich beschreiben, sogar einen Archäologen beiziehen. Noch im Obduktionsprotokoll würde ihre Verwunderung mitschwingen. Man wird heutzutage sehr selten mit Feuersteinpfeilspitzen niedergesteckt. Und doch war da noch ein anderer Fall, der nie aufgeklärt werden konnte … Was hat dieses Geschoss in unserer Zeit verloren? Ein Splitter aus einer anderen Welt. Das ist etwas für Romanautoren, nicht für Gerichtsmediziner und Kriminologen … Elea! Elea!

KNIESCHEIBEN-ANOMALIE

Kaum im Hotel Gonzaga angekommen, kann sich Manu endlich um seine Post kümmern, seine in den vergangenen Wochen angeschwollene E-Mail-Flut bewältigen, allen Spam wegklicken und die über sein langes Schweigen Empörten besänftigen, Ausreden finden, Zusagen machen. Er sucht aber fiebrig zunächst nach einer bestimmten Nachricht, die tatsächlich eingetroffen ist, während er bei Ignoto gefangen war. Sie kam nicht elektronisch, sondern auf Briefpapier.

Sehr geehrter Herr,
    gerne beantworten wir Ihre Anfrage. Die anthropologischen sowie pluridisziplinären Analysen haben Folgendes ergeben. Für jeden einzelnen Knochen wurde der Erhaltungszustand bewertet, der Grad der Fragmentierung oder Vollständigkeit festgestellt, um objektiv den Erhaltungsstatus beider Skelette zu definieren. Es wurden 46 morphologische und metrische Parameter angewandt, um das Geschlecht der Individuen zu bestimmen, und bis zu 15 quantitative wie qualitative Parameter, um das Alter des jeweiligen Individuums zum Zeitpunkt seines Todes zu diagnostizieren. Es wurden morphologische Anomalien und eventuelle Pathologien untersucht, um ihren Gesundheitszustand zu bestimmen.
    Die Laboruntersuchungen haben die Schlussfolgerung erlaubt, dass die Grablegung beider Individuen gleichzeitig stattgefunden haben muss. Zunächst wurde Individuum A (auf der linken Seite), danach Individuum B in die Erdgrube gelegt, in klarer Bemühung um die optimale Ausnutzung

des von Individuum A übriggelassenen Raumes. Aus diesem Grunde ist Individuum B in einer leicht angehobenen Position, und dessen Knochen befinden sich häufig näher an der Oberfläche. Die Bewahrung des größten Teils der anatomischen Verbindungen erlaubt die Feststellung, dass eine allmähliche Auffüllung des Körpervolumens stattgefunden haben muss, was die Präsenz eines Leichentuches nahelegt, das die beiden Leichname zum Zeitpunkt des Begräbnisses zusammenhielt.

Wir müssen im Übrigen darauf hinweisen, dass die »umarmende Position« der beiden Skelette auf Veränderungen zurückzuführen ist, die infolge der Verwesung der Weichgewebe aufgetreten sind. Tatsächlich muss der rechte Unterarm des Individuums B im Moment der Grablegung stärker gebeugt gewesen sein als der rechte Unterarm des Individuums A, doch als Radius und Ulna weder von den Bändern noch von der Muskelmasse gehalten wurden, sind beide in eine Position gerutscht, die es heute so aussehen lässt, als hätten sich die beiden Individuen umarmt.

Der relativ gute Erhaltungsgrad des Individuums A hat die Feststellung erlaubt, dass es eine Frau im Alter von 16 bis 20 Jahren war, 1 Meter 49 groß, von normaler Konstitution. Während Individuum B, das einen schlechteren Erhaltungszustand aufweist, ein Mann zwischen 18 und 22 Jahren war, 1 Meter 46 groß, ebenfalls von normaler Konstitution und mit einer Anomalie an der Kniescheibe, die man als *Vastus notch* bezeichnet.

Der Befund der Zähne hat ergeben, dass feine Linien auf der Zahnkrone auf eine Hypoplasie hindeuten, eine unzureichende Zellbildung, was einen Indikator für Nahrungsmangel während der Wachstumsphase darstellt, der im Alter von 1 bis 3 Jahren für Individuum A, und im Alter von 3 bis 4 Jahren für Individuum B aufgetreten sein muss.

Was die unteren Gliedmaßen bei beiden Individuen betrifft, wurden Knochenschichten mit unregelmäßiger Oberfläche festgestellt, was auf eine Knochenhautinfektion hinweisen dürfte.

In der Hoffnung, Ihnen mit diesen Angaben weitergeholfen zu haben, verbleiben wir mit höflichen Grüßen und so weiter und so fort …

Manu muss auflachen, als er den Brief liest. Er hatte eigentlich erwartet, tief enttäuscht zu sein. War er einem Phantom hinterhergejagt? Statt der unumstößlichen Bestätigung eines liebenden Paares, statt »Romeo und Julia aus der Jungsteinzeit«, erfuhr er jetzt von Nahrungsmangel, Knochenhautentzündung und Kniescheiben-Anomalie. Er würde erst nachforschen müssen, was genau ein *Vastus notch* ist. Noch nie hatte er von Kniescheiben-Anomalien gehört.

Besonders amüsierte ihn das italienische Verb *scivolare* für »rutschen«. Die beiden mythischen Liebenden sind sich gegenseitig in die Arme gerutscht, nachdem die Verwesung ihr Werk getan hatte. Ihre Renaissance als liebendes Paar verdankten sie also dem Verfall ihrer Gewebe und einer Verrutschung ihrer Gliedmaßen. Auch das vermutete Leichentuch, von dem nach sechstausend Jahren natürlich keinerlei Spur mehr übrig war, spricht nicht mehr ganz für das selbstbestimmte gemeinsame Sich-Betten und Hinübergleiten. Es band sie zusammen, es verknotete sie, es ließ ihnen keinen Ausweg. Sie sind unwissentlich ineinandergerutscht, sie wurden miteinander verflochten. Der angenommene Saft des Schlafmohns hieß jetzt vielleicht ganz prosaisch Rauchgas oder Kohlenmonoxidvergiftung in einer schlecht belüfteten Hütte, in einem Versteck? Vielleicht war eine Infektion die Todesursache, ein plötzlich auftretendes Fieber, aber vielleicht kein erotisches?

Der Brief bescherte Manu eine heilsame Ernüchterung. Er las ihn sich mehrmals laut vor, genoss die sachliche, beinah bürokratische Expertise der Anthropologen. Besonders der Satz »sind beide in eine Position gerutscht, die es heute so aussehen lässt, als hätten sich die beiden Individuen umarmt« erregte seine Aufmerksamkeit. So aussehen lassen, als ob.

Sie sprachen die Sprache der Ernüchterung, die klar ist und ohne Wolken. Die Sprache der heilsamen Augenöffner. Es waren nicht die irrational flackernden, hypnotischen Sätze, von denen er als Schriftsteller jederzeit träumte, sondern sachlich kühle, wissenschaftlich-bürokratische Feststellungen, Bestimmungen, Diagnosen. Es war emotionslose Trockenprosa, ohne die Radialbefiederung der Sprache und deren tödlichen Drall.

Vielleicht hatte bei allem Geschehen nur ein einziger Gott gewirkt, nicht der Gott der Liebe, sondern der Gott des Zufalls. Vielleicht war er sogar mächtiger als Eros und seine kleinen zarten Begleitgötter Himeros und Pothos, Sehnsucht und Verlangen. Vielleicht braucht die Liebe keine Religion, keine neue Utopie, vielleicht braucht sie nichts als einen glücklichen Zufall?

Der Zufall eines Aushubs für die Fundamente eines Fabrikgebäudes hatte die Liebenden von Mantua 2007 ans Tageslicht gebracht nach einem sechstausend Jahre währenden Schlaf. Der Zufall hatte es so aussehen lassen, als ob sie ihre Arme liebend um den anderen gelegt hätten, als ob sie ihre Köpfe mit einem letzten Lächeln einander zugewandt hätten. Der Zufall hatte sie verrutscht. Der Zufall ist verrückt.

Wir glauben schöne Szenarien zu erkennen, blendende Mythen, herrliche Bilder, die unsere Phantasie erregen … War wirklich nur der schnöde, nüchterne, gleichgültige, zerstreute Zufall am Werk gewesen? Der allmächtige Gott des Zufalls? Und dennoch … So allmächtig kann er nicht sein. Auch der Gott der Experten ist es nicht. Vielleicht war auch ihr Denken *verrutscht,* vielleicht konnten sie die Botschaft des Doppelskeletts einfach nicht lesen, vielleicht sprachen die Liebenden von Mantua ihr eigenes Idiom.

Das bürokratische Expertenschreiben war heilsam und ernüchternd, sagte sich Manu, aber auch Anthropologen können sich irren. Jedenfalls haben sie keinen Einfluss auf Mythen und Symbole, die, haben sie sich erst ausgeformt, nicht mehr aus der Welt, also aus dem Gehirn zu schaffen sind. Gegen die überwältigende Macht der Bilder sind wir wehrlos. Sie dringen zu tief ins Gedächtnis und in die Phantasie ein, haken sich dort fest. Sie fangen an, zu uns zu gehören wie unsere innersten Organe. Millionen von Menschen, die 2007, als die Bilder um die Welt gingen, gerührt waren über »Romeo und Julia aus der Steinzeit«, können im Doppelskelett der beiden jungen Menschen einzig die Umarmung und eine Botschaft der Zärtlichkeit und Fürsorge erkennen. Da ist nichts »Verrutschtes«, wie die Experten meinten konstatieren zu können. Nur die Geste zählt. Das Bild ist schlicht übermächtig.

Die Ernüchterung ist also kein Schlusspunkt. Manus Hirn mobilisierte sofort, noch im *Gonzaga*-Hotel, Einwände: Der Zufall schließt nicht aus, dass sich die beiden wirklich und unendlich geliebt haben. Dass es dennoch, trotz aller Expertise, der Gott der Liebe war, der ihre letzte Geste beeinflusst oder sogar verursacht hat. Dass der Gott der Liebe den Zufall schließlich doch bezwungen hat. Wir wissen es nur nicht mit absoluter Sicherheit, die es nirgends geben kann. Oder: die Liebenden von Mantua werden ihr Rätsel auf immer für sich behalten. Das ist ihr letzter Triumph.

Wir wollen ein Rätsel bleiben. Wir wissen etwas, bedeuten sie, das ihr nicht wissen könnt. Wir haben uns sehr geliebt. Zur Strafe für eine unerwünschte Ruhestörung müsst ihr nun mit diesem Rätsel leben …

ZWEITE VERKUGELUNG

Der Conte, Verkörperung eines sakralen mörderischen Witwertums, wird im Mailänder Vollzugsgefängnis San Vittore den Rest seiner Jahre verbringen müssen. Ja, die Anklage lautet auf Mord in mindestens drei Fällen und qualifizierte Freiheitsberaubung. Auch Manus Entführung und Gefangenschaft also wird Teil der Anklage sein. Ein Menschenraub.

Ich schreibe Ihnen diesen Brief ins Gefängnis, Signor Conte. Ich bin Ihnen nicht mehr böse, dass Sie mich wochenlang festgehalten haben. Sie waren ein zuvorkommender Gastgeber, Ihr Koch soll ewig leben, Sie hatten die vorzüglichste Bibliothek, die ich kenne, ich fühlte mich in Gesellschaft Ihrer Kabbalisten und Alchemisten nicht unwohl, Ihre Renaissancemaler ebenso wie der ganze unverwüstliche Balzac haben mich bezaubert. Aber der kleinste Mangel an Freiheit beraubt einen wie mich der Atemluft, selbst eine komfortable Gefangenschaft, wie die meine es war, ist ein salziges Brot. Ich weiß, es war ein luxuriöses Elend, das ich zu beklagen hatte. Ich bin kein Fall für Amnesty International. Ich kenne die Maßstäbe, verglichen mit dem, was anderen Schriftstellern zugestoßen ist und noch immer täglich zustößt, war mein erzwungener Aufenthalt bei Ihnen ein Soft-Gulag.

Ich weiß noch, wie Sie mich eines Abends angeschrien haben: Die Freiheit, die Freiheit, wissen Sie vielleicht, was das ist? Genügt es nicht, genug zu essen, ein Bett zum Schlafen und Bücher zum Lesen zu haben, wollen Sie auch noch erlöst werden? Sie Undankbarer! Was brauchen Sie denn noch? Hier ist nicht *Nordkorea*! Sie sind nicht halb-verdurstet, halbverhungert, halbtot wie ein Bootsflüchtling hier gelandet. Sie werden hier nicht hochpathogenen Viren ausgesetzt. Mit Ihrem Körper wird nicht experimentiert. Es werden Ihnen keine Organe entnommen, Sie sind vollstän-dig, vollzählig. Wir sind alle irgendwessen Gefangene, bil-den Sie sich nichts ein. Sie werden maßlos verwöhnt in diesem Haus. Sie wissen genau, dass *ich* Ihr Diener bin, nicht Sie sind mein Gefangener. Wenn Ihnen irgendetwas fehlt, so sagen Sie es doch. Bestellen Sie das Buch, wün-schen Sie sich eine Mahlzeit. Das Meer ist nicht weit.

Sie werden, Signor Conte, auf Ihre Freiheit nun für län-ger verzichten müssen als die paar Wochen, in denen sie mir fehlte. Ist es nicht tragisch, dass die Gründer neuer Religio-nen früher oder später zu Mördern werden oder mindes-tens zu Anstiftern von Massakern an Ungläubigen und Götzenanbetern? Wenn nicht sie selbst, dann die von ihnen beseelten oder bestellten Schergen. Sie, Signor Conte, ha-ben es vorgezogen, die Rolle des Mörders gleich selbst zu übernehmen. Das war großherzig von Ihnen. Aber auch gefährlich. Ihr Umgang mit Pfeil und Bogen ebenso wie jener mit gehortetem Sprengstoff war mehr als fahrlässig.

Signor Conte, heute sind Sie ein Gefangener, wir haben also die Rollen getauscht, auch wenn ich nicht Ihr Kerker-meister sein will. Ich schicke Ihnen hier in diesem dicken Umschlag meine Notizen und verstreuten Aufzeichnun-gen, Recherchen und Spekulationen um das jungsteinzeit-liche Liebespaar. Mögen Ihnen diese bescheidenen Seiten die Gefängnishaft verkürzen und versüßen. Es gibt in Italien keine Todesstrafe mehr. Sie werden also Zeit zum Lesen finden.

Weiden Sie sich, wenn Sie es brauchen, an dem süßen Gefühl der rohen Rache, die Luisas Ehemann zum Verhängnis wurde, denken Sie über Ihren Mord an Salvatore nach, den ich nicht wirklich durchschaue, aber freuen Sie sich nicht an Eleas Tod. Sie haben die Falsche getroffen. Es war eine bittere, unnötige Rache. Sie müssen sehr verzweifelt gewesen sein, dass man Ihnen letztlich doch auf die Spur kam. Eleas Tod ist ein schlimmer Irrtum, den Sie sich nicht verzeihen sollten. Den ich Ihnen nicht verzeihen will. Ihr Pfeil hat sich verirrt. Eleas Schwester wird mir, so hoffe ich, von ihr erzählen, und es würde mich nicht überraschen zu erfahren, dass sie ein wunderbarer Mensch war. Sie haben sie verkannt in Ihrem kleinlichen Rachegefühl. Leben Sie wohl. Manuel Lomo.

Manu fand den Brief, kaum war er aus seinem Kugelschreiber geflossen, albern und überflüssig. Nichts war wiedergutzumachen, es gab keine Erklärung oder Rechtfertigung, für gar nichts. Also zerknüllte er ihn und schmiss ihn im Hotel in den Papierkorb.

Luisas eifersüchtiger Quäler hatte keine Chance gegen Ignotos Waffe. Ein gezielter Schuss ins Herz, und der Widersacher sank zu Boden. Der Conte trat mit seinem Bogen aus dem nächtlichen Schatten des Geräteschuppens an der Landstraße nach Mantua, wo er ihn durch seine Häscher hatte aufspüren lassen, und machte sich auf leisen Sohlen davon. Kein Geräusch, kein Knall, kein primitiver Pulverdampf. Und der Prügler trat seinen Weg ins Jenseits an, wo er weiterprügeln kann, wenn es ihm beliebt. Vergeltung war Chefsache. Der vorangegangene Wortwechsel entzieht sich der Kenntnis des Gerichts.

Und der kleine Messdiener und Kameraassistent Salvatore? Wusste er zu viel? Welches der Geheimnisse auf dem Anwesen des Conte hatte er vielleicht zufällig entdeckt? Und der dritte Pfeil, direkt in Eleas zartfühlendes Herz, musste ihr Opfer wirklich sein? Sie war es, die Manu gerettet hatte und mit ihm … die Liebenden von Mantua. Vielleicht wäre ein vierter Pfeil für Manu bestimmt gewesen, wenn Elea nicht dazwischengetreten wäre. Denn auch er wusste zu viel von Ignotos geheimen Machenschaften.

Und wo waren eigentlich die Liebenden von Mantua geblieben? Der Conte hatte zwar Elea mit einem Pfeil niederstrecken können, aber für den Knopfdruck zur Sprengung des gesamten Anwesens reichte seine Zeit nicht mehr. Er hatte rasch Handschellen umgelegt bekommen.

Also wollte Manu einen Blick in die Zukunft tun, das freut das Gedächtnis, auch wenn er noch nicht einmal aus Mantua abgereist war. Er wird am Vorabend des 11. April 2014 erneut in der Stadt eintreffen. Nur ein paar Wochen später, zur Eröffnung der Touristensaison, wird auch Andrea Mantegnas durch einen Riss beeinträchtigtes und seit dem Erdbeben weggesperrtes Wandgemälde der *Camera degli Sposi* für die Öffentlichkeit wieder zugänglich sein. Im selben Castello di San Giorgio wird es gleich zweimal ein Zimmer der Vermählten geben …

An jenem 11. April 2014 also wird Elena Menotti, die die seltene Grablege sieben Jahre zuvor in Valdaro ausgegraben hat, das jungsteinzeitliche Liebespaar im *Museo Archeologico Nazionale* in Mantua der Öffentlichkeit übergeben, im linken Flügel des Gonzaga-Palastes, gleich wenn man durch das Tor tretend den großen Hof einatmet. Sie wird lächeln, sie war beim Friseur, sie trägt ein kurzärmliges elegantes Kleid aus dezent olivgrün-sandfarben gewürfeltem Wollstoff und ihre schönsten Ohrringe. Und nicht ohne Stolz nimmt sie das Mikrophon, beglückwünscht sich und alle Anwesenden zur endlich gefundenen Ruhestätte der Liebenden von Mantua. Und sie wird die beiden sechstausend

Jahre jungen Menschen als Neubürger der Stadt willkommen heißen.

Tosender Applaus, Bravo-Rufe für Elena Menotti, zugeworfene Handküsschen, Händeschütteln, vor Glück strahlende Gesichter.

Sie liegen nun nicht mehr in einer Nekropole in verkehrter Nord-Süd-Ausrichtung, sondern in einem geräumigen Schaukasten aus Glas, viel eleganter auf Italienisch: *una casa di cristallo*, in einem Kristallhaus, wenn du willst, aber noch immer in ihren ursprünglichen neolithischen Lehm gebettet. Sie kommen jeden Morgen aus der Erde, führen ihre zarte Pantomime vor, ihr zugleich glühendes wie kühles Ballett, und ziehen sich abends zum Schlafen in ihren Glaskasten zurück, der auch ihr Brutkasten ist, wo sie sich bereithalten für eine neue Renaissance.

Wenn Manu vor dem schlichten und zugleich kristallen glänzenden Schaukasten stehen wird, wird er dem Conte einen imaginären Gruß ins Gefängnis schicken. »Seine« Liebenden waren schließlich doch noch an ihr Ziel gelangt.

Sieben Jahre werden seit ihrer Entdeckung vergangen sein. Niemand weiß, was mit ihnen in der Zwischenzeit passiert ist. Die internationalen Zeitungen werden von der italienischen Bürokratie faseln, die alles verlangsamen oder blockieren könne, sogar den Lauf der Sonne von Aufgang bis Untergang. Sie werden Einsatzfreude und Engagement beschwören, die der eigens gegründete Verein *Amanti a Mantova* gebraucht habe, um die 40.000 Euro für den schmucklosen, aber bruchsicher verglasten Spezialbehälter aufzutreiben.

Doch die universale Bremsbürokratie ist nicht an allem schuld. Lauter ehrenwerte Gründe, doch niemand unter den Anwesenden weiß, dass das liebende Paar aus der Jungsteinzeit einen Umweg genommen hat nach seinem fast zweijährigen Aufenthalt in einem archäologischen Laboratorium in Como. Niemand weiß, dass der Conte Ignoto die Liebenden in sein prächtiges Anwesen hat entführen lassen, dass er ihnen dort einen luxuriösen Schauraum einrichtete voller Lichter, violetter und purpurner Tücher, grandioser Fahnen, ein Sanktuarium, in dem er vermutlich jeden Tag andächtig verharrte und wo ihm die Idee einer neuen Liebesreligion kam.

Niemand weiß, dass sie also schon einmal ein neues Bett gefunden hatten, nicht in einer Nekropole, nicht im Jenseits, nicht im Museum, sondern in einer abgelegenen Villa in der Umgebung von Mantua.

Niemand weiß, dass der Conte einen aus Paris angereisten Schriftsteller mitten aus der Stadt Mantua hat entführen lassen, damit er die Geschichte des Paares aufschreiben und die Charta der neuen Liebesreligion formulieren sollte. Niemand weiß. Niemand weiß. Ach, wie gut, dass niemand weiß, dass ich – wie schon wieder? – heiß', summte der freigelassene Autor Manu vor sich hin.

Das letzte Refugium der Liebe wird ein schlichter verglaster Schaukasten in einem Museum sein. Doch hatte die absolute Nüchternheit der neuerlichen Bestattung ihre Berechtigung. Jeder Kitsch, jede Ausschmückung würde die Würde der Liebenden verletzen.

Sie wollten vielleicht so liegen, ohne jede Verzierung, einzig mit ihrem einander zugewandten Lächeln geschmückt. Die Welt war dazu da, in diesem Lächeln zu enden. Aber niemand hat das Paar gefragt, ob es hier vor aller Augen … in einem Schaukasten, in einer Art Terrarium für Menschenkinder, noch immer mit demselben Lehm vermählt, in einem staatlichen Museum den Augen der Gaffer ausgesetzt sein will.

Es wollte vielleicht für immer in Valdaro ruhen, unbehelligt, nur seiner Liebe lebend, aber was meint hier lebend? Also sterbend. Peinlich ist nicht das Sterben selbst, nicht das Erlöschenmüssen, das Weggehen, das Verschwinden aus der Welt. Peinlich ist nicht, was sein muss. Peinlich ist nur der Moment des Aufgefundenwerdens von der glotzenden Öffentlichkeit, in unserem Blut, in ausfließenden Exkrementen, in unserem entsetzten Gesichtsausdruck.

Die letzte Hülle aus Fleisch und Blut, die jetzt zu nichts mehr gut ist, mag peinlich sein. Irgendwann wird – wenn wir nicht verbrannt werden – einzig unser zur Hälfte anorganisches Gerüst übrig bleiben, das allen Gemeinsame, das nicht einmal entfernt unser individuelles Aussehen ahnen lässt, unser unverwechselbares Gesicht. Nur eine Knochenskizze unseres einstigen Daseins wird übrig bleiben.

Ein Gerüst, das in der Regel ohne Ausdruck und Botschaft ist – es sei denn, es gelänge einem wie den Liebenden von Mantua das ultimative Kunststück, noch eine letzte Nachricht zu formulieren oder zu simulieren in diesen einander zugewandten, scheinbar lächelnden Schädeln. Eine Botschaft der Zärtlichkeit, der Fürsorge noch in der letzten Geste. Ja, die Welt war dazu da, in diesem Lächeln zu enden.

Oder überwindet der angedeutete komplizenhafte Blick des einen in die Augen oder Augenhöhlen des anderen auch noch die letzte, ultimative Peinlichkeit? Du wirst sagen, Fatalito: Den Liebenden von Mantua ist es definitiv egal, heute und morgen oder in hundert Jahren von Museumsbesuchern angestarrt zu werden. Sie haben andere Sorgen oder besser – keinerlei Sorgen mehr. Also keine Scham, keine Peinlichkeit mehr. Selbst die Peinlichkeit unterliegt der Sterblichkeit. Wie sollte die Scham uns überleben? Die Liebenden bedeuten sogar die Abschaffung der Scham und der Peinlichkeit zu Gunsten ihrer letzten Geste, ihrer letzten Botschaft: Wendet eure Köpfe einander zu, lächelt euch an, umarmt euch, seid zärtlich zueinander, solange ihr es noch könnt.

In Platons *Gastmahl* wird Aristophanes die Erzählung in den Mund gelegt, wie die Menschen einst übermütige Kugelwesen waren, von Zeus zur Strafe wie eine Frucht zerschnitten wurden – »wie wenn man Früchte zerschneidet, um sie einzumachen, oder wie wenn sie Eier mit Haaren zerschneiden« – und nun, ob als Mann oder als Frau, sehnsüchtig nach der anderen Hälfte suchen müssen, »um so zur ursprünglichen Natur zurückzukehren«. Die Menschen werden weiterhin davon träumen wollen, wieder zur Kugel zu werden.

... nachdem nun die Gestalt entzweigeschnitten war ... sehnte sich jedes nach seiner andern Hälfte ... und so kamen sie zusammen ... umfassten sich mit den Armen ... und schlangen sich in einander ... und über dem Begehren ... zusammen zu wachsen ... starben sie aus Hunger und sonstiger Fahrlässigkeit ... weil sie nichts getrennt voneinander tun wollten ...

Der Wunsch nach der zweiten, erneuten *Verkugelung* der Liebenden ist auch in den ineinander verschlungenen Skeletten des jungsteinzeitlichen Paares abzulesen. Vielleicht träumten sie nur davon, wieder zur Kugel zu werden. Sie haben es geschafft! Die Liebenden von Mantua sind zur nicht mehr zertrennbaren Kugel geworden. Und sie haben sich Mantua für die zweite Verkugelung ausgewählt. Oder die Seiten eines Romans.

... Von so langem her also ist die Liebe zueinander ... den Menschen angeboren ... um die ursprüngliche Natur wiederherzustellen ... und versucht aus zweien eins zu machen ... und die menschliche Natur zu heilen ... jeder von uns ist also ein Stück von einem Menschen ... da wir ja zerschnitten ... aus einem zwei geworden sind ... also sucht nun immer jedes sein anderes Stück ...

Ja, die Liebenden von Mantua wollten jene ursprüngliche Kugel werden, rund dreieinhalbtausend Jahre bevor Platon seine Sätze zum Lob des Eros niederschrieb. Wie sagte das goldene Eselchen in Manus Traum: Denn er ist der menschenfreundlichste unter den Göttern ... da er der Menschen Beistand und Arzt ist ... aus dessen Heilung die größte Glückseligkeit für das menschliche Geschlecht erwachsen würde ...

Verstörend war nur, dass dieser Eros oder Amor dieselbe Waffe wie der mörderische Conte benutzte: Pfeil und Bogen. Wo hatte Ignoto die jungsteinzeitlichen Pfeilspitzen her? Hatte er welche auf seinem Gut gefunden und nur nachgeschärft? Oder stellte er sie selbst im Keller seiner Villa her, in einem jener Räume, in denen der allzu neugierige Salvatore herumschnüffelte, nachdem er die Schlüssel gefunden hatte? War auch Elea dort gewesen, im Laboratorium des Alchemisten, der sich vor steinzeitlichem Handwerk nicht scheute?

... denn wenn das euer Begehren ist ... so will ich euch zusammenschmelzen ... so dass ihr statt zweier Einer seid ... und solange ihr lebt beide zusammen als Einer lebt ... und wenn ihr gestorben seid ... auch dort in der Unterwelt ... nicht zwei, sondern gemeinsam gestorben Ein Toter seid ...

Die Liebenden von Mantua haben sich selbständig gemacht, sie sind den Experten entflogen, dem verrückten Grafen

Ignoto ebenso wie Manu selbst. Sie sind endgültig wieder zur ursprünglichen Kugel geworden. Sie haben die SOLUTIO PERFECTA gefunden, die perfekte Lösung. Ja, die Welt war dazu da, in diesem Lächeln zu enden. Sollte nicht ein Doppelstern nach ihnen benannt werden?

PIAZZA MANTEGNA

Die Zeit stand fest, weder Manu noch Raffa wollten zu spät kommen. Sie werden schon eine Viertelstunde vorher dort sein. Sie waren es einander schuldig. Es sollte die Rotonda di San Lorenzo sein, wo ihr verabredetes Treffen beim letzten Mal fehlschlug. Vielleicht lässt sich diesmal die Geschichte korrigieren?

Es würde so viel zu erzählen geben. So viel Unwahrscheinliches war vorgefallen.

Und Manu versuchte sich die Ereignisse der letzten Wochen ins Gedächtnis zu rufen, ihre unglaubliche oder unglaubwürdige Unwahrscheinlichkeit. Die ganze Geschichte erschien ihm absurd, skandalös, unerhört. Er würde bei Raffa und bei allen Freunden und Fremden nur Kopfschütteln dafür ernten. Das gibt es doch nicht! Das kann nicht sein! Und doch …

Es ist unwahrscheinlich, dass ein jungsteinzeitliches Menschenpaar in liebender Umarmung im Jahr 2007 plötzlich aus der Erde auftaucht, dass es intakt ausgegraben wird und seine unversehrte Botschaft in Tausenden von Fotografien um die Welt sendet. Sechstausend Jahre in inniger Umarmung, liebkost vom zähen Lehm der Zeit.

Es ist unwahrscheinlich, dass das Doppelskelett, kaum entdeckt, wieder verschwindet, dass keiner etwas weiß von seinem Schicksal. Dass es aus einem archäologischen Labor verdunstet, sich scheinbar auf Nimmerwiedersehen aus dem Staub macht.

Es ist unwahrscheinlich, mitten in Mantua in einem Café einen einstigen Freund wiederzusehen, den er zu einer anderen Zeit an einem anderen Ort gekannt und seit Jahren aus den Augen verloren hatte. Warum gerade hier, warum gerade jetzt, warum gerade Mantua? Nicht in der gefährdetsten Erdbebenzone, sondern gleichsam daneben, an der unwahrscheinlichen Peripherie. *Maledetta primavera!* Verfluchter Frühling jenseits des Wahrscheinlichen!

Es ist unwahrscheinlich, am helllichten Tag mitten in Mantua in ein Auto gestoßen, entführt und auf das Landgut eines obskuren Adligen verfrachtet zu werden. Himmelschreiend unwahrscheinlich!

Es ist unwahrscheinlich, wie ein privilegierter Gefangener gehalten zu werden mitten im Luxus einer spendablen Bibliothek und genährt vom besten Koch, den man sich vorstellen konnte.

Es ist unwahrscheinlich, dass der fünffach geschiedene, schwerreiche und illusionslose, von der Welt und ihren prächtigen Religionen enttäuschte Graf Ignoto, die Inkarnation heroischen Witwertums, zum Gründer einer neuen Religion der geteilten zärtlichen Liebe werden will. Und zur Erlangung dieses Zieles über Leichen gehen würde …

Es ist unwahrscheinlich, dass er im Kellergeschoss seines Anwesens neolithische Pfeilspitzen herstellt.

Es ist unwahrscheinlich, dass hier eine Frau mit dem Namen Elea lebt oder tätig ist, unwahrscheinlich, dass sie so schön schwimmen kann.

Es ist unwahrscheinlich, dass wir leben, dass wir am Leben sind, dass wir einmal geboren wurden.

Es ist unwahrscheinlich, dass wir einmal sterben werden, was sage ich *einmal*: Es kann doch jetzt oder in wenigen Minuten oder morgen früh oder übermorgen eintreten.

Und wenn nur ein Punkt aus der Liste der Unwahrscheinlichkeiten *wahr* ist, sind auch alle anderen möglich, also wahr.

Deshalb macht die allerletzte Unwahrscheinlichkeit alle anderen Unwahrscheinlichkeiten so brennend, zum Kopfschütteln wahrscheinlich. Wir werden sterben! Deshalb ist alles so unwahrscheinlich, aber wahr. Deshalb ist alles so klar.

Der Wirklichkeit selbst sind die Pferde durchgegangen. Sie selbst hat die Zügel schießen lassen. Jetzt soll sie sehen, wie sie weiterkommt. Sie hat sich vergaloppiert. Sie weiß nicht mehr, wer sie ist. Sie ist die süße kleine Lügnerin, die durchtriebene Betrügerin, die so viele Tricks kennt. Der keiner Glauben schenken mag. Sie hat mehr Phantasie als jeder denkbare Roman, mehr als seine sieben Romane zusammen, mehr als seine Romanwoche, die Wochenminuten seines Lebens, die Sekundentage seiner Stunden. Sein Leben war wirklich. Also unwahrscheinlich.

Die Charta der Liebe ist in Ignotos Händen zerbrochen, weil er glaubte, die neue Liebesreligion nicht gründen zu können, ohne ein paar Menschen mit seinen Pfeilen aus der Welt zu räumen. An den Händen des Religionsgründers klebt Blut.

Manu ist genesen vom Traum einer neuen Liebesutopie. Die Zeit in gemeinsamer Gefangenschaft mit den Liebenden von Mantua hat ihn geheilt. Nein, keine Liebesutopie mehr, aber warum nicht ein frohgemut-halluzinatorischer Realismus? Ein Realismus des Unwahrscheinlichen? Und eine nicht zu kleine Portion Renaissance? Manu wollte nicht aus Mantua abreisen, ohne einen Fetzen Renaissance mitzunehmen, eine Spur jener Leidenschaft für Schönheit, Liebe und Lust, für die Freiheit und den Willen, die Welt als ein Fest zu sehen. MANTUA FELIX. Du glückliche Stadt Mantua, alle Fahnen gehisst, aber die aufgepinselte Inschrift nicht vergessen: MANTUA OHNE ARBEIT OHNE ZUKUNFT.

Manu versucht, die Dinge, die er in Mantua erlebt hat, von denen zu unterscheiden, die er hier geträumt hat, vermutlich beflügelt von den bunten Säften, die jeden Tag neu auf dem Beistelltischchen in seiner Zelle standen, von einer unsichtbaren Hand bereitgestellt, wie im Schloss von Amor, als Psyche gefangen war und von Armen bedient wird ohne Körper, ohne Rumpf. Von unsichtbaren Dienern, von körperlosen Stimmen.

… und als sie auf einmal eine halbrunde Tafel vor sich erblickt … die nur für sie gedeckt scheint … nimmt sie liebend gerne Platz … und sogleich stehen nektarsüßer Wein … und zahlreiche Gänge auserlesener Gerichte vor ihr … ohne dass ein Diener zu sehen ist … wie vom Winde herbeigeweht … niemand lässt sich blicken … nur Worte hört sie … und als Bedienung hat sie Stimmen …

Vielleicht war es ein religiöses Märchen, vielleicht – ein jungsteinzeitlicher Opernstoff. Du hauchst auf das Glas, meinetwegen auf das gläserne Gebilde des Romans, diesen schmucklosen Schaukasten, dieses Kristallhaus oder *casa di cristallo,* um deine flüchtige Spur zu hinterlassen. Es ist zerbrechlich, es ist durchsichtig. Alles ist einmalig, alles ist zweimalig meinetwegen durch die Schrift.

Wie der unsichere Status der Wirklichkeit ist alle Zeit verwirrend zweifelhaft. Manu hatte bei Ignoto wochenlang in einer Zeitschleife verbracht. Er hatte Tage außerhalb der Woche und vielleicht auch Monate außerhalb des Jahres erlebt. Und dann entglitt die Zeit seinen Händen wie ein schuppiger Fisch, beschleunigte sich wieder nach einer quälenden, träumerischen Verlangsamung.

Raffa aber hatte Minuten und Wochen, Nächte und Sekunden in der Erdbebenzone oder mit der rätselhaften Lorena verbracht. Sie war nach dem plötzlichen, gewaltsamen Tod ihrer Schwester nach Malta zurückgekehrt, zu den Überresten ihrer Liebe, zu allem, was dort noch in der Luft lag, wie sie hoffte. Einen Hoteljob, der ihr das Überleben sichern könnte, würde sie auch dort finden, aber es wäre zumindest in der Nähe der neolithischen Tempel, in der Nähe eines immer noch geliebten Schattens. Sie wollte sich nicht von Raffa verabschieden. Jeder Abschied schien ihr suspekt. Oder alles ist Abschied, jeden Tag verabschieden wir uns vom immer kürzeren Leben.

Als Raffa nach einem Reportage-Rundgang in sein Apartment in der Via Leon d'Oro zurückkehrte, fand er vor der Tür, genau auf der Mitte der Schwelle, eine kleine Figur, die er zu sich aufhob und verwundert betrachtete. Es war die kleine *Sleeping Lady,* eine Reproduktion der auf der Seite liegenden fettleibigen Schläferin, aus Kunststoff, mit künstlicher Patinierung, wie man sie wohl auf Malta überall kaufen kann. Sie träumte wieder, vielleicht von einem erneuten Treffen mit dem, den sie verloren hat? Was hört ihr Ohr, das sanft im rechten Handteller ruht? Raffa war ohne Reue, nur voller Verwunderung über die merkwürdigen Ereignisse der letzten Wochen. Er wünschte der orakelnden *Sleeping Lady* Glück, wünschte Lorena, dass sie auf Malta dem Rätsel von Alessandros Selbsttötung auf die Spur und sich selbst wieder näher käme.

Und ja, Raffa und Manu waren pünktlich. Sie umarmten sich vor der Rotonda di San Lorenzo, klopften sich lange gegenseitig auf die Schulterblätter. Sie schauten in zwei verschiedene Richtungen.

Sie gehen natürlich ins Café Miró auf der Piazza Mantegna. Ich muss dir von Lorena erzählen.

Wer ist Lorena? Nie gehört. Eine deiner Eroberungen? Du musst mir irgendwann dein Rezept verraten.

Ich erzähle es dir gleich. Du verdankst auch ihr deine Befreiung, sie ist die Schwester der getöteten Elea. Aber sag mir: Was ist aus den Liebenden von Mantua geworden? Hast du Neuigkeiten von ihnen?

Manu lächelt nur, er verschweigt den Brief der Experten.

Ja, es geht ihnen gut. Sie werden vermutlich bald hier in Mantua im Archäologischen Museum ihre letzte Heimstätte finden, die ultimative Grablege. Vermutlich lieben sie sich noch immer, aber genau kann ich es dir nicht sagen. Und wie geht es deinem Erdbeben?

Es wird noch lange nicht zu Ende sein. Die Schäden sind eher verheimlicht und verborgen, wie im richtigen Leben, aber sie sind da. Die Trümmer sind weggeräumt, aber die Risse klaffen noch. Schau noch einmal hoch zu dem Riss da oben, ist er seit unserem ersten Treffen nicht breiter geworden? Ich weiß, ich weiß: Es ist ein Riss in allem jetzt, so kommt das Licht herein zuletzt. Die Stahlgerüste um Türme und Kirchen werden noch lange stehen. Das nächste Beben wird bestimmt kommen, der Gott Terremoto wird für immer unersättlich sein, solange wir auf diesen schwankenden Platten leben. Und es muss nicht mehr vierhundert oder fünfhundert Jahre dauern.

Und hast du gute Zeugen für das Erdbeben gefunden?

Einer der merkwürdigsten ist ein rundlicher Rentner, der in einem Wohnwagen bei Mantua lebt, in einem Vorstädtchen, das sich *Virgilio* nennt. Er lebt dort zufrieden wie in einer Höhle, war mal Lastwagenfahrer und gibt von seiner mageren Rente das meiste seinen Kindern und Enkeln. Die Arbeitslosigkeit nagt an vielen Familien, sie rücken enger zusammen. Er brauche für sich nichts mehr, er lebe gut. Der alte kleine Wohnwagen sei das Einzige, was ihm geblieben ist. Sein ganzes Leben habe er auf den Land- und Fernstraßen verbracht, nun liebe er seine letzte Wohnstatt – auf angehaltenen Rädern. Ja, das Erdbeben habe auch er gespürt, trotz der schweren Holzkeile, die den Wohnwagen fixierten, sei er mehrmals vom Terremoto heftig hin und her geschoben worden, aber passiert sei ihm nichts. Es sei nur in der Randzone des Bebens gewesen. Und weißt du, was er tut? Er liest in Vergils Hirtengedichten, kaum zu glauben, natürlich mit Übersetzungen, aber er lernt auch mühselig Latein, folgt dem alten Mantuaner Vers für Vers mit einem zerfledderten Wörterbuch. Und hält es für eine Ehre, dass sein Wohnwagen im Ort *Virgilio* in einem Hintergarten stehen darf.

Merkwürdig, sagt Manu, ich habe während meiner Gefangenschaft mehrmals von Vergil geträumt, der von einem Wohnwagen träumte und als Drohne über der Stadt Mantua schwebte.

Manu verschweigt also den ernüchternden Brief der Experten. Es ist wohl besser so. Raffa hätte sich über Manus Illusionen nur lustig gemacht. Und Raffa verschweigt, dass er für Manu bereits Laures Spur aufgenommen hat. Er hatte Geronimo geschrieben, der versprach, die Adresse ausfindig zu machen. Er weiß, dass sie unter einem anderen Namen in Saint-Malo lebt. Er verschweigt, dass er bereits weiß, dass sie zwei Söhne hat, sie allein aufzieht, sie müssen wohl acht und zehn Jahre alt sein. Auch den Rest würde er noch herausfinden können. Er liebt die Detektivarbeit, sein Job hatte sie ihn gelehrt. Wie groß ist die Zahl der Dinge, die Freunde sich gegenseitig verschweigen …

Und er sieht Manu – oder sieht Manu sich selbst? – schon im Bahnhof Saint-Lazare stehen, in den Menschenmengen, die schweigend, mit verdrossenen Gesichtern aus den Zügen strömen oder müde in die Züge drängen. Er steht im Gewimmel der Kommenden und Gehenden.

Er wird sie treffen, die er vor anderthalb Jahrzehnten geliebt und verloren hat und nicht vergessen kann. Denn es gibt keine größere Einsamkeit ... als die Erinnerung an Wunder ...

Er wird ihr von der Entdeckung der Liebenden von Mantua erzählen.

Er wird ihr sagen, dass die beiden Menschen aus der Jungsteinzeit ihn an ihre eigene, ihrer beider Liebe erinnert haben.

Er wird ihr die Geschichte seiner Entführung erzählen, sie wird den Kopf schütteln vor Ungläubigkeit.

Er wird ihr gestehen, dass er damals, in Paris, mit ihr, in ihren Armen ausgegraben werden wollte. Es waren Jahre vor der Entdeckung in Valdaro.

All diese Jahre ohne einander. Aber ich habe jetzt ein anderes Leben, würde Laure sagen. Wir haben nur dieses eine. Ich liebe seine furchtbare Einzigkeit und Einmaligkeit. Wir bekommen keine zweite Chance, nie. Wir sind nicht die Liebenden von Mantua.

Er wird sie noch einmal daran erinnern, dass sie in der Normandie, an der Steilküste zwischen Dieppe und Varengeville, einmal fast zusammen ertrunken sind, als sie die Ebbe- und Flutzeiten nicht beachtet hatten. An den Kreidefelsen führt kein Weg nach oben. Nicht weit von dort ist Noma, der nichts hinterließ als eine Handvoll Gedichte, tatsächlich im Meer umgekommen. Nomas Tod hat Manu lange beschäftigt. Er hat sofort an einen Selbstmord geglaubt und ist nie davon losgekommen. Wieso sollte er genau an der Stelle ins Meer hinausgeschwommen sein? Noma, der irre Noma, wusste, was er tat. Aber ohne Abschiedsbrief? Vielleicht steht ein Brief in den Gedichten, wartet nur darauf, dass wir ihn herauslesen. Wir waren alle ratlos. Vielleicht war sein Verschwinden einer der Gründe dafür, dass sich unser Kreis damals aufgelöst hat. Wir mussten weiter, eine Zeit ging zu Ende. Es führt vom Kiesstrand kein Weg mehr herauf in die Gegenwart.

Sie liefen keuchend zurück nach Dieppe, sprangen über die heranjagenden Wasserzungen, die bereits kleine Wellen bildeten, trafen immer wieder springend nur knapp auf den bereits durchnässten Kies. Sie tanzten um ihr Leben. Hatte nicht eine von Laures Lieblingsdichterinnen in einem Brief geschrieben: Und ist nie das Meer Ihnen so nah gekommen, dass Sie tanzten?

INHALT

Mantua drei

Ralph Dutli
Soutines letzte Fahrt
Roman

272 S., geb.,
Schutzumschlag
ISBN 978-3-8353-1208-1

Ein Roman über Kindheit, Krankheit und Kunst.
Über die Wunden des Exils, die Ohnmacht des
Buchstabens und die überwältigende Macht
der Bilder.

»Ein kühnes Romanunternehmen!
Ralph Dutli wagt es und gewinnt.«

Beatrice von Matt, Neue Zürcher Zeitung

www.wallstein-verlag.de